보성강의 노래

임진왜란 명장수 4

보성강의 노래

충절의 보성선비 박광전,임계영 의병장 이야기

정찬주 장편소설

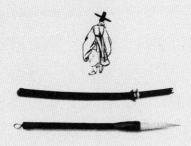

여백

충절을 다했던 보성선비들

꼭두새벽이다. 늦가을 비에 잠을 깼다. 이 비가 그치고 나면 삭풍이 불어올 것이다. 낙엽이 마저 지고 나무들은 홀가분하게 나목으로 변신할 터. 연통 청소를 미리 해둔 것이 다행이다. 장작을 몇 개 넣고 불을 붙였는데, 금세 온기가 전해온다.

비로소 의자에 앉는다. 문득 22년 전 서울생활을 청산하고 낙향한 때가 떠오른다. 그때가 내 나이 마흔아홉 살 때였다. 전원생활을 하기 위해 낙향한 것은 아니었다. 자연을 벗 삼아 스승 삼아 남은 여생을 작가로서 좀 더 치열하게 살고자 하는 소망이 있었다. 낙향했을 때 가장 먼저 발견한 것은 지역에 역사적인 유적지가 산재해 있다는 점이었다. 내가 사는 산중마을에 조광조가 사사당한 뒤 묻혔던 초분지가 있고, 승용차로 30분 거리에 이순신 장군이 '신에게는 열두 척의 배가 있습니다. 죽을 힘을 다해 싸운다면 이루지 못할 일이 어디 있겠습니까?'라는 장계를 쓴 열선루가 있었다.

'눈앞에 길이 있다'라는 금언이 있듯 내가 써야 할 소재들이 하나둘 보이기 시작했다. 가장 먼저 조광조와 화순사림 이야기인《나는 조선

4

의 선비다》(전3권)를 2년 만에 발간했다. 그리고 남서해안을 10여 년 답사한 뒤《이순신의 7년》(전7권)을 집필했다. 자연스럽게 지역의 인물과 역사는 계속 내 눈길을 사로잡았다.《다산의 사랑》은 강진에 유배 온 다산 정약용과 강진 제자들의 행적을 추적하다가 결실을 맺은 작품이었다.

지자체의 의향(義鄕) 정체성 찾기는 나에게 집필의 동력을 불어넣어 주었다. 보성군이 먼저 격발을 시켜주었다. 지자체 홈페이지에 연재소설 공간을 배려해 준 것이었다. 독립운동의 대부 홍암 나철 선생 일대기인《단군의 아들》에 이어 이순신의 친구 선거이 장수 투혼을 그린《칼과 술》을 연재했다. 그러자 강진군에서 김억추 장수 이야기를 연재하자고 제의해《못다 부른 명량의 노래》를 완성했다. 이후 나주시 홈페이지에 임란 최초 근왕의병군을 출병시킨 김천일 의병장 이야기인《영산강의 꿈》을 연재한 뒤 책으로 묶어냈고, 다음해에는 화순군에서 전라우의병군 최경회 의병장 생애를 연재한 뒤《조선의 혼은 죽지 않으리》를 발간했다.

이번에 출간하는《보성강의 노래》는 보성선비 죽천(竹川) 박광전과 삼도(三島) 임계영 의병장의 충절 이야기다. 다 알다시피 박광전 의병장은 광해군 사부를 지낸 선비로서 도학(道學)과 절의(節義), 문장(文章)을 다 갖춘 호남 오현(五賢) 중에 한 분이다. 어린 시절에는 흥양(고흥)으로 유배 온 명망가 홍섬에게 학문의 기초를 닦았다. 이후 송천(松川) 양응정 문하에서 문장과 병서를 익혔으며 퇴계 이황 문하에서 도학을 탁마했던, 즉 문무를 겸수한 뒤 임진왜란이 발발하자 전라좌의병을 거병할 때 처남 문위세와 함께 중추적 역할을 했고 정유재란 때는 의병을 모집한 뒤 동복적벽전투를 승리로 이끌며 충의를 다했던 것이다.

전라좌의병장 임계영 역시 충절을 다한 선비이다. 진보현감 임기를 마치고 고향으로 돌아와 후학을 가르치다가 임진왜란이 일어나자 중형 임백영, 죽천 박광전, 진사 문위세 등과 함께 의병을 일으키고 전라좌의병장에 추대되었다. 임계영은 전라좌의병을 이끌고 금산군과 무주현에 있는 왜적을 공격하여 크게 이겼으며 왜군부대가 주둔하는 성주성을 공격하여 전공을 세웠고, 1차 2차 진주성전투를 지원하였다. 2차 진주성전투에서는 장윤 부장과 의병 3백여 명을 입성케 하고 자신은 후방에서 병기와 군량미를 확보하는데 주력했다. 그러나 진주성 군사가 중과부적으로 왜군에게 성을 내주고 말자 합류하여 함께 죽지 못한 것을 천추의 한으로 여기다가 정유재란 때는 노환으로 나서지 못하고 모후산에서 생을 마감했다.

나는 왜 충절의 역사인물들을 재조명하는 작업을 계속 하고 있는 것일까. 답은 명명백백하다. 한국인의 정체성이 무엇인지를 탐구하는 작업의 일환인 것이다. 누가 알아주건 알아주지 않건 간에 하늘이 보고 땅이 알고 있다는 심정이다. 《이순신의 7년》에서 발현된 인연인데 누군가는 반드시 기록으로 남겨야 할 일을 내가 하고 있다는 생각 때문이다.

끝으로 《보성강의 노래》를 연재할 수 있도록 배려하고 응원해준 보성군 김철우 군수님과 관계자 여러분께 감사를 드린다. 그리고 자료를 제공하고 자문에 응해주신 진원 박씨 대종회 지도자 여러분께 감사의 예를 표하고 싶다. 나 혼자 집필한 것이 아니라 여러분과 함께 달려온 느낌이 들어서다. 어려운 출판환경인데도 불구하고 '임진왜란 명장수 시리즈'를 계속 출판해준 여백출판사 여러분에게도 감사를 드린다.

2022년 11월 이불재에서
벽록 정찬주

차례

보성만 노을

취령산 동쪽은 홍양(고흥), 서쪽 너머는 보성, 북동쪽은 낙안, 남쪽은 남해바다였다. 사내가 유배를 온 곳은 취령산 서쪽 산자락에 자리한 마을이었다. 마을은 보성군 조양과 가깝지만 홍양 관내였다. 산자락에는 다랑이논밭이 사다리 같은 모양으로 가파르게 일궈져 있었다. 마을 뒤로 올라서면 부챗살처럼 펼쳐진 보성의 조양들판이 보였다. 다시 산자락을 더 올라가면 보성바다가 훤히 드러났다. 그래서인지 10여 리 떨어진 거리인데도 보성군 조양의 나무꾼들이 겨울만 되면 마을 주변 산자락까지 땔나무를 하러 다녔다.

사내는 아직 귀양살이할 곳이 홍양인지 보성인지 구분을 못했다. 한양에서 공주, 전주, 남원, 곡성, 순천을 거쳐 낙안으로 왔다가 그곳의 나졸을 따라 마을까지 온 지 불과 사흘밖에 되지 않았던 것이다. 귀양살이할 처소는 마을 유지인 송 생원이 자신의 문간채를 선뜻 내주어 해결할 수 있었다. 평소에는 머슴이 사용하던 처소로 고방과 부엌이 하나 딸린 문간채였다. 사내는 사흘이 됐지만 아직 밖으로 나가지 못했다. 아침부터 오후까지 인근 마을 농사꾼들이 몰려와 사내를 구경하려고 했기 때문이었다.

"한양 베실아치는 어치께 생겼는지 보드라고."

"생긴 모냥은 한양이나 여그나 마찬가지제. 뭐시 다르당가."

"아따, 문구멍으로 쪼깜 봤는디 입고 있넌 옷이 험해불드만잉."

"어쨌는디요?"

문구멍을 엿보았다는 촌로가 말했다.

"바지가 피범벅이 되갖고 눈 뜨고는 볼 수가 읎드란마시."

촌로의 말은 사실이었다. 의금부에서 문초 받을 때 치도곤을 당하여 장독(杖毒)이 오른 엉덩이 살이 찢어지고 허벅지가 온통 시커멓게 멍들었던 것이다. 치도곤이란 곤장 중에서 가장 큰 몽둥이로서 길이가 5자 7치, 너비가 6치 3푼, 두께가 1치나 되는 형구였다.

"쯧쯧."

그렇다고 갈아입을 저고리나 바지를 넣어줄 수도 없었다. 흥양관아의 군교가 사내에게 허락 없이 물품 지원하는 것을 엄하게 금지했기 때문이었다. 군교란 관군을 훈련시키는 군관이었는데, 대부분 나이가 많았다.

사내는 필요한 옷가지나 물품, 심지어는 식량도 요령껏 구해서 자급자족해야 했다. 귀양살이의 원칙이었다. 관아에서 대주는 물품은 아무것도 없었다. 유배 온 사람이 모든 것을 현지에서 해결하며 살아야 했다.

"보름만 지나믄 괴안찮을 것이여. 군교도 사람인디 보고도 모른 척 헐 것인께 말이여."

"군교가 먼 심이 있간디. 원님이 까탈시럽지 않고 묵인해주믄 그만이제."

주인 송 생원이 나타나자 농사꾼 무리가 하나둘 고샅길로 흩어졌다. 송 생원은 자신의 집 뒷산 전망이 좋은 터에 목수와 함께 정자를 하나 짓고 있는 중이었다. 정자 이름은 아직 짓지 않았는데 높은 곳에 있는 정자라고 하여 송 생원은 고정(高亭)이라고 불렀다. 미처 피하지 못한 초로의 농사꾼이 송 생원에게 인사를 했다.

"어르신, 안녕하신게라우?"

"뭔 구경거리가 있다고 몰려댕기는가?"

농사꾼은 송 생원의 전답 일부를 빌려 농사짓는 소작농이었다.

"지는 오늘 첨이그만이라우."

"우리 집에 온 사람이 뿔 달린 구신이라도 된단 말인가?"

송 생원이 나무라는 투로 말하자 농사꾼 사내가 고개를 숙였다.

"어르신, 지가 정자 짓는 것을 도와드릴께라우?"

"됐네. 오늘 고정 지붕에 이엉까정 올려부렀네."

"정자 이름이 고정이그만이라우."

"특별히 생각난 이름도 읎고 해서 높은 곳에다가 지은 정자라서 고정이라고 해부렀네."

2월의 매서운 바람이 취령산 산등성이에서 바다 쪽으로 불어갔다. 송 생원은 목을 움츠린 채 안방으로 들어가버렸고, 소작농 농사꾼은 휘적휘적 마을 아래로 내려갔다. 그는 취령산 재 너머 작은 절 고가사에서 부목으로 일하다가 송 생원의 배려로 마을에 자리 잡은 사람이었던 것이다. 고가사는 취령산 동쪽 산기슭에 있는 제비집 같은 아담한 절이었다.

송 생원 문간채 방에 누워 있던 사내는 한참 만에 '끄응' 신음소리를 뱉어내며 일어났다. 어디선가 매화 향기가 방 안으로 흘러들었다. 입춘이 지났으니 흥양 땅의 매화나무가 꽃봉오리를 터뜨릴 만도 했다. 사내는 두 손으로 엉덩이를 살살 만지면서 방문을 열었다. 장독대 뒤에 고매(古梅) 한 그루가 매화 향기를 퍼뜨리고 있었다. 사내는 고매를 보자마자, 한양 집에 과거급제 기념으로 심었던 매화나무가 생각나 자신도 모르게 아! 하고 탄식을 했다. 지난 1월 25일 한양을 떠날 때 집의 매화나무는 꽃봉오리만 맺었는데 이곳 남쪽의 고매는 한두 송이씩 꽃을 피우고 있는 것이었다.

사내는 중종 23년(1528) 사마시에 합격하여 생원이 되었고, 중종 26년(1531) 식년문과에서 장원급제하여 정6품의 사간원 정언이 되었다가 종종 30년(1535) 정5품의 이조좌랑이 된 홍섬(洪暹)이었다. 조광조의 문인인 그의 본관은 남양(南陽). 자는 퇴지(退之), 호는 인재(忍齋). 홍귀해의 증손으로, 할아버지는 홍형이고, 아버지는 영의정 홍언필이며, 어머니는 영의정 송일의 딸이었다.

패기만만한 서른 한 살의 홍섬이 흥양으로 유배 온 것은 사간원 정언 때 조정을 쥐락펴락하던 최고 권세가 김안로의 전횡을 앞장서서 탄핵했는데, 다음 해 그 일당인 허항의 얼토당토않은 무고에 의한 결과였다.

농사꾼들이 얼쩡거리던 고샅길은 조용했다. 홍섬은 고샅길로 나와 뒷산으로 올라갔다. 산자락에 덩그러니 정자 하나가 보였다. 정자 마루에는 지붕을 덮고 남은 듯한 볏짚 이엉이 두어 묶음 놓여 있었다. 홍섬은 바로 앉지 못하고 볏짚 이엉에 등을 기댔다. 볏짚 이엉은 따뜻한 이불처럼 골바람을 막아주었다.

정자에서도 놀랍게 매화 향기가 코를 자극했다. 골바람에 실려오는 매화 향기였다. 홍섬은 문득 유배길에서 우연히 만났던 그 유생을 떠올렸다. 싸락눈이 흩날리는 공주 금강나루터에서였다. 나루터에는 한양으로 과거를 보러 가는 유생들이 몇 명 차가운 강바람에 어깨를 잔뜩 구부리고 있었다. 그런데 그들의 눈이 홍섬을 주시했다. 홍섬의 바지가 피에 젖어 시뻘겋게 얼룩져 있었던 것이다. 곤장을 맞은 상처에서 피가 조금씩 배어나오고 있었다. 몇몇 유생은 고개를 돌려버렸지만 한 젊은 유생이 유배 가는 사람이 홍섬이라는 것을 알고는 외쳤다.

"내가 들은 바 홍섬 나리는 사류(士類)라고 허요. 시방 죄도 읎는디 곤장을 맞고 유배형을 당했으니, 필시 소인배가 나라의 정사를 어지럽히고 있는 거 같으요. 우리가 이런 때에 과거를 봐서 뭣허겄소? 그만들 돌아가붑시다."

사류란 학문을 익히고 덕을 닦는 선비의 무리라는 뜻이었다. 나룻배를 기다리는 동안 잠시 엉거주춤 앉아 있던 홍섬이 금부도사에게 부탁했다.

"도사 나리, 저 선비가 누구인지 알아줄 수 없소?"

"알았소."

금부도사는 홍섬과 과거 동기였으므로 선선히 홍섬의 부탁을 들어주었다. 금부도사는 젊고 의젓한 그에게 가서 이름을 물었다.

"순진한 유생들을 선동한 그대를 당장 붙잡아갈 수 있으나 의기가 남다른 것 같으니 눈감아주겠다. 그대 이름이 무엇인가?"

"나주 사람 임형수라고 허요."

홍섬은 금부도사에게 그의 이름을 듣고는 이십대 초반으로 보이는 그를 불렀다. 그런 뒤, 같은 나룻배를 타고 나주로 돌아가려는 그를 간곡하게 타일렀다.

"식년문과는 3년에 한 번 돌아오니 이번 기회를 놓치면 3년을 기다려야 하네. 그러니 당장 한양으로 올라가게. 과거급제해서 그대의 뜻을 펼치는 것이 더 좋지 않겠나."

결국 머뭇거리던 젊은 유생은 홍섬이 탄 나룻배를 타지 못했다. 나룻배가 금강을 건넜을 때는 싸락눈이 허공을 하얗게 덮어버려 아무것도 보이지 않았다. 젊은 유생도 역시 시야에서 가물가물 사라졌다. 금강나루터는 온통 싸락눈 천지가 돼버렸던 것이다.

정자 마루의 볏짚 이엉은 생각보다 편안했다. 홍섬은 볏짚에 기댄 채 시조 한 수를 읊조렸다.

옥을 돌이라하니 그래도 애다래라.
박물군자는 아는 법 있건마는
알고도 모르는 체하니 그를 슬허하노라.

그때 마을 유지 송 생원이 홍섬을 보고는 놀랐다. 바다 쪽으로 불어가는 2월의 바람은 살얼음처럼 차가웠다.

"상헌 몸땡이로 거그서 뭣허요. 찬바람에 골병든다는 말을 듣지 못했소?"

"볏짚이 아랫목처럼 따뜻합니다."

"허어, 볏짚이 아랫묵맹키로 따뜻허다고라? 어만 소리 허지 말고 빨리 들어가부쑈."

"송 생원님, 저를 받아준 은혜를 꼭 갚겠습니다."

"빈 방 하나 내준 것인디 뭔 은혜다요. 근디 방금 뭣이라고 읊조렸소?"

"아, 유배길을 떠올리다 보니 시조 한 수가 절로 나온 것이오. 말하자면 옥을 돌이라고 하니 그래도 애닯구나. 온갖 것을 통달한 박물군자는 아는 법이 있건마는 알고도 모르는 체하니 그것을 슬퍼하노라. 시비곡직을 제대로 가리지 않을 뿐더러 알 만한 사람도 알고도 모르는 체하니 참으로 슬프다는 것이오."

송 생원은 삼십대 초반의 홍섬이 불의한 것과 타협하지 않고 대의명분으로 언행해온 올곧은 선비라는 것을 느꼈다. 그런 생각이 들자, 갑자기 미안해졌다.

"좌랑 나리, 미안해부요."

"무엇이 미안하다는 것입니까?"

송 생원이 '좌랑 나리'라고 호칭하는 것은 홍섬의 마지막 벼슬이 이조좌랑이었기 때문이었다. 이조정랑과 이조좌랑을 합쳐서 '이조전랑'이라고 부르는데, 이조전랑은 당하관이지만 삼사 즉 사간원, 사헌부, 홍문관의 인사 추천권을 갖는 조정의 막강한 요직이었다.

"여그 수령이 깐깐헌 모냥이오. 지시가 떨어질 때까정 옷가지 등을 주지 말라고 허요."

"미안해하지 마십시오. 송 생원님 깊은 마음 잊지 않겠습니다."

흥양현감이 김안로를 추종하는 허항의 일당인지도 몰랐다. 유배 온 선비에게 온정을 베풀지는 못할지언정 야박하게 닦달하는 것은 드문 일이었다. 대부분의 지방 수령들은 유배형을 받은 선비가 해배되면 조정의 무슨 자리를 맡을지 모르므로 그의 귀양살이를 아예 방관하거나, 유배지 처소에서 벗어나 부근의 명소 등을 다니더라도 묵인해주었던 것이다.

"그래도 끼니를 챙겨주는 것은 허락했응께 다행이그만요."

"저도 그렇게 생각합니다. 형을 받았으니 수령이 저를 모욕하고 괴롭히더라도 참아야지요. 저는 무례하다고 여기지 않을 것입니다. 그러니 걱정하지 마십시오."

송 생원이 무슨 일을 부탁할 듯 두 손을 맞잡고 목소리를 부드럽게 낮추었다.

"근디, 건강을 추스린 뒤에 말이요, 우리 집에서 강학을 열 수 읎겄소?"

"생원님 자제 분 중에 학문할 아드님이 있습니까?"

"두째가 영리헌 거 같응께 한번 갈쳐볼라고 허그만요. 지는 생원시에 봉사가 문고리잡데끼 합격은 했는디 출사허지 못허고 무신 일로 눌러앉아부렀는디 두째를 심 닿는 디까정 갈쳐 집안을 일으켜볼라고 허요."

송 생원이 홍섬을 자기 집으로 맞아들인 것은 바로 그런 이유에서였다. 아홉 살인 둘째 아들이 학문을 연마하여 입신양명한다면, 가문이 흥하는 계기가 되지 않을까 싶었던 것이다. 홍섬은 거절하지 않았다.

"몸에 장독이 올라 당장은 어렵겠지만 반드시 강학을 열겠습니다. 선비는 어디를 가건 후학을 가르칠 의무가 있습니다."

"우리 집에 귀인이 오신 거 같으요. 인자 지 소원이 이루어질 거 같당께요. 장독 치료에 뭣이 좋은지 의원을 찾아보겄소."

송 생원은 자신의 꿈이 이루어지기라도 한 것처럼 정자를 내려가 고 샅길로 사라졌다. 홍섬은 찬바람이 몸속으로 파고드는 것을 느꼈다. 뼈가 시리고 콧물이 흘렸다. 유자처럼 노란 석양은 보성만을 넘어가려 하고 있었다. 보성만이 은빛으로 반짝이다가 황금빛 바다로 바뀌었다. 어부들의 작은 배가 황금빛 바다 위를 검은 애벌레처럼 오갔다.

이윽고 석양이 보성만 너머로 졌다. 노을이 서쪽 하늘에 핏덩이처럼 붉디붉게 번졌다. 화염인양 순식간에 하늘을 불태워버릴 듯했다. 붉은 빛이 극에 달하자, 푸르스름한 기운이 돌았다. 홍섬은 자신도 모르게 화상을 입은 듯 가슴을 쓸어내렸다.

"그래, 노을이 아름다운 것은 자신을 불태우기 때문이지!"

홍섬은 이대로 주저앉을 수 없다고 다짐했다. 장엄한 노을처럼 자신의 미래도 그래야 된다고 생각했다. 유배형을 받아 홍양에 내려와 있지만 강학이든 학문 연마든 무언가를 도모해야 한다는 생각이 불쑥 솟구쳤다.

어느새 땅거미가 지고 마을에는 밥 짓는 연기가 맴돌았다. 조양들판은 어둑어둑해지고 있었다. 그제야 홍섬은 정자 마루에서 일어나 송생원 문간채로 내려갔다.

충절의 꽃을 피우거라

겨울잠에서 막 깨어난 개구리들이 개골개골 울었다. 매화꽃이 피어 날 무렵이면 화답하듯 노래하는 개구리들이었다. 겨우내 터뜨리고 싶었던 소리를 꾹꾹 참아서 그런지 개구리 울음소리는 절절하고 청아했다. 박이의(朴而誼) 진사는 개구리 울음소리가 나는 밖으로 산책을 나갔다. 겨울잠에서 눈을 뜬 개구리들은 조양마을 동쪽 실개천 마른 부들 숲에 숨은 채 개골개골했다. 조양의 실개천 물은 조양천으로 흘러들었다가 보성만으로 빠져나갔다.

"광전아, 깨구락지덜이 으째서 개골개골 허는지 아느냐?"

"고로코름 운께 그라지라우, 아부지."

이때 박광전(朴光前)은 열 살이었다. 사랑방에서 《명심보감》을 공부하다가도 아버지가 산책 나갈 때마다 따라나서곤 했다. 실개천 가깝게 가자, 개구리들이 일제히 울음소리를 멈추었다. 부들은 꽃이 진 자리에 목화 같은 흰 털을 달고 있었다.

"지금까지 나헌테 뭣을 공부했는지 말해 보그라."

"맨 몬자 《천자문》을 띠었고라우, 그 담에는 《소학》을 공부했지라우. 인자 《논어》도 배와불고 잪당께요."

박 진사가 아들 박광전을 지그시 내려다보며 물었다.

"이 개울물이 어디서 흘러온 것이냐?"

"산골짝에서 흘러왔지라우."

"시안 내내 산골짝 물은 얼어붙어 있었겠지야?"

"예, 아부지."

"입춘이 지남시로 산골짝 물이 쬐끔썩 흐르기 시작헌 것이다. 긍께 시방 개천에 물이 방방헌 것이여."

"아부지, 산골짝이 닫혔다가 열린 것이나 다름읎그만요잉."

"옳제!"

박 진사는 만면에 미소를 지었다. 아들이 사물의 이치를 터득하고 있는 것이 기특해서였다. 박 진사가 말했다.

"내 소싯적에 훈장 선상님이 그러시드라. 봄이 되믄 산골짝이 열린다고 깨구락지덜도 열 개(開), 산골짝 골(谷, 곡) 허고 운다고 말이다."

"그래서 깨구락지덜이 개골개골 우는그만요."

"훈장 선상님께서 웃자고 허시는 말씸이었다."

박 진사는 아들 박광전을 데리고 조양천까지 갔다가 마른풀을 헤치고 파랗게 솟아나는 풀을 보고는 걸음을 멈추었다. 오종종한 풀잎은 어른 손톱만 했다. 봄이 되면 가장 먼저 피는 봄까치꽃 들풀이었다.

"광전아, 이것이 무신 풀인지 아느냐?"

"텃밭에서도 본 풀이그만요."

"양지바른 곳에 자라는 풀인디 사람들은 꽃이 피면 들꽃이라 좋아허고, 피기 전이나 피고 난 후면 잡초라고 부르제. 사람도 마찬가지다. 입신양명해서 꽃을 피우믄 우러러보지만 그러지 못허든 발에 밟히는 잡초가 되는 것이다."

"무신 말씸인지 알겄그만요."

박 진사가 말하는 꽃이란 충절의 꽃일 터였다.

"고것이 니가 공부허는 이유인께 영념허그라."

"예, 영념헐께라우."

"근디 쩌그 보거라. 울돌이가 아니냐?"

머슴 울돌이가 조양천 둑길로 오고 있었다. 땔나무를 하러 멀리 취령산으로 갔던 보자기 출신 울돌이었다. 바닷가에서 해초를 뜯거나 고기를 잡고 사는 유랑민을 보자기라고 불렀는데, 울돌이는 해남 울돌목에서 온 머슴이었다. 이름이 원래부터 없는 천민이니 이전에 살았던 지명을 따서 울돌이라고 불렀다. 그런데 울돌이는 빈 지게를 지고 왔다. 박광전은 자신의 눈을 의심했다. 울돌이는 다른 가노(家奴)와 달리 부지런하고 충직하여 땔나무를 하러 가면 항상 지게에 한가득 지고 오곤 했던 것이다. 박광전이 말했다.

"아부지, 울돌이 성이 으디 아픈 것이 아닐께라우?"

"글씨. 오늘은 멀리 취령산으로 간다고 주먹밥까정 싸갖고 갔는디 그런다잉."

박광전이 울돌이에게 다가가 물었다.

"울돌이 성, 으디 아픈가?"

"사람이 아플 때도 있고 성헐 때도 있는 것인께 말해보그라."

박 진사가 말하자 울돌이가 실토했다.

"볼꺼리가 생겨갖고 해찰해부렀그만요."

"산에서 뭣을 보았다는 말이냐?"

박 진사의 추궁에 울돌이가 이실직고하듯 말했다.

"취령산에 정자가 하나 있는 마실이 있는디 한양서 온 양반이 겨시드랑께요."

"사람 사는 마실인께 사람이 오고가는 것이 당연허제. 뭣이 볼거리였다는 것이냐?"

"어르신, 근디 그 양반 바지가 피범벅이드랑께요. 한 번 빤 것 같은디도 감물 든 거 맹키로 불그죽죽허드그만요. 마실 사람덜 애기로는 한양서 높은 베슬을 지냈던 양반이라고 허는디 으째서 그럴께라우?"

박 진사는 그 선비가 필시 의금부에서 참혹한 고문을 받고 유배 온 사람이라고 직감했다. 어쩌면 기묘년(1514)에 능성(현 능주)으로 유배 와서 사약을 받고 죽은 조광조의 제자가 아닐까도 싶었다. 지금 조정은 김안로의 횡포가 극에 달한 시기였다. 조광조 일파가 몰락하자, 중종은 김안로를 이조판서로 등용하여 그에게 힘을 실어주었던 것이다.

김안로의 아들 김희가 효혜공주와 혼인해 중종의 부마가 된 것도 그에게 권력이 옮겨간 계기였다. 김안로가 권력을 남용하기 시작하자 중종 19년(1524) 조광조를 숙청했던 영의정 남곤, 심정, 대사간 이항 등이 그를 탄핵하여 경기도 풍덕으로 유배를 보냈다.

그러나 김안로는 남곤이 죽자 중종 25년(1530) 유배 중이면서도 대사헌 김근사, 대사간 권예를 움직여 정적(政敵) 심정의 탄핵에 성공하고 이듬해 해배가 되었다. 이후 김안로는 승승장구했다. 도총관, 예조판서, 대제학, 이조판서, 우의정을 역임하면서 정적이나 뜻에 맞지 않는 지를 축출하는 옥사(獄事) 등을 스스럼없이 일으켰다. 마침내 중종 30년(1535) 좌의정에 오른 김안로는 자신을 탄핵해야 한다고 의기 있게 주장했던 소장파 선비 홍섬을 흥양으로 유배 보내기에 이르렀는데, 이는 정적의 싹을 아예 잘라버리려는 모사였다.

박 진사는 울돌이에게 조정의 현실을 말하지 않았다. 고을의 수령들이 어디에 줄을 대고 있는 사람인지 알 수 없었으므로 이야기해주었다가 소문이 보성관아나 흥양관아로 전해지면 피해를 볼 수도 있기 때문이었다.

박 진사는 아들 박광전에게만 두루뭉술하게 말했다.

"비가 올 때는 마당에 있어야 허겠느냐, 방 안에 있어야 허겠느냐?"

"방 안에 있어야 허겄지라우."

"그렇제. 시상이 어수선헐수록 방 안에서 더욱 공부에 전념해야 쓴다. 고것이 잘사는 것이다잉."

집으로 돌아온 박 진사가 아내 낭주 최씨를 불렀다. 머슴이라 불리는 여러 명의 가노들이 먼저 달려왔다.

"어르신, 마님께서는 순년이를 앞세우고 보성읍성에 나가셨그만요."

"무신 일이냐?"

그제야 박광전이 대답했다.

"어머니께서는 아칙부터 보성읍성에 갈라고 준비허고 겨셨어라우."

"고뿔이라도 걸리믄 으짤라고 요런 날 갔다냐?"

"읍성에 옷감장시가 와 있다는 소문을 듣고 아부지 옷감 사러 가셨어라우. 직접 골라 사야 허신다고 그러시드그만요."

"나야 출타가 잦은 사람도 아닌디 누더기를 입고 댕긴들 누가 뭣이라고 허겠냐."

박광전은 아버지의 얼굴 표정을 읽었다. 말로는 못마땅해 했지만 입가에는 곧 미소가 어렸다. 당신의 바지저고리 옷감을 사러 갔다고 하니 그럴 터였다. 박광전은 아침에 아버지에게 배운 《명상보감》을 복습하기 위해 별채 방으로 갔다. 별채는 마루가 놓인 고방과 곡식창고가 딸린 세 칸짜리 초가였다. 아들 박광전이 글 읽는 소리는 박 진사가 묵는 사랑방에서도 들렸다. 박 진사는 어린 아들의 글 읽는 소리에 귀를 기울였다. 박광전은 《명심보감》〈근학편(勤學篇)〉을 큰 소리로 읽고 있었다.

공자께서 말씀하셨다.
널리 배우고 뜻을 독실하게 하고, 간절히 묻고 잘 생각하면, 인(仁)은 그 가운데 있다.
子曰 博學而篤志 切問而近思 仁在其中矣

장자가 말했다.
사람이 배우지 않는 것은 재주도 없이 하늘에 오르려는 것과 같다. 배워서 지혜가 멀리 미치면, 상서로운 구름을 헤치고 푸른 하늘을 보는 것 같고, 높은 산에 올라 사해(四海)를 바라보는 것과 같다.
莊子曰 人之不學 如登天而無術 學而智遠 如披祥雲而觀靑天 登高山而望四海

《예기》에서 말하고 있다.
옥은 다듬지 않으면 그릇을 만들지 못하고, 사람은 배우지 않으면 옳음을 알지 못한다.

禮記曰 玉不琢不成器 人不學不知義

태공이 말했다.

사람이 배우지 아니하면 캄캄한 밤길을 가는 것과 같다.

太公曰 人生不學 如冥冥夜行

한문공이 말했다.

사람이 고금(古今)의 성현 가르침에 통달하지 못하면 마소에 옷을 입힌 것과 같다.

韓文公曰 人不通古今 馬牛而襟裾

박 진사는 아들 박광전의 목소리만 듣고도 공부의 정도를 가늠했다. 더듬거리지 않고 돌돌돌 개울물 흘러가듯 글 읽는 소리가 들려오자 흡족해 했다. 어느새 박광전은 주문공(朱文公)과 휘종황제(徽宗皇帝)가 남긴 말에 이어 《명심보감》〈근학편〉 마지막 구절을 읽고 있었다.

《논어》에 말하고 있다.

배우기를 미치지 못한 것 같이 하고, 오직 잃을까 두려워해야 한다.

論語曰 學如不及 惟恐失之

갑자기 마당이 소란스러워졌다. 순년이 머리에 인 보따리를 머슴 하나가 내려주고 있었다. 낭주 최씨가 사랑방에 대고 말했다.

"영감님, 읍성에 댕겨왔그만요."

"순년이를 시키제 뭣허러 나갔소?"

"곡석 쪼깐 갖고 가서 필요헌 것허고 바꽜지라우."

곡식과 옷감을 물물교환했다는 대답이었다. 박광전은 마당으로 나와 어머니 낭주 최씨에게 인사만 하고 다시 방에 들어가 《명심보감》 읽기를 계속했다. 그런데 순년이가 이고 온 보따리에는 옷감뿐만 아니라 무명 바지저고리 한 벌이 들어 있었다. 옷 장수는 옷감뿐만 아니라 두루마기까지도 만들어 팔고 있었던 것이다.

저녁 끼니가 끝난 초저녁이 돼서야 아내 낭주 최씨가 박 진사에게 고백하듯 말했다.

"영감님 몸에 맞는 옷인 거 같아서 사부렀그만요."

"내 바지저고리를 사부렀다고요?"

"지 눈때중이 틀리지는 않을 것이요. 그래도 한번 입어보실라요?"

낭주 최씨가 은근한 말투로 말했다. 그러나 박 진사는 손사래를 쳤다.

"아따, 맞겄제. 아직 초저녁인디 방정맞게 옷을 입었다가 벗었다가 허믄 쓰겄소."

"근디 광전이 옷감은 비단천으로 샀그만요. 생일날 한 벌 해줄라고 라우."

"잘했소. 요새 광전이가 공부에 재미가 붙어부렀는지 아칙에 갈쳐주믄 저녁때는 다 외와바치고 그러요."

안방 뒷문 쪽 대숲의 댓잎들이 거풋거리는 소리가 났다. 이내 문풍지를 파고드는 찬바람에 호롱불이 흔들렸다. 호롱불은 꺼질 것 같다가

도 꼿꼿하게 섰다. 청어 기름을 넣은 뒤부터는 오랫동안 타고 불빛도 한결 밝았다.

호롱불을 쳐다보고 있던 박 진사가 어깨를 좌우로 움직였다. 울돌이에게 들었던 "그 양반 바지가 피범벅이드랑께요."라는 말이 떠올라서였다. 잠시 후 박 진사가 혼잣말로 중얼거렸다.

'그래, 나야 비록 헌옷이지만 입고 댕길 바지저고리가 서너 벌은 되지 않은가. 유배 온 선비가 대쪽 같은 의인 같은께 새 옷을 갖다주믄 으쩔까?'

그러나 박 진사는 차마 아내 낭주 최씨에게 말하지 못했다. 자신을 위해 보성읍성까지 가서 사온 새 옷을 유배 온, 누군지도 모르는 사람에게 주자는 말이 쉽게 나오지 않았다. 박 진사는 자정 무렵까지 엎치락뒤치락했다. 보름달 달빛이 창호에 일렁거렸다. 호롱불을 진즉 껐지만 방 안은 달빛이 흘러들어와 환했다. 자는 듯 꼼짝 하지 않던 낭주 최씨가 말했다.

"으째서 잠을 못 주무신다요?"

"임자도 잠이 안 오는 모냥이시."

"영감님이 자꼬 꼬무락대니까 그러지라우, 무신 고민이 있는 거 같그만요."

"광전이가 공부에 분발허고 있고, 새 옷도 생겼는디 뭔 고민이 있겄소?"

"지 눈은 못 속이지라우. 말씸해보시씨요."

결국 박 진사는 자신의 속마음을 터놓고 말았다.

"울돌이헌테 들었는디 취령산 마실에 유배 온 한양 선비가 있는 모냥이오. 근디 바지가 엉망이라고 허요. 고문을 심허게 받은 것 같소. 이야기를 안 들었으믄 모르겠는디, 듣고 나서부터는 영 마음이 편치 않소."

"그라믄 그 양반을 어치께 위로해줄라고 허요?"

"헌 옷이든 새 옷이든 한 벌 갖다주고 잖소."

박 진사는 슬쩍 돌아누우며 아내 낭주 최씨의 반응을 살폈다. 아내 낭주 최씨는 한동안 눈을 끔벅거리기만 했다. 그러더니 아내 낭주 최씨가 말했다.

"취령산 고가사 주지스님이 은젠가 탁발와서 말허는디 복은 스스로 짓고 스스로 받는다고 헙니다. 복을 짓고 살아야지라우."

"이왕 마음을 낸 김에 새 옷을 갖다주믄 으쩌겄소?"

"복 받을 일인디 당연히 그래야지라우."

보름달이 보성읍성 쪽으로 가 있는지 달빛에 젖어 있던 창호가 어두워졌다. 방 안도 염염하게 캄캄해졌다. 집 뒤 대숲에서 불어오는 찬바람은 여전히 문풍지를 울렸다. 어디선가 수탉이 홰를 칠 시각이었다.

취령산 가는 길

봄비가 사흘이나 오락가락 내리더니 새벽에야 그칠 조짐을 보였다. 안개비 같은 는개가 봄바람을 타고 떠돌았다. 추녀 끝에서 떨어지는 낙숫물은 한두 방울씩 떨어지는 둥 마는 둥했다. 는개는 이슬비보다 미세했다. 그래도 머슴 울돌이는 박 진사의 삿갓과 도롱이를 챙겨 사랑방 기둥에 걸었다. 박 진사가 언제 출타할지 모르므로 미리 준비해 둬야 했다. 비올 때 어깨에 걸치곤 했던 도롱이는 작년 늦가을에 마른 갈댓잎으로 만든 것이었다. 아들 박광전은 사랑방 쪽으로 가서 아버지 박 진사에게 문안 인사를 드렸다.

"아부지, 잘 주무셨는게라우?"

"오냐, 잘만치 잤다. 오늘은 미루지 말고 비가 그치는 대로 흥양에 댕겨오자."

"비가 또 올지 모른디 가실라고라우?"

"더 지달리믄 안 될 거 같다. 울돌이를 앞세우고 댕겨와불자."

박광전은 문안 인사를 올린 뒤 별채로 가서 글을 읽었다. 낭주 최씨가 마당을 지나가던 중 걸음을 멈추었다.

"흥양에 가실라고라우?"

"임자, 저번에 보성읍성에서 사온 새 바지저고리 챙겨놓아부씨요."

"한양서 온 양반헌테 주신답서라우. 진작 보따리에 싸놓았그만요."

박 진사가 사랑방 문을 열고 나왔다. 마당가 화단의 영춘화와 황매화 줄기마다 수액이 올라와 푸르스름했다. 잎보다 꽃이 먼저 피는 영춘화는 꽃봉오리가 노랗게 부풀어 올라 있었다. 별채 방에서 박광전이 외우는 《명심보감》 구절이 또록또록 들려왔다. 박 진사는 눈을 지그시 감고 귀를 기울였다.

《시경(詩經)》은 말하고 있다.

아버지 나를 낳으시고 어머니 나를 기르셨으니, 아, 부모님이시여. 나를 낳아 기르시느라고 애쓰고 고생하셨도다. 그 은혜를 갚고자 한다면 저 넓은 하늘과 같이 끝이 없도다.

詩曰 父兮生我 母兮鞠我 哀哀父母 生我劬勞 欲報之德 昊天罔極

'효도하고 순한 사람은 효도하고 순한 아들을 낳고, 불효하는 사람은 다시 불효하는 아들을 낳는다. 이 말이 믿어지지 않거든 오직 저 추녀 끝의 낙숫물을 보라. 방울방울 떨어지지만 조금도 어긋남이 없다.

孝順還生孝順子 忤逆還生忤逆子 不信但看簷頭水 點點滴滴不差移

박 진사는 아들이 외우는 구절이 마음에 와닿아 아! 하고 탄성을 질렀다. 때마침 추녀 끝에서 마당으로 똑똑 떨어지는 낙숫물이 조금두 세자리를 벗어나지 않고 있었다. 그러고 보니 눈앞의 사물과 현상을 허투루 흘려보지 않고 자기를 수양하는 방편으로 삼는 사람이 군자라는 생각이 들었다.

봄비는 사시(巳時, 오전 10시 무렵)가 지나자, 제풀에 꺾인 듯 그쳤다. 아침 햇살이 조양들판 한쪽을 비추기 시작했다. 조양천도 뛰어오르는 물고기 비늘처럼 반짝거렸다. 진원 박씨 사당의 젖은 기왓장이 아침 햇살을 받아 난반사하며 김을 피워 올렸다. 박 진사는 이른 점심을 먹고 흥양으로 갈 채비를 했다. 아내 낭주 최씨가 걱정했다.

"귀양 온 양반을 만나도 된당가요?"

"에러운 사람을 위로허로 가는 것인디 무신 일이 있을라고? 임자, 아무 일도 읎을 것이요."

"울돌이 말로는 흥양관아 허락 읎이는 아무것도 줘서는 안된다고 헙디다."

"설령 고로코름 허는 것이 사실이라도 절로 우러난 측은지심을 어쩨께 막을 것이요."

"체통을 중히 여기신께 그러지라우. 망신이라도 당허믄 으쩌실라고라우."

박 진사가 아내 낭주 최씨를 안심시켰다.

"흥양에 군교가 있는디 원래 여그 조양에서 살다간 사람이요. 이사 갈 때 아버님이 도와준 사람인디 설마 은혜를 잊어부렀겠소?"

"시방도 아버님 어머님께서 마실사람덜에게 곡식을 퍼주시는디 그런 일이 있었는갑소잉."

"임자가 잘 몰랐을 것이요. 내가 진사시에 막 합격했을 때 일이요."

아마도 홍섬이 귀양살이하는 적거지 행수(行首)는 흥양관아의 군교일 것이었다. 행수란 적거지를 감시하는 우두머리 군관을 뜻했다. 박 진사는 홍섬을 감시하는 군교가 틀림없이 조양에서 살았던 선(宣)아무개라고 짐작했다.

"그라믄 안심이그만요."

"임자, 술과 안주도 쪼깐 싸씨요. 위로헐라믄 술이 있어야 허겄소."

"시상이 험헌께 조심허시써요잉. 근디 으째서 광전이를 델꼬갈라고 허요?"

"뭔 계획이 있겄소? 봄날인께 바람 한번 쐬고 오자는 것이제. 옛 사람덜은 마실로 바람 쐬러 댕긴 것을 풍류라고 했소."

박 진사는 풍류(風流)를 바람 쐬러 다닌 것으로 해석했다. 실제로 신라시대 화랑들은 산천명승지를 찾아다니는 것을 풍류라고 했으니 전혀 엉뚱한 말은 아니었다. 그러나 박 진사가 아들을 유배 온 선비에게 데리고 가는 것은 다른 이유가 있었다. 조정의 최고 권력자 김안로와 맞서 싸우다가 귀양 온 선비라면 군자의 길을 가고 있는 사람이 틀림없다고 박 진사는 생각했다. 그런 선비라면 아들과 사제의 인연을 맺어주는 것이 좋으리라고 판단했다. 물론 그런 인연을 결정하기 전이니 함부로 발설할 수는 없었다.

박 진사는 충직한 머슴 울돌이를 불러서 지시했다.

"오늘 할 일은 뭣이냐?"

"밤에 비가 와서 땔나무는 허지 못허고라우, 그물 갖고 조양천으로 물괴기나 잡으러 갈라고 헙니다요."

"혼자서 말이냐?"

"깔담살이 아그덜 델꼬 갈라고 헙니다요."

"그라믄 니는 나를 안내허그라. 흥양 취령산에 댕겨올 일이 있다."

"예, 어르신."

그제야 울돌이가 눈치를 챘다. 울돌이는 박 진사가 가려고 하는 곳이 송 생원 집이라고 짐작했다. 박 진사가 며칠 전 송 생원 집에 든 한양 선비에 대해서 크게 관심을 보였던 것이다.

정오가 지나서야 박 진사는 울돌이를 앞세우고 집을 나섰다. 울돌이는 지게에 보따리 한 개와 술과 안주가 든 꼴망태를 지고 두어 걸음 앞장서 걸었다. 아들 박광전은 단정한 무명 바지저고리 차림으로 아버지 박 진사를 반걸음 뒤에서 따라갔다. 울돌이는 조양마을 고샅길을 빠져나와 조양천 둑길로 들어섰다. 흥양 취령산을 가는데 둑길을 따라 내려가는 것이 가장 편했다. 취령산까지는 조양에서 십여 리 되는 거리였다. 박 진사가 종종걸음으로 따라오고 있는 아들 박광전에게 말했다.

"광전아, 취령산 가는 길을 눈여겨보거라."

"아부지, 심부름 시킬라고라우?"

"니를 취령산까지 심부름 시킬 일은 읎을 것이다만 길눈이 밝으믄 고상을 덜허는 벱이다."

"예, 아부지. 영념헐게라우."

"울돌이가 으디서 조양천을 건너는지 잘 보거라. 정신을 놓아불고 둑길을 따라가다보믄 강물이 짚어져 건너갈 수 읎응께."

이윽고 서너 걸음 앞서가던 울돌이가 걸음을 멈추고 기다렸다. 박 진사는 흥양을 여러 번 다녀온 적이 있었으므로 징검다리가 어디 있는지 알고 있었다. 울돌이가 기다리고 있는 바로 그곳에 흥양으로 건너가는 징검다리가 있었다. 징검다리를 놓치면 수심이 깊어져 나룻배를 이용하지 않고는 흥양으로 건너갈 수 없었다.

농사꾼들이 들녘으로 나와 농사를 준비하고 있었다. 집에서 가지고 나온 주먹밥으로 점심을 먹는 소작농들도 보였다. 소작농 한 사람이 박 진사에게 달려와 꾸벅 인사를 했다.

"어르신, 으디를 가시는게라우?"

"흥양 쪼깐 댕겨올라고 허네."

"몇 년째 찰진 논을 빌려주셔서 참말로 고맙그만요."

"벌써 몇 년이 돼야부렀는가?"

"항시 물이 가찹게 있응께 가뭄 탈 일이 읎어라우. 또 땅심이 좋아서 다른 디보다 수확을 많이 헌께 보물단지 같은 논이지라우."

"땅보다는 자네가 부지런헌께 수확이 좋은 것이네. 뿌린 대로 거둔다는 말이 있잖은가."

박 진사는 조양들판에 많은 논밭을 가지고 있는 부자였다. 그런 까닭에 상머슴들과 어린 깔담살이 새끼머슴들이 박 진사 집에 더부살이하면서 농사를 지을 수밖에 없었다. 그래도 일손이 딸리면 소작농들에게 논밭을 빌려주었다. 울돌이는 원래 상머슴이었는데, 부지런하고 충직하여 가을이 되면 소작농들에게 곡식을 거둬들이는 마름 역할까지 했다. 소작농이 울돌이에게도 고마워했다.

"울돌이 삼춘, 술 한잔 마시러 오소. 요새 조양천에서 잡은 갱조개로 끓인 재첩국이 아조 입맛을 땡겨준께."

"그라고 봉께 재첩국 묵을 때가 왔소잉."

울돌이는 박 진사의 눈치를 보느라고 대답을 못하고 얼버무렸다. 강에서 건진 강조개 일종인 작은 가무락조개를 넣고 펄펄 끓이다가 밭에서 막 올라온 부추를 듬뿍 얹힌 국을 재첩국이라고 불렀다. 국물은 는개처럼 뿌연 빛깔인데 시원하기 그지없었다. 울돌이는 입맛을 다시면서도 박 진사의 얼굴을 살폈다. 박 진사가 말했다.

"나도 쪼깐 부르소. 봄 재첩국, 여름 고동국 아닌가?"

"아이고, 어르신. 어쩌께 누추헌 지 집을 오시겠습니까요. 지가 잡은 갱조개를 보낼랍니다요."

"그럴 거 읎네. 조만간에 우리 집 아그덜도 갱조개를 주우러 갈 것이네. 하하하."

잠시 후, 박 진사는 쉬고 있던 반석에서 일어났다. 반석은 징검다리를 오가는 길손들이 쉬어가기에 안성맞춤이었다. 반석 옆에는 팽나무와 느티나무가 그늘을 만들어주어 더없이 좋았다. 동글동글하고 납작한 징검돌은 조양천에 듬성듬성 놓여 있었다. 어린 박광전은 성큼성큼건너는 박 진사와 달리 징검다리를 겨우 건넜다.

"아부지, 시안에는 미끄러울 거 같으요."

"무섭냐?"

"아니라우. 쩌그 갱조개 줍는 사람덜 본께 물이 무르팍 아랜디요."

"그래도 니는 엉덩이까지는 찰 것이다. 허긴 빠져도 죽지는 않겄제잉."

징검다리를 먼저 건넌 울돌이가 보성바다 쪽으로 난 산길을 가리켰다.

"어르신, 이짝으로 가야 허그만요."

징검다리를 지나서 바로 취령산 북쪽 산자락의 재를 넘어가는 산길이 흥양관아로 가는 지름길이었다. 그런데 보성바다 쪽으로 내려가자는 것은 한양 선비의 적거지가 취령산 남쪽 산자락에 있다는 말이었다. 박 진사가 두 갈래로 갈라지는 산길에 서서 아들 박광전에게 말했다.

"잘 봐두그라. 저짝은 흥양관아로 넘어가는 길이고, 이짝은 보성바다로 나가는 길이다잉."

"아부지, 잘 보고 있응께 걱정 마씨요."

그때 산모퉁이를 돌아 올라오고 있는 흥양관아 관군이 보였다. 검정 물을 들인 관복으로 보아 순라꾼 같았다. 해산물을 훔친 도둑인 듯 관군 두 명이 사내를 연행 중이었다. 관군 하나는 창을, 또 다른 관군은 육모방망이를 들고 있었다. 포승줄에 묶인 사내는 맨발에 머리카락을 풀어헤친 몰골이었다. 사내 뒤에는 홍색 철릭을 입은 군관이 엄한 얼굴로 뒤따라오고 있었다. 울돌이가 박 진사에게 다가와 말했다.

"어르신, 어쩌께 헐게라우?"

"니는 가만히 있거라. 내가 있는디 무신 일이 있겠느냐."

"꼴망태 속에 술허고 안주가 있응께 그라지라우."

"앞서 걷거라."

박 진사는 울돌이가 불안해했지만 짐짓 모른 체했다. 그러나 울돌이는 관군에게 행패를 당해 본 적이 있었으므로 안절부절못했다. 술은 관아에서 허락을 받은 뒤 담가야 했다. 그렇지 않으면 밀주라고 하여 단속했다. 그러니 관아의 아전들은 양민들이 술 담그는 것을 알고도 묵인해왔으므로 단속은 둘러대기에 따라 달라졌다. 도둑과 한바탕 추격전을 벌였는지 관군들은 얼굴이 벌겋게 상기돼 있었다. 관군 하나가 울돌이에게 소리쳤다.

"으디 사는 누구여!"

"박 진사님 댁 사는 울돌이그만요."

박 진사라는 말에 철릭을 입은 군관이 달려왔다. 박 진사도 군관을 보고는 바로 알아보았다.

"어, 선 군교 아니신가?"

"예, 어르신."

"무신 일이신가?"

"보성, 흥양 어부덜 집을 드나듬시로 도둑질헌 놈을 잡아 압송 중이 그만요. 어르신은 으디로 가시는게라우?"

"한양서 유배 온 선비 쪼깐 만날라고 가는 중이라네."

"송 생원님 댁에 가시는그만요. 지가 그 집으로 정해줬지라우."

"좋은 일을 허셨네 그려."

"잘 아시는 모냥입니다요."

"그건 아니고 선비가 에러울 것 같아서 쪼깐 위로해줄라고 가는 길잉마."

"지가 헐 수 있는 일이 뭣인지 말씸만 허시지라우."

"말만 들어도 고맙네야."

박 진사는 선 군교가 유배 온 선비를 감시하는 군교라는 말에 다행이라고 여겼다. 관군을 훈련시키는 군교는 군관들 가운데 경험이 풍부한 나이 든 사람이 맡았다. 물론 선 군교처럼 젊지만 활쏘기에 능한 사람이 선발되기도 했다. 박 진사는 선 군교가 군관들의 우두머리인 행수군관이라는 사실에 크게 안도했다. 박 진사는 문득 취령산 가는 십여 리 길이 더 가깝게 느껴졌다.

첫 스승을 만나다

조양천과 바다가 만나는 하구가 보이는 곳에서 울돌이는 방향을 틀었다. 박 진사 역시 바다를 등지고 취령산 골짜기로 올라가는 산길을 탔다. 가파른 다랑이논밭 끄트머리에 마을이 하나 나타났다. 마을 초입에는 수백 년 된 팽나무와 우물이 하나 있었다. 울돌이가 팽나무 등치 옆에 서서 말했다.

"어르신, 쩌그 집이 송 양반님 댁이그만요."

"몬자 올라가서 내가 왔다고 알리거라."

지게를 진 울돌이가 고샅길로 들어갔다. 송 생원 집은 마을 가운데 대숲 아래 있었다. 박 진사가 아들 박광전에게 말했다.

"광전아, 바지에 묻은 흙을 털어라. 어른을 뵐 때는 몸가짐을 바르게 해야 쓰는 것이다."

"예, 아부지."

박광전은 바지에 묻은 흙을 손바닥으로 탁탁 털었다. 논두렁길, 둑길, 산길을 오면서 묻혀온 흙이었다. 박 진사는 저고리와 바지를 훑어보면서 구겨진 곳을 쭉쭉 폈다. 까치 두 마리가 팽나무 가지 사이를 날아다니며 깍깍 소리쳤다.

"저놈이 바깥주인 노릇 허느라고 저런다."

"여그 마실서 사는 텃새그만요."

양민들은 마을 가까이에서 사는 새나 산토끼들을 바깥주인이라고 불렀다. 사립문 밖에 있는 자두나 앵두를 어치나 까마귀가 쪼아 먹어도 바깥주인이 입을 댄 것이라며 섭섭해하지 않았다.

"저놈이 우리를 반기는 것인지 경계허는 것인지 알 수가 읎구나. 자, 올라가보자."

박 진사가 앞서서 마을로 들어섰다. 그때, 송 생원이 마중을 나왔다. 송 생원을 흥양향교에서 한두 번 만난 적이 있으므로 초면은 아니었다. 송 생원이 반겼다.

"아이고, 박 진사님. 아무 전갈도 읎이 찾아오셔부렀소잉."

"쪼깐 더 빨리 올라고 허다가 비가 와서 인자사 와부렀소. 한양서 온 선비를 만나러 왔지라."

"아, 홍섬 좌랑을 만날라고 오셨그만이라."

"귀에 익은 홍섬 이조좌랑이그만이라. 권신 김안로를 탄핵허자고 자꼬 주장헌 선비요. 얼릉 만나보고 잡소."

박 진사가 아들을 뒤돌아보며 말했다.

"광전아, 인사드려라. 생원님이시다."

"안녕허신게라우? 지는 조양 사는 박광전이어라우."

"아따, 눈이 똘망똘망허고 이마가 훤헌 것이 낸중에 큰 선비가 되겠다야."

"뭔 말씸이요. 요새 아그덜 다 그렇지라."

박 진사는 송 생원의 안내를 받아 고샅길을 더 올라갔다. 울돌이가 지게를 송 생원 집 돌담에 받쳐놓고 쉬다가 박 진사를 보고는 일어났다. 송 생원 집은 안채만 기와집이고 별채와 문간채 등은 모두 초가였다. 안채에는 정원과 후원이 딸려 있어 양반집으로서 기품이 느껴졌다. 선 군교가 유배 온 홍섬을 송 생원 집으로 무심코 보낸 것은 아니었다. 홍섬이 묵을 빈방이 하나 있었고, 송 생원이 언젠가 부탁했기 때문이었다. 송 생원과 선 군교는 남이라고 할 수 없었다. 송 생원 아내가 선 군교의 먼 친척 누님뻘이었던 것이다.

송 생원의 부탁이란 혹시라도 한양에서 명망 있는 선비가 유배 온다면 방을 제공할 터이니 자기 집으로 보내달라는 것이었다. 유배 온 선비에게 둘째 아들을 가르쳐보고 싶어서였다. 송 생원의 둘째 아들은 올해 아홉 살로 마을에서는 신동이라고 소문나 있었다. 물론 송 생원 자신이 둘째 아들 윤에게 《천자문》과 《동몽선습》을 가르쳤지만 그 이상은 자신이 없었고, 취령산 동쪽에 서당 훈장이 있기는 했지만 어린 아들이 혼자서 음음한 재를 넘어서 다니기에는 위험했던 것이다. 바다로 잠입한 왜구나 해상유랑민인 보자기 출신 도둑이 어린 아들을 납치해 가버릴지 몰랐으므로 조심하지 않을 수 없었다. 송 생원이 문간채 방 앞에서 헛기침을 했다.

"홍 좌랑님, 뭣허시오?"

"먹을 좀 갈고 있습니다."

방문이 열리자, 참숯 냄새 같은 묵향이 코를 스쳤다. 홍섬이 약간 절룩거리면서 나왔다. 송 생원이 말했다.

"여그서 가차운 조양에서 온 박 진사님이요."

"이런 모습으로 뵈어서 미안합니다."

"시상을 잘못 만나서 이런 고상을 허고 있는 거 같으요."

"술은 한 잔썩 허시오?"

"말씸을 들으니 술이 그리워집니다."

박 진사는 술이 그립다는 홍섬을 위해 밖에 있는 울돌이를 불렀다.

"울돌아, 술과 안주를 가져오그라. 보따리도 방으로 가져와불고."

"예, 어르신."

울돌이가 술과 안주를 먼저 방으로 들고 왔다. 그런 뒤 보따리도 들고 왔다. 홍섬과 송 생원이 보따리를 주시했다. 박 진사가 보따리를 홍섬에게 건네며 말했다.

"옷이 남루허다는 소리를 듣고 가져와부렀소."

"갈아입을 옷이 마땅찮았는데 고맙습니다."

홍섬은 물론 송 생원도 감탄했다.

"어처께 알고 가져와부렀소? 승려덜이 깨달으믄 천리를 보는 천안통이 열리고, 유생덜이 물리가 트이믄 먼 데 있넌 사람 마음도 알아분다고 헌디 참말로 그런 거 같소."

"아따, 송 생원님. 그런 말씸 마씨요. 하하하."

어른들 이야기를 듣고 있던 박광전이 방 윗목에 있는 개다리소반을 방 가운데로 옮겼다. 그런 뒤 길쭉한 항아리에 든 술과 안주를 올렸다. 술잔은 밖에서 기웃거리며 대기하고 있던 부엌데기 여종이 잰걸음으로 가져왔다. 솥에 찐 뒤 식초를 뿌린 간재미가 새콤한 냄새를 풍겼다. 진도바다의 것을 알아주지만 보성바다에서도 어부들이 낚시로 잡아 올리는 간재미였다. 송 생원이 지시하자 부엌데기 여종이 싱싱한 미나리무침도 안줏감으로 내왔다. 술은 쌀로 빚은 막걸리였다. 박 진사가 홍섭의 술잔에 술을 따르며 말했다.

"술이 그립다니 몬자 받어야겄소."

박 진사는 송 생원의 잔에도 술을 따랐다.

"원래 주인장은 낸중에 받는 것인디 오늘은 두 번째 술을 받어부 씨요."

"아이고메, 감사허요."

박 진사의 술잔은 홍섭이 채워주었다. 홍섭이 막걸리를 들이마신 뒤 간재미 살을 입 안에 넣고 우물우물하는 동안 알싸해지자 오만상을 찌 푸렸다. 처음 먹어보는 듯했다. 송 생원이 말했다.

"코끝이 시큰해진 것이 간재미 맛이요. 푹 삭혔다가 쪄부러야 더 맛 있는디 아깝소."

"한 번 오묘헌 맛을 알믄 안 묵고는 못 배기는 것이 간재미지라."

항아리에 든 막걸리는 생각보다 많았다. 여러 번 잔을 돌렸지만 항 아리 속의 막걸리는 줄어들지 않는 듯했다. 송 생원은 술이 약한 듯 어 느새 불콰해졌다. 송 생원이 말했다.

"내 아그나 박 진사님 아그를 볼 때 스승이 필요허요. 홍 좌랑님은 어쩌께 생각허요?"

"생원님 무슨 말씀이신가요?"

"아따, 아그덜 스승이 돼달라는 말이지라."

박 진사도 거들었다.

"농부는 씨 뿌릴 때를 놓쳐서는 안 되고, 학생은 배울 때를 놓쳐서는 안 되겄지라. 생원님 말씸은 그런 뜻 같그만이라."

"아, 두 분 뜻이 아니라도 제가 여기서 할 수 있는 일은 학생을 가르치는 일입니다. 저는 몸이 회복이 되면 반드시 강학을 열 것입니다."

"아이고메, 저는 홍 좌랑님의 맴을 읽지 못허고 부탁해부렀소잉."

송 생원이 술잔에 담긴 술을 마시는 시늉만 하면서 말했다. 그러자 박 진사가 송 생원의 술잔을 보면서 말했다.

"술잔이 뭔 물건이요? 들었다 났다만 허요. 오늘은 쭉 마셔부씨요. 홍 좌랑님께서 앞으로 강학을 여신당게 을메나 기분이 좋소?"

홍섬도 취기가 오른 듯 박 진사의 말에 맞장구를 쳤다.

"송 생원님은 저를 믿지 못허는 것 같습니다. 저를 경계하시니까 마시지 않는 것이 아닙니까?"

"고로코름 생각허시믄 섭섭해부요. 술이 약해서 실수헐까봐서 그렇제 다른 뜻은 읊그만이라."

송 생원이 손사래를 치자 그제야 홍섬이 박광전을 쳐다보며 말했다.

"글은 어디까지 읽었느냐?"

"아버님께 《천자문》과 《소학》을 배왔고 여덟 살에 《논어》를 쪼깜 읽다가 말았어라우."

"선생을 만나 공부의 눈을 뜰 시기이다만 내가 너를 잘 가르칠지는 알 수 없구나. 어쨌든 너의 근기를 좀 살펴봐야겠구나."

박광전의 근기를 살펴본다는 것은 공부 바탕이 어느 정도 다져졌는지를 알고 싶다는 말이었다. 박 진사는 문득 재작년의 일이 떠올랐다. 지인들이 집에 왔을 때 자랑할 생각으로 아들 박광전에게 시(詩) 두 구(句)를 짓게 했던 것이다.

"광전아, 재작년에 내가 시 두 구를 짓도록 시험했는디 아직도 기억허느냐?"

"예, 아부지. 잊지 않고 있지라우."

홍섬과 송 생원이 박광전을 주시했다. 박 진사가 말했다.

"도(道)자로 시작해서 위(爲)자로 끝나게 지어 보그라."

이에 어린 박광전이 "예, 아부지." 하고 잠깐 입을 쭈뼛거리더니 바로 기억해냈다.

"道自天命豈人爲

도는 천명에서 나오는데 어찌 사람에 의한 것이랴?"

박 진사가 다시 말했다.

"이번에는 위(爲)로 시작해서 도(道)자로 끝나게 지어 보그라."

박광전은 첫 구와 달리 거침없이 술술 대답했다.

"爲一大成孔子道

한 번 크게 공자의 도를 이루리라."

홍섬과 송 생원이 동시에 놀랐다. 홍섬은 아! 하고 탄성을 내질렀고, 자신의 둘째 아들만 영민한 줄 알았던 송 생원은 도저히 믿어지지 않는 듯 도리질을 했다. 홍섬이 말했다.

"광전아, 방에 붓과 벼루가 있으니 글을 써볼 수 있겠느냐?"

"예, 선상님."

홍섬이 편지를 쓰다만 종이를 주자, 박광전은 한쪽에 작은 붓으로 또박또박 써내려갔다. 홍섬이 또 다시 감탄했다.

"글씨가 정연한 것은 네 정신과 몸가짐이 바르다는 것이다."

"아닙니다. 아버님께서 가르쳐주신 대로 썼을 뿐이어라우."

"너는 《논어》를 바로 들어가도 될 것 같다. 언제든지 좋으니 내게 오너라."

홍섬은 박광전을 바로 제자로 받아주었다. 박 진사가 부탁한 바도 있었지만 홍섬이 어린 박광전의 근기를 직접 시험해본 뒤 내린 결정이었다. 그런데 어린 박광전의 표정은 박 진사와 달리 담담했다. 단정하게 앉아서 어른들이 하는 소리에 귀를 기울일 뿐 먼저 말하거나 웃지 않았다.

때마침 술이 떨어졌고 홍섬이 어디론가 편지를 쓰고 있었으므로 박 진사는 자리에서 일어났다. 홍섬이 박 진사에게 말했다.

"저는 죄인이라서 문 밖을 나가서 배웅하지 못합니다. 오늘 은혜 잊지 않겠습니다."

"무신 말씸인게라. 광전이를 잘 부탁헐 따름이요."

문간채 방을 나온 박 진사와 송 생원은 바로 헤어지기가 아쉬웠다. 송 생원이 이야기를 더 하고 싶은 듯 박 진사를 붙들었다.

"마실 우에 지가 지은 정자가 하나 있는디 한번 올라가보실게라우?"

"좋지라. 홍 좌랑이 아그덜을 갈쳐주겠다고 헌께 참말로 기분이 좋아불그만이라."

"저도 마찬가지요. 근디 정말로 홍 좌랑이 훌륭한 선비당가요?"

"권신 김안로와 맞선 선비니까 보통 선비가 아니지라."

송 생원과 박 진사가 문간채를 막 나서는 순간 고가사 승려가 고샅길 초입에서 올라오고 있었다. 사흘 전에 한 번 왔다가 홍섬과 의기가 통했던지 하루 종일 이야기를 나누었던 승려였다. 송 생원은 고가사 승려를 애써 무시하고 정자로 향했다. 송 생원이 고가사 승려를 보지 않으려고 했던 이유는 개고기 때문이었다. 송 생원은 개고기를 좋아해서 가끔 먹었는데, 개고기 몇 점을 홍섬에게도 주려고 부엌데기 여종이 문간채 방으로 가지고 갔다가 고가사 승려에게 "개를 묵다니 참말로 무자비헌 사람덜이그만!" 하고 한마디 들었던 것이다. 부엌데기가 그 말을 송 생원에게 그대로 전했으므로 송 생원이 고가사 승려를 좋게 볼 리 없었다.

두 사람은 고정 마루에 앉았다. 박 진사는 보성바다와 조양들판이 한눈에 들어오는 전망에 감탄했다. 오후 햇살이 난반사하는 보성만은 푸른 비단을 펼쳐놓은 듯했고, 조양들판은 연둣빛 신록이 둑길과 논두렁길부터 퍼져가고 있었다.

"아따, 여그가 명당이요!"

"명당이 따로 있을게라우? 훌륭헌 사람이 살믄 거그가 명당이 되겄지라."

부엌데기 여종이 술상을 가지고 올라왔다. 술은 여전히 막걸리였고 안주는 개고기 구이와 미나리무침이었다. 송 생원이 먼저 박 진사 술잔에 막걸리를 따랐다. 두 사람은 주거니 받거니 순식간에 몇 잔을 마셨다. 박광전은 고정 밖에서 두 손을 앞으로 모으고 두 어른이 나누는 이야기에 귀를 기울였다. 박 진사가 젓가락을 개고기 구이에 대지 않자 송 생원이 말했다.

"입 안에서 살살 녹아불 것이요. 한번 잡솨보씨요."

"술맛은 싱싱헌 미나리무침에 더 나부요."

"박 진사님은 개괴기를 싫어허신게라우?"

"작년까지만 해도 저도 좋아했지라우. 근디 김안로가 개괴기를 좋아헌다는 이야기를 향교에서 듣고 나서부텀 입에 대기가 쪼깜 거시기

허드그만요."

"간신 김안로가 개괴기를 좋아헌다는 야그는 첨 듣소야."

박 진사는 향교에서 들었던 대로 송 생원에게도 전해주었다.

김안로에게 개고기를 뇌물로 바치곤 했던 이팽수는 중종 29년(1534)에 승정원 주서(注書)로 임명받았다. 승정원 도승지의 추천이 없었지만 김안로가 중종을 움직여 마음대로 조치한 인사였다. 한마디로 김안로의 정실 인사였다. 그 인사는 누가 보아도 웃음거리밖에 안 되었다. 김안로와 한마을에서 살았던 이팽수의 아버지는 김안로의 가신이었고, 이팽수는 집에서 개를 길러 개고기를 좋아하는 김안로에게 뇌물로 바쳐왔던 바 임금의 지시를 기록하는 요직 중의 요직인 주서까지 올랐던 것이다.

"긍께 사람덜은 종9품 봉상시 참봉이었던 이팽수가 정7품 주서가 되자, '개고기 주서(家獐注書)'라는 별명을 붙여준거지라."

"아이고메, 박 진사님 야그를 듣고본께 묵었던 개괴기가 넘어와불라고 허요. 하하하."

"천하의 간신 김안로가 좋아헌 개괴기를 아무리 맛있다고 허드라도 우리가 어쳐께 묵겄소."

송 생원과 박 진사는 부엌데기 여종이 가지고 온 술을 다 마시고 나서야 고정 마루에서 일어났다. 박광전은 처음으로 조정에 간신과 충신이 있다는 것을 알았다. 뿐만 아니라 간신이 되면 한양이든 지방이든 세상 사람들 모두가 비웃는다는 사실도 두 어른의 이야기를 들으면서 가슴에 새겼다.

물방울이 바위를 뚫듯

박광전은 스승 홍섬의 강학을 듣기 위해 날마다 십 리 길을 혼자 걸어 다녔다. 가랑비 오는 날에는 도롱이를 걸치고 다녔고, 어쩌다 늦잠을 잔 날은 뛰다시피 달렸다. 고뿔에 걸려 기침을 콜록콜록 하는 날도 어머니 낭주 최씨가 만류했지만 소용없었다.

홍섬은 제자 박광전의 그런 성근짐이 마음에 들어 무엇이든 하나라도 더 가르쳐주려고 애썼다. 송 생원의 둘째 아들 송윤하고 달랐다. 한 살 어린 송윤이 박광전보다 영민한 것 같았지만 강학을 대하는 태도에 있어서는 박광전의 성실함을 따르지 못했다. 홍섬은 공부를 시키다가 딴전피우는 송윤을 세워놓고 따끔하게 훈계하기도 했다.

"수적천석(水滴穿石)이라 물 수, 물방울 적, 뚫을 천, 돌 석이다. 작은 물방울이라도 끊임없이 떨어지면 결국엔 돌에 구멍이 뚫린다는 뜻이니라. 아무리 작은 한줌이라도 오랫동안 쌓이면 산이 되고, 아무리 작은 힘이라도 꾸준히 힘써 도모한다면 나중에는 큰 일을 이룰 수 있지 않겠느냐. 윤이는 머리만 믿고 노력하지 않는 것이 병통이구나."

홍섬이 강학에 집중하지 않는 송윤을 나무라는 말이었다. 그러나 박광전은 수적천석이라는 성어(成語)가 가슴에 와닿았다. 스승 홍섬이 이야기하는 수적천석의 고사(故事)가 뇌리를 떠나지 않았다. 수적천석은 송나라 때 있었던 고사에서 유래한 말이었다.

장괴애라는 벼슬아치가 숭양현 현령으로 부임해서 일할 때였다. 장괴애는 성 안을 불시에 순찰을 돌곤 했다. 어느 날이었다. 순찰을 도는 동안 관의 창고에서 급히 나오는 관원을 발견했다. 장괴애는 수상히 여기고는 나졸들을 시켜 그를 붙잡았다. 그런 뒤 장괴애가 직접 그의 몸수색을 했는데 엽전이 한 닢 나왔다. 관원은 용서를 빌었지만 장괴애는 그를 감옥에 가두었다.

다음 날, 장괴애는 관아 마당에서 재판을 열고 그의 죄를 물어 곤장형을 내렸다. 그런데 그가 억울하다며 "고작 엽전 한 닢을 가지고 곤장이라니요, 너무 과하십니다."라고 항변했다. 그러자 장괴애가 엄하게 "하루 한 닢일지라도 천 날이면 천 닢이 되는 게지. 물방울이 계속 떨어지면 바위를 뚫는 법이야."라고 꾸짖었다. 그래도 엽전을 훔친 관원이 재판을 구경하기 위해 모인 사람들 앞에서 큰 소리로 억울하다고 말하자, 장괴애는 칼을 뽑아 신상필벌의 본을 보이듯 그의 목을 내리쳐 버렸다.

"윤아, 알겠느냐? 지난 봄부터 배운 《논어》 필사본 책자에 수적천석이란 네 글자를 써서 항상 공부하기 전에 그 뜻을 명심하거라."

"예, 선상님."

"광전이는 무슨 글자를 써서 마음의 패(牌)로 삼겠느냐?"

"선상님, 지도 수적천석이라는 니 글짜가 가심에 팍 꽂혀불그만요."

박광전은 그날 배운 내용을 집으로 온 뒤에 반드시 복습을 했다. 때로는 아버지 박 진사 앞에서 외워 바칠 때도 있었다. 물론 박 진사가 물어볼 때가 많았다. 그날도 그랬다. 초저녁이 되자 박 진사가 아들 박광전을 사랑방으로 불러 물었다.

"오늘 배운 글 중에 으떤 것이 니 맴에 남느냐?"

"〈학이편〉과 〈위정편〉에 나오는 한 구절이그만요."

"한번 외워 보그라."

박광전은 자세를 고쳤다. 아버지 박 진사와 이야기할 때는 양반자세로 앉았지만 홍섬에게 배운 내용을 외울 때는 반드시 무릎을 꿇었던 것이다.

공자께서 말씀하셨다. 남이 자기를 알아주지 않는 것을 걱정하지 말고, 자기가 남을 알아보지 못함을 걱정해야 하느니라.

子曰 不德人之不己知 患不知人也

"홍 선상님은 그 뜻을 뭣이라고 허드냐?"

"대학자 주자의 풀이람서 '군자는 나에게 있는 것부터 찾는다. 때문에 남들이 자신의 능력을 알아주지 않아도 걱정하지 않는다. 그러나 남의 능력을 제대로 알지 못하면, 그가 옳은지 틀렸는지 사악한지 올바른지 구별하지 못한다. 때문에 이것을 근심해야 한다.'고 말씀하셨어라우."

"오냐. 잘 배왔다. 〈위정편〉의 구절은 뭣이냐?"

"밤마다 보는 북극성이 나와서 더 귀에 들어오드그만요. 요런 구절이어라우."

공자가 말씀하셨다. 정치는 덕으로 해야 한다. 그것은 마치 북극성이 자기 자리를 지키고 있으면 모든 별들이 북극성을 중심으로 도는 것과 같으니라.

子曰 爲政以德 譬如北辰 居其所 而衆星共之

박 진사가 일어나 북쪽으로 난 사랑방의 들창을 밀어 올렸다. 그러자 초저녁의 별들이 점점 보였다. 가장 크고 밝은 별이 북극성이었다. 축축한 바람결에 풋풋한 푸나무 냄새가 방 안으로 밀려왔다. 또 소낙비가 내릴 조짐이었다. 박 진사가 한마디 했다.

"홍 선상님헌테 서너 달 배왔지만 나헌테 몇 년을 배운 것보다 나슨 거 같다. 니는 선상님 복이 있는 거 같다야."

"근디 아부지, 오늘은 《논어》보다 제 귀에 쏘옥 들어와분 선상님 말씸이 있어라우."

"말해 보그라."

"물방울이 바우를 뚫는다는 수적천석을 말씀허셨는디 지 가심에 꽉 꽂혀불드랑께요."

"이태백이도 절에서 수적천석허는 맴으로 시를 갈고 닦어 냄중에 시성(詩聖)이 됐제. 물방울이 바우를 뚫듯 공부허믄 이루지 못헐 일이 으디 있겄냐."

"예, 아부지."

박광전은 스스로 다짐하듯 어금니를 꼭 물었다. 그런 아들을 본 박 진사가 또 말했다.

"비슷한 말로 노적성해(露積成海)가 있느니라. 이슬방울이 모여서 바다를 이룬다는 뜻이제. 작은 노력덜이 모여서 냄중에 큰 뜻이 이뤄져

분다는 말이 아니겠느냐. 자, 인자 가서 자그라."

박광전은 별채 공부방으로 돌아갔고, 박 진사는 자정 무렵에야 토막잠을 잤다가 다시 깨어났다. 얼른 들창을 닫았다. 장대비가 푸나무를 두들기고 있었다. 박 진사는 장대비 소리에 밤새 뒤척거렸다. 백중 무렵에 내리는 비는 농사에 도움이 안 되고 비설거지를 못한 울돌이만 바빠질 터였다. 아들 박광전에게도 좋을 리 없었다. 조양천 물이 불어나면 징검다리를 건너가는 것이 위험하기 때문이었다. 폭우가 한나절만 쏟아져도 조양천은 벌건 흙탕물이 소용돌이치면서 흘러갔다.

장대비는 이른 아침까지도 그치지 않았다. 박 진사뿐만 아니라 아내 낭주 최씨도 아들 박광전 때문에 애를 태웠다. 아들이 도롱이를 걸치고서 흥양을 다녀온다고 우길 것 같아서였다. 강학에 한 번도 빠진 적이 없었으므로 비가 쏟아지는 날에는 부모 입장에서 난감하기만 했다. 그렇다고 빗길이 위험한 줄 알면서 모른 척 방관할 수도 없었다. 가슴을 졸이는 것은 낭주 최씨가 더했다.

"광전아, 물이 불어분 조양천을 어쩌께 건너갈라고 그러냐. 오늘은 가지 마라잉."

"엄니, 인자 징검다리를 눈 감고도 갈 수 있응께 걱정 마시씨요."

"흙탕물이 돼부러서 징검다리가 안 보일 거 같은께 그런다. 오늘은 눈 딱 감고 엄니 말 들어란마다."

박 진사는 만류하는 것이 불가능한 줄 알기 때문에 울돌이를 불렀다. 그래도 울돌이를 동행시키면 마음이 놓일 것 같았다.

"울돌아, 니 오늘 헐 일이 읎지야?"

"예, 어르신."

"그라믄 광전이허고 홍양 쪼깜 댕겨오그라. 조양천이 위험해서 그런다."

"어르신, 댕겨올께라우."

울돌이는 속셈이 있었다. 송 생원댁 부엌데기에게 눈을 한 번 준 적이 있었는데, 그때 부엌데기 얼굴이 홍시처럼 붉어졌던 것이다. 울돌이는 부엌데기의 그 모습이 또 보고 싶어 박 진사의 말이 떨어지자마자 대답했다. 이윽고 도롱이를 걸친 박광전은 사립문을 나섰다. 장대비가 내렸지만 아무도 말리지 못했다. 울돌이의 표정은 다른 날과 달리 밝았다. 빗물을 훔치면서도 씨익씨익 웃기만 했다.

과연, 조양천은 흙탕물로 변해 화가 난 듯 사납게 흐르고 있었다. 징검다리 부근의 팽나무와 느티나무가 있는 쉼터에서 울돌이가 머뭇거렸다.

"물이 불어 징검돌이 안 보이는디 으쩌까잉."

"성, 내가 몬자 건너가볼께."

박광전은 한시라도 빨리 스승 홍섬을 만나고 싶은 생각에 바지를 무릎께까지 걷어 올리고는 징검돌을 더듬더듬 찾아서 건너기 시작했다. 그러나 중간쯤 가서는 징검돌을 찾지 못하고 풍덩 조양천에 빠져버렸다. 발이 떠 있는 순간 물살에 몸이 밀려 아래쪽으로 떠내려갔다. 놀란 울돌이가 뒤쫓아와 위험은 면했지만 아찔한 순간이었다. 박광전은 울돌이 등에 업혀 겨우 조양천을 건넜다.

"아이고, 간 떨어져분 줄 알았네."

"성, 고마운디 돌아갈 때는 물이 쪼깜 줄어들겄제?"

"비가 그칠 거 같기는 헌디 여그는 겁나게 위험형마잉."

울돌이 말대로 어느새 빗발은 가늘어지고 있었다. 비구름이 취령산을 넘어가고 있는 중이었다. 장흥 쪽에서 불어오는 하늬바람이 비구름을 낙안과 흥양 하늘로 밀어내고 있었다. 고정이 있는 마을이 보이자, 햇살이 언뜻언뜻 비쳤다. 마을로 올라가기 전에 박광전과 울돌이는 젖은 옷을 벗어 힘껏 쥐어짠 뒤 탈탈 털었다. 그러자 바지저고리가 한결 가벼워졌다.

"나는 공부허는 시간에 성은 뭣헐랑가?"

"송 생원 어르신 집에 심쓸 일이 있을랑가 모르겠네잉. 부삭 일도 좋고."

"워메, 부삭 일을 남자가 어쩌께 헌당가?"

"원래 남자 일, 여자 일 따로 있간디. 일은 다 똑같제."

울돌이가 능청맞게 대답하자 박광전은 더 묻지 않았다. 박광전이 마을 고샅길로 들어섰을 때 고정에서 내려오는 듯 홍섬이 박광전을 보고는 깜짝 놀랐다.

"광전아, 앞으로는 비가 오는 날은 오지 않아도 된다."

"선상님, 어저께 수적천석이라고 말씀허시지 않으셨습니까요. 지 아부지께서는 노적성해란 말씸도 해주셨어라우."

"오호, 기특하구나. 참으로 성근지구나."

박광전은 홍섬을 따라서 문간채 방으로 들어갔다. 뒤따라서 송윤도 들어왔다.

"선상님께서 《논어》를 첨 갈쳐주심서 '배운다는 것은 본받는 것'이라고 말씀허셨어라우. 지는 선상님을 본받을 생각뿐입니다요."

마지못해 들어온 송윤이 박광전을 쳐다보면서 이맛살을 찌푸렸다.

박광전이 비를 핑계대고 오지 않았으면 강학을 쉴 텐데 그러지 못했기 때문이었다. 아직도 자신의 머리만 믿고 공부에 집중하지 않고 있다는 증거였다. 박광전보다 한 살 어리지만 송윤은 이미 《논어》를 독학으로 다 외우고 있었다. 그러니 《논어》 강학이 심심했을 터이고, 어제 스승 홍섬이 말한 수적천석이 그의 마음을 격동시키지 못했을 수도 있었다.

강학이 끝나고 홍섬은 박광전의 머리에서 쉰내가 난다고 말했다. 빗물에 젖었던 머리카락이 마르면서 풍긴 냄새였다. 홍섬은 세숫대야에 물을 떠와 감겨주고는 세수까지 시켜주었다. 그러자 조양천 흙탕물을 뒤집어쓴 박광전의 얼굴이 다시 해맑게 드러났다.

홍섬에게 《논어》를 공부하던 박광전은 송 생원에 의해 신동이라고 소문이 났다. 송 생원은 자기 아들보다 박광전에게 반해서 흥양의 여산 송씨들에게 자랑을 하고 다녔던 것이다. 물론 머리로만 치자면 홍섬이 인정했듯 자기 둘째 아들이 더 뛰어났지만 성실함에는 박광전을 따르지 못했던 것이다. 송 생원이 퍼뜨린 소문은 보성향교는 물론이고 능성향교, 화순향교, 동복향교까지 돌았다.

다음 해, 그러니까 박광전이 11세 때였다. 전라감사까지 보성에 신동이 있다는 소문을 듣고는 가을 순시 길에 박광전을 보성관아로 불렀다. 그런 뒤 박광전을 옆에 앉히고는 물었다.

"네가 《논어》를 앞으로도, 뒤로도 다 외운다는 소문이 돌던데 맞느냐?"

"글자만 외우고 있그만요. 성현의 성품을 닮을라믄 아득해라우."

"허허허. 말하는 것에 공자님 말씀의 그림자가 깃들어 있구나."

"아직도 수적천석의 맴으로 공부허고 있그만요."

"시는 지어보았느냐?"

"야달 살 때부텀 지어보았는디 참말로 미숙헙니다요."

"그래? 그럼 내가 '소수(瀟水)와 상수(湘水)에 밤비 내리는 그림(瀟湘夜雨圖)이라는 시제를 주겠다. 한번 지어 보거라."

그러자 박광전은 입에 붓대롱 끝을 갖다 댔다가 떼었다가 하면서 한참 동안 망설이더니 붓에 먹물을 묻혔다. 써내려간 붓글씨는 박광전의 치아처럼 가지런했는데, 칠언절구 2수였다.

> 만 리 원상의 끌은 푸른 옥빛으로 흐르는데
> 성긴 대숲에는 밤새도록 가을비 소리 처량하네.
> 연기가 유자나무 끌가 달빛을 잠재우고
> 바람은 퉁소소리에 실린 시름을 희롱하네.
> 萬里沅湘碧玉流 疎篁一夜雨聲秋
> 煙沈橘柚州前月 風弄參差曲外愁

> 돌아가는 배 가물가물 파도에 젖시고
> 고기잡이 불도 깜박깜박 시야를 벗어나네.
> 붉고 푸른 그림 속엔 잔나비 그려져 있는데
> 온 세상 시인들은 모두 머리가 세어지네.
> 漠漠歸舟沾灑灑 微微漁火遠悠悠
> 丹青直見遠猩在 天下騷人盡白頭

전라감사는 어린 박광전이 지어 바친 시를 보고는 감탄했다. 물론 가장 대견해 한 사람은 다음 날 박광전의 시를 본 스승 홍섬이었다. 홍섬은 박광전의 시를 보고는 중얼거렸다.

"이제 독학으로 공부해도 너는 가히 빛나가지 않겠구나."

"선상님, 독학이라고라우? 지는 아직 멀었그만요."

그러나 홍섬이 독학이라고 한 것은 그냥 허투루 내뱉은 말이 아니었다. 김안로의 권세가 하루가 다르게 꺾이고 있음을 전해 들었기 때문이었다. 이제 자신이 해배가 되어 한양으로 올라가더라도 박광전 혼자서 공부할 수 있으리라는 믿음이 들었던 것이다.

임 진사의 아들

모래알 같은 싸락눈이 한동안 따갑게 흩날렸다. 조양들판은 소금을 뿌린 듯 하얗게 변했다. 한겨울인데도 박 진사는 보성향교를 자주 나갔다. 작년 가을 순시 나온 전라감사에게 시 두 수를 지어 올려 자신의 체통을 세워준 아들 박광전 때문이기도 했다. 박 진사는 보성향교 교생들에게 몇 달이 지났지만 지금까지도 인사를 받곤 했다. 특히 보성읍에 사는 결혼한 교생이 인사를 잘했다.

"진사님, 아드님 시가 볼수록 좋아불그만요."

"아따, 아직 멀었제잉."

"전라감사님이 여러 지방을 순시험시로 아드님 자랑을 허고 댕기신다고 허등마요."

"에린 놈이 시를 지어서 기특헌께 그러겄제잉."

박 진사는 볼 때마다 말을 붙이는 보성읍 그 교생이 싫지 않았다. 물론 교생들에게 인사받기 위해 향교를 드나드는 것은 아니었다. 박 진사가 마음을 크게 낸 덕분에 봄이 오기 전까지 할 일이 있었기 때문이었다. 한겨울 북풍에 무너진 향교의 담을 다시 쌓고, 명륜당 썩은 기둥과 서까래를 교체하는 일에 드는 보수 비용을 지원하기 위해서였다.

향교를 거쳐 간 유생들이 눈치만 보고 있자, 박 진사가 선뜻 희사하겠다고 나섰던 것이다. 뒤늦게 조양 귀산촌 임 진사가 보수 비용의 반을 대겠다고 나서주어 부담을 덜기는 했지만.

싸락눈이 성글어진 이른 미시(未時, 오후 1시). 향교를 나온 박 진사는 바로 귀가하지 않고 귀산촌 임 진사 집을 찾아갔다. 박 진사와 임 진사는 서로 만난 적은 없었다. 그렇다고 굳이 멀리할 사이도 아니었다. 박 진사는 조양 토박이였고, 장흥에서 오래전에 축내촌으로 이사 온 임 진사는 사교를 멀리하고 살아온 탓에 친교가 없었을 뿐이었다. 어쨌든 박 진사가 일부러 임 진사를 만나러 가고 있는 것은 향교 보수 비용을 보태주어 고맙다는 말도 전하고, 어차피 조양 땅에 함께 살아갈 유생이니 친근해지기 위해서였다.

박 진사는 임 진사 집 앞에서 얼굴과 도포자락에 붙은 싸락눈을 털어냈다. 박 진사를 맞이한 임 진사는 녹차를 내와 반갑게 대접했다. 조양 땅에도 산지사방으로 야생 녹차가 자생하고 있었던 것이다. 박 진사는 술을 좋아했지만 녹차에도 아취가 있다고 생각했다. 주례(酒禮)가 있다면 다례(茶禮)도 있을 터였다.

"임 진사님, 보성향교에 희사를 해주시니 고마울 뿐이그만요."

"진작에 보성 사람이 돼부렀는디 당연허지라."

"짚은 뜻이 있응께 흔쾌허게 마음을 냈겄지라."

"뜻은 무신 뜻이 있겄소? 지 맴이 고로크롬 시킨께 낸 것이지라."

임 진사는 솔직했다. 보성군으로 와서 살고 있으니 보성에 뭔가를 기여해야만 마음이 편할 것 같다는 답변이었다. 사실 선비로서 행세를 하려면 가끔 희사도 해야만 체통을 세울 수 있는 것도 사실이었다. 아무리 부자라 하더라도 베풀 줄 모르면 대접해주지 않는 것이 어느 지방이나 인지상정이었다. 임 진사가 말했다.

"박 진사님, 쪼깜 보탠 거 가지고 너무 그라지 마시지라. 여그까정 찾아오시다니 지가 몸 둘 바를 모르겄그만요."

"작년 농사는 흉작이었는디도 도와주신께 을매나 고마운지요."

녹차의 향이 박 진사의 코끝을 스쳤다. 황금빛으로 우러난 녹차의 맛은 오묘했다. 박 진사는 임 진사와 차담을 나누면서 녹차의 향과 맛을 새삼 느꼈다. 그때 임 진사가 방문을 열고 아들 임계영을 불렀다. 마침 다섯째 아들 임계영이 임 진사의 심부름을 하기 위해 두 손을 앞으로 모은 자세로 방문 밖에 서 있었다.

"계영아, 박 진사님이시다. 와서 인사 드려라."

"예, 아부지."

임계영이 방으로 들어와 박 진사에게 큰절을 했다. 그런 뒤 다부지게 말했다.

"인사 올리겠습니다요. 지 나이는 열 살, 이름은 계영이라고 헙니다요."

"허허. 소개허는 것을 보니 아조 대차그만."

"하마터면 진사님을 뵙지 못헐 뻔했그만요."

"그게 무신 말이냐?"

"지는 메칠 뒤에 화순 모후산 유마사로 공부하러 갈라고 헙니다요."

임 진사가 손사래를 치며 말했다.

"니 엄니가 한사코 반대허는디 꼭 가야 쓰겄냐. 니 엄니 말로는 절에서는 채소만 묵는다고 허드라. 몸땡이가 짱짱해야 공부도 잘 헐 수 있는 벱이다."

"서당 훈장님이 인자 혼자서도 글을 잘 읽을 것이라고 했어라우."

"다시는 그런 말 허지 말어라. 한 삼 년 서당에 더 댕기다가 니 뜻대로 허그라."

"예, 아버님."

임계영은 그 자리에서 자신의 고집을 꺾었다. 고집을 피우고 접는 것도 분명했다. 박 진사가 칭찬을 아끼지 않았다.

"아이고메, 나헌테도 열두 살짜리 아들이 있는디 임 진사님 아들이 훨씬 딱 부러져부요."

"배추멩키로 속이 꽉 차부러야 똑똑헌 자식이겠지라."

박 진사의 칭찬에 임 진사가 고개를 저었다. 그러자 박 진사가 직접 임계영에게 물었다.

"지금까지 공부는 으디서 했느냐?"

"서당에서 배왔그만요."

임 진사가 산으로 둘러싸인 축내촌에서 논밭이 있는 귀산촌으로 이사한 이유는 두 가지였다. 하나는 살림이 넉넉해져 귀산촌의 논밭을 사들이느라고 그랬고, 또 다른 이유라면 귀산촌에는 아이들을 가르칠 수 있는 서당이 있었기 때문이었다. 임계영이 첫돌을 넘긴 다음 해에 귀산촌으로 형 네 명과 함께 이사했는데, 어머니가 늦둥이로 낳은 여섯째 막냇동생까지 합하면 모두 육형제였다.

"지금 허고 있는 공부는 뭣인고?"

"《천자문》은 폴시게 다 외와부렀고요, 지금은 《옥편》 상하권 중에서 상권을 끝내고 있는 중입니다요."

"《옥편》을 외와분단 말이구나."

"예. 내년 봄에는 하권까지 끝내불라고 맘묵고 있습니다요."

"참말로 성근지구나. 원석이 좋은께 훌륭헌 스승만 만나불믄 정녕 보석이 되고 말겄구나."

박 진사는 임계영이 기특해서 또 말을 시켰다.

"으째서 《옥편》을 외울 생각을 했느냐?"

"《옥편》을 다 외운다믄 선상님 읎이도 무슨 책이든 독학으로 읽고 뜻을 알 수 있지 않겄습니까요."

"아, 그래서 절에 들어가 혼자서 공부허고 잖다고 헌 것이구나."

그런데 임 진사는 아들 임계영의 그런 태도가 불만인 듯했다.

"길도 지름길이 있고, 먼 길이 있고, 어먼 길이 있제. 혼자서 공부허 다가는 어먼 길로 들어서불 수가 있겄제. 그라고 먼 길을 쓰잘떼기 읎 이 간다믄 바보 멍텅구리여. 긍께 선상님을 만나 지름길을 알아야 쓰 는 것이여."

"지당헌 말씸이요. 선상님이 필요헌 것이요. 계영이도 아버님 말씸 이 맞다고 생각허지야?"

"지는 인자 서당 훈장님 곁을 떠나고 잖어라우. 긍께 혼자 해볼라는 생각을 허고 있지라우."

"계영이가 훌륭헌 선상님을 만나지 못헌 불만이 쪼깜 있구나."

박 진사는 안타까웠다. 임계영이 형들과 수년 동안 다닌 서당에 흥 미를 잃고 있음이 틀림없었다. 진즉에 알았다면 홍섬에게 소개해주었 을 텐데 이제는 그럴 수도 없었다. 홍섬이 해배되어 흥양을 떠날 것이

기 때문이었다. 그제야 임 진사가 임계영을 방에서 내보내며 한마디
했다.

"인자 나가거라. 내년에는 조양으로 진사님께 세배를 댕겨야 헌다."

"예, 영념헐게라우."

박 진사는 임 진사가 따라주는 녹차를 서너 잔 더 마셨다. 술은 기분
을 격동시켜주지만 녹차는 마실수록 정신을 맑게 했다. 임 진사가 부
탁했다.

"인근에 좋은 선상님이 읎을게라?"

"흥양에 홍섬이라는 선비가 유배를 왔는디 인자 갈 때가 돼부렀소.
내 아들은 거그서 햇수로 3년째 강학을 들었그만요."

"아이고메, 박 진사님을 진작에 찾아뵀으믄 기회를 얻었을 것인디
후회가 막심허요."

임 진사는 아쉬운 듯 손가락을 오도독 꺾었다. 직접 임계영을 본 박
진사도 마찬가지였다. 방금 임 진사의 다섯째 아들 임계영이 옥편 상
권을 외워간다고 말했기에 더 그런 마음이 들었다. 박 진사가 임 진사
를 위로하며 일어섰다.

"계영이가 혼자서도 잘 허니 향교에 갈 때까지는 지다려야 허겠그
만요."

"향교에 갈라믄 열여섯 살이 되야 허는디 그때까지 어처께 지다릴
게라우?"

"지가 볼 때는 걱정 안 해도 될 거 같으요."

"올해는 그렇고 내년에는 지가 원허는 대로 절에 가서 공부헌다믄
막을 생각이 읎그만이라."

실제로 임 진사는 임계영이 열한 살 되는 내년쯤에는 아내를 설득하여 아들이 원하는 유마사로 보낼 생각이었다. 그런 뒤 돌아오면 혼인을 시키고 향교로 보내 학문에 전념케 한 연후에 생진사시를 보게 할 계획이었다. 명망이 높은 선비가 없는 지방에서 아들을 가르치려면 향교에 보내는 방법밖에 없었다.

박 진사는 늦은 신시(신시, 오후 5시)에 차담 자리에서 일어나 임 진사와 헤어졌다. 녹차를 여러 잔 마신 탓인지 심하게 요의를 느꼈다. 박 진사는 귀산촌에서 한참 동안 내려와 산길이 끝나는 곳에서 허리띠를 풀었다. 굵은 오줌발이 억새풀을 두들기자 장대비 쏟아지는 소리가 났다. 박 진사는 진저리를 치며 바지춤을 추켜올렸다. 귀산촌에서 내려다보이는 조양촌은 아주 먼 거리는 아니었다.

찬 바닷바람이 윙 소리를 지르며 땅거미가 지는 조양들판을 지나갔다. 박광전은 동구 밖에서 발을 동동 구르며 아버지 박 진사를 기다렸다. 아침에 보성향교에 간다고 출타했던 아버지 박 진사가 아직까지도 돌아오지 않고 있기 때문이었다. 이윽고 멀리서 두루마기 자락을 휘날리고 오는 사람이 보였다. 박광전은 아버지 박 진사인 것을 바로 알아보았다. 박광전은 나무다리까지 잰걸음으로 갔다.

"아부지, 일이 늦게 끝난게라우?"

"시안이라서 일이 더디기는 허지만 오후에 쩌그 귀산촌을 갔다가 오는 길이다."

"오늘은 싸락눈에다 바람까정 부는그만요."

"니는 흥양에 잘 댕겨왔냐?"

"선상님께서 강학을 일찍 파했어라우."

"무신 일이 있었는갑다잉."

"한양서 손님 한 분이 오셨그만요. 지체가 높은지 말을 타고 오셨어라우."

"긴허게 주고받을 이야기가 있은께 강학을 일찍 파헌 것 같구나."

"지도 고로코름 생각했그만요."

"니 선상님에게 좋은 일이 생길지도 모르겄다."

박 진사는 홍섬이 해배가 될지 모른다고 생각했다. 보성향교에서 교생들을 가르치는 훈도에게 들은 소식인데, 김안로가 중종의 계비 문정왕후를 폐위하려고 도모하다가 발각되어 곧 유배를 갈 것이라고 말했던 것이다.

"선상님께서 한양으로 올라가시는게라우?"

"흥양에 온 지 올해로 3년짼디 은제까지 여그 겨시겄느냐."

"아숩그만요."

"아직 결정된 거 읎응께 함부로 말허지 말그라."

"예, 아부지."

박 진사는 아들 박광전을 앞세우고 집으로 돌아왔다. 그날 밤 박 진사는 아내 낭주 최씨와 보성향교에 보낼 곡식의 양을 놓고 이야기를 주고받았다.

"임자, 원래는 쌀 오십 석을 보낼라고 했는디 반만 내놓아도 되겄소."

"일이 반으로 줄어들었는게라우?"

"손보는 김에 일은 오히려 쪼깜 더 생겼제. 일허다 보믄 늘 늘어나기 마련이여."

"근디 으째서 곡석은 반만 필요허다요?"

"장흥서 이사 와서 사는 임 진사가 반을 보태기로 했소."

"쩌그 귀산촌 사는 분이그만요."

"맞소."

"작년 농사가 숭작이었는디 잘 됐그만이라우."

"하늘이 도운 거 같어."

박 진사는 보성향교에 선뜻 보수 비용을 대기로 해놓고 아내 낭주 최씨의 눈치를 보았던 것이다. 작년 벼농사를 가을 태풍으로 망쳐버렸기 때문이었다. 추석 전에 큰 태풍이 와서 익어가던 벼들이 처참하게 쓰러져버렸음이었다. 바람에 넘어진 벼들을 일으켜 세워놓고 묶기는 했지만 바다 쪽의 짠물이 범람한 논은 수확을 포기하지 않을 수 없었던 것이다.

"그 집도 피해를 입었을 것인디 고맙소야."

"임 진사는 산자락 다랑이 논이 많아서 들판에 논이 있는 우리보다 피해가 적었을 것이오."

사람들은 임 진사도 조양의 부자로 쳐주었다. 박 진사가 대대로 이어지는 토박이 부자라면, 임 진사는 장흥에서 이사를 와서 터를 잡은 신흥부자였다.

"사실은 아칙에 향교를 나갔다가 오후에 임 진사를 만나고 와부렀소."

"날이 궂은디 다른 날 가시지 그랬소?"

"고마와서 귀산촌 임 진사 집으로 갔다가 오는 바람에 늦었소."

"서로 알고 지내믄 좋지라우."

"하루 종일 돌아댕겼드니 피곤혀요. 일찍 사랑방으로 가겠소"

박 진사는 다시 사랑방으로 건너갔다. 사랑방 아궁이에 군불을 지피는 것은 깔담살이 어린 머슴 몫이었다. 사랑방 아랫목은 뜨끈뜨끈했다. 박 진사는 큰 대자로 누워 눈을 감았다. 눈을 감자마자 임 진사가 떠올라 박 진사는 미소를 지었다. 더구나 임 진사가 인사를 시킨 그의 아들 눈망울이 어찌나 맑은지 쉬 머릿속을 떠나지 않았다.

밤바람에 댓잎이 거풋거리는 소리가 났다. 아랫목은 아직도 뜨거웠다. 박 진사는 뒤척거리다가 문을 열고 밖으로 나왔다. 찬 공기에 목덜미가 저절로 움츠러들었다. 별채 방에서 아들 박광전이 글 읽는 소리가 났다. 《논어》의 마지막 구절이었다.

'공자께서 말씀하셨다. 천명을 알지 못한다면 군자가 될 길이 없고, 예를 알지 못한다면 세상에 설 길이 없으며, 상대의 말을 알아듣지 못한다면 사람을 알 길이 없느니라.'

子曰 不知命 無以爲君子也 不知禮 無以立也 不知言 無以知人也

박 진사는 아들 박광전이 스승으로 홍섬을 만난 것에 몹시 만족했다. 아들의 글 읽는 소리를 들어보면 뜻을 이해하는지 못하는지 '귀 속의 귀'로 알 수 있었다. 박 진사는 아들 박광전이 《논어》를 통해 공자의 도(道)에 진일보했음을 느꼈다. 박광전이 여덟 살에 '한 번 크게 공자의 도를 이루리라(爲一大成孔子道).'라고 했던 다짐이 열두 살이 되어 비로소 실천되고 있는 것 같아서 흐뭇했다.

스승 홍섬이 떠나다

김안로의 권세도 좌의정에 오른 지 3년 만에 꺾였다. 세자인 인종을 보호해야 한다는 명분을 내세워 중종의 계비인 문정왕후를 내쫓으려다가 되치기를 당하기 시작했던 것이다. 누구보다도 중종이 분기탱천했다. 결국 김안로는 중종의 밀령을 받은 윤안임(尹安任)과 대사헌 양연(梁淵)에 의해 체포되어 중종32년(1537) 절해고도인 진도로 유배형을 받았고, 이어 10월 27일 사사당하기에 이르렀다.

김안로가 사사를 당하자, 홍섬은 얼마 뒤 동짓달에 해배가 되었다. 홍섬은 흥양현감이 보낸 군교로부터 오후 늦게 해배 통고를 받고 즉시 선전관을 따라서 상경했다. 문간채 방을 빌려주었던 송 생원과 저녁도 한 끼 먹지 못하고 흥양 양강역 찰방이 보내준 말에 올라탔던 것이다. 선전관이 순천관아에 가능한 한 신속하게 전해줄 인사공문이 있었기 때문이었다.

홍섬은 제자 송윤과 박광전에게 편지 한 장씩이라도 써놓고 떠난 것을 그나마 위안으로 삼았다. 홍섬이 낙안에 도착하자 눈송이가 희끗희끗 날렸다. 남녘에 뒤늦게 내리는 첫눈이자 유배에서 풀려난 홍섬에게는 서설이었다. 그런데 눈은 초저녁까지 찔끔 내리다가 그치고 말았다.

다음 날 아침. 박광전은 평소와 같이 흥양으로 갔다가 스승 홍섬이 떠난 줄 알았다. 송윤이 문간채 방 아랫목에서 배를 깔고 누워 있다가 말했다.

"광전이 성, 선상님은 어저께 떠나셔부렀어."

"올 것이 와부렀다잉."

박광전은 크게 놀라지는 않았다. 1년 전쯤부터 스승 홍섬이 이따금 "이제 독학으로 공부해도 너는 가히 빛나가지 않겠구나."라고 칭찬하곤 했던바, 광전은 어느 정도 스승의 해배를 눈치 채고 있었던 것이다. 다만 아버지 박 진사가 일체 발설하지 말라는 바람에 말하지 않고 있었을 뿐이었다.

송윤이 편지를 내밀었다.

"선상님께서 성헌테 남긴 편지여."

"니헌테 맽기셨다잉."

"아니, 여그 방바닥에다가 내 것과 성 것을 놓아불고 가셨드랑께."

"급헌 일이 있으신께 핑 싸게 가부신 모냥이다."

"아부지가 말씸허시기로 임금님이 보낸 선전관을 따라서 가셨다고 허등마."

박광전은 접은 편지를 폈다. 짧은 내용의 편지는 '광전즉견(光前卽見)' 즉 '광전아, 즉시 보아라'란 말로 급히 시작하고 있었다.

〈광전아 보아라(光前卽見).

임금님의 은혜가 흥양 땅까지 미치어 나는 속히 떠난다.
너를 본다면 나는 차마 발걸음을 옮기기 어려울지도 모른다.
다행히 임금님께서 보낸 선전관이 나를 은근히 재촉하고
양강역 찰방께서 보낸 말이 나를 태우고 달릴 것 같구나.

공자의 도를 이루겠다는 너의 포부는 장하기만 하다.
나는 어느 하늘 아래서나 너를 지켜볼 것이다.
《논어》를 마치고 이제 《중용》으로 나아갈 차례인데
함께 공자님 뜻을 살피지 못하고 떠나는 나를 이해해 다오.

바라건대 《중용》의 이 구절만 의지하기를 바란다.

'오직 세상에서 지극히 정성을 다하는 사람만이
무엇이든 능히 변화시킬 수 있다.'
唯天下至誠爲能化〉

박광전은 편지를 접으면서 자신도 모르게 눈물을 떨어뜨렸다. 송윤이 민망했던지 방문을 열고 나갔다. 박광전은 소리 내어 울었다. 그런 뒤 울고 있는 자신을 발견하고는 주먹으로 눈물을 훔쳤다. 송 생원이 방문을 열고 들어와 말했다.

"니 선상님이 어저께 싸게 가져부렀다. 선전관 땜시 그란 거 같드라. 나도 섭섭헌디 느그덜은 오죽허겄냐? 허지만 회자정리란 말이 있데끼 사람은 만나면 반다시 헤어지는 벱이다."

"어르신, 선상님은 지덜을 친아들멩키로 갈쳐주었어라우."

"내가 봐서 알제. 떠난 선상님을 생각해서라도 더 성근지게 공부하그라."

"예."

"윤이도 혼자서 울고 있드라. 선상님 겨실 때는 속을 쎅이드니 인자사 철이 난 모냥이다."

송윤도 홍섬이 놓고 간 편지를 읽은 뒤 후원에서 울고 있었는데, 송생원이 발견하고는 아들에게 준 편지를 보았던 것이다. 송윤에게 준 편지에는 이렇게 적혀 있었다.

〈윤아 보아라(潤卽見).

한양을 떠나 흥양에 든 것은 임금님이 주신 은혜였다.

내가 명민한 너를 만난 것은 하늘이 내린 행운이었고.

너와 인연 맺은 것을 어찌 우연이라고 할 수 있겠느냐.

필시 알게 모르게 바다와 같이 깊은 뜻이 있었을 것이다.

너에게 주고 싶은 말은 오늘도 변함이 없다.

수적천석, 물방울이 바위를 뚫는다는 성어(成語)다.

이것만 잊지 않는다면 비단 위에 꽃을 뿌리는 격일 테다.

한양에 오거든 반다시 우리 집에 머물거라.

입신양명해서 네 아버지에게 효도하기 바란다.

바라건대《대학》을 마쳤으니《중용》을 읽어야 한다.

《중용》의 대의는 정성 성(誠)자가 아니겠느냐.

정성 성자야말로 성인의 문(門)에 이르는 지름길이니라.〉

송 생원은 편지를 읽다가 정성 성(誠)자를 보고 아들에게 필요한 것이 바로 그것이라고 생각했다. 아들이 《중용》에서 정성 성자만 깨우친다면 스승 홍섬도 더없이 좋아할 것이라고 믿었다. 송 생원은 홍섬에게 문간채 방을 내준 것이야말로 자신이 살아오는 동안 가장 잘한 일이라고 여기면서 아들 송윤에게 말했다.

"인자 선상님이 으쩐 분인지 알겄지야? 참말로 고결헌 분이다."

"선상님 겨실 때 쪼깜 더 열심히 공부했어야 했는디 후회 막심이그만요."

"윤아, 됐다. 후회헌다는 것은 니가 맴을 고쳐묵었다는 증거다. 긍께 시방 니는 어제의 니가 아닌 것이여."

"예, 아부지. 영념헐게라우."

송윤은 홍섬이 떠난 뒤에야 더 살가워지고 김장배추처럼 속이 찼다. 송 생원은 아들의 그런 모습을 보고 '내 기대를 저버리지 않았구나.' 하고 흡족해 했다. 동짓달 찬 바닷바람이 준마처럼 달려왔다. 송 생원이 아들 송윤의 손을 잡아끌었다.

"윤아, 고뿔 걸리겄다. 얼릉 방으로 들어가불자."

집으로 돌아온 박광전은 저녁끼니 때가 됐는데도 별채 방에서 밖으로 나오지 않았다. 스승 홍섬과 헤어진 것이 못내 슬프고 아쉬워서였다. 어머니 낭주 최씨가 방문 밖까지 왔지만 박광전은 꼼짝을 안 했다.

"광전아, 밥 묵어라."

"안 묵을라요."

"으디 아프냐?"

"아니요."

"흥양에서 오늘 뭔 일이 있었냐?"

"오늘은 얘기헐 기분이 아닌께 나 쪼깜 가만 놔두씨요."

낭주 최씨는 사랑방에 있는 박 진사에게 가서 말했다.

"광전이가 솔찬히 이상허요."

"뭣이 이상허다는 것이요?"

"저녁 묵을 생각을 안 헌단 말이요. 지 방에서 콕 백혀 안 나와분당
께요."

박 진사는 아들이 고집을 피우고 있다는 말에 예사로운 일이 아니
라고 생각했다. 그렇다고 자신이 직접 별채 방으로 가서 말을 걸 생각
은 없었다. 아버지로서 체통을 중요하게 생각하는 재야선비였기 때문
이었다.

"임자, 억지로 밥 멕일려고 허지 마씨요. 쬐깐 지난 뒤에 내가 사랑
방으로 부른다고 전허씨요."

"오메, 뭔 일인지 모르겠어라우."

낭주 최씨가 마당을 가로질러 가는 올돌이를 불렀다. 올돌이가 다가
오자 물었다.

"오늘 광전이헌테 뭔 일이 있었는가?"

"아니요. 오늘은 한 번도 만나지 못했그만요."

그런데 잠시 후 별채 방에서 박광전의 글 읽는 소리가 났다. 낭주 최

씨는 가슴을 쓸어내렸다. 글 읽는 소리가 난다는 것은 박광전이 평소대로 돌아와 공부하고 있음이었다. 박광전이 읽고 있는 책은 홍섬에게서 배워 마친 《대학》의 한 구절이었다.

이른바, 몸을 닦음이 그 마음을 바루는 데에 있다고 함은

몸에 성내거나 탓하는 마음이 생기면 그 바름(正)을 얻지 못하고,

두려워하거나 무서워하는 마음이 생기면 그 바름을 얻지 못하며,

좋아하거나 즐거워하는 마음이 생기면 그 바름을 얻지 못하고,

걱정하거나 괴로워하는 마음이 생기면 그 바름을 얻지 못한다는 말이다.

마음이 있지 않으면 보아도 보지 못하며

들어도 듣지 못하며 먹어도 그 맛을 알지 못하느니라.

이로써 이르니 몸을 닦음은 그 마음을 바루는 데에 있느니라.

所謂修身 在正其心者

身有所忿懥 則不得其正

有所恐懼, 則不得其正

有所好樂, 則不得其正

有所憂患, 則不得其正

心不在焉 視而不見

聽而不聞 食而不知其味

此謂修身 在正其心

초저녁에 박광전은 사랑방으로 들어가 박 진사 앞에 무릎을 꿇고 앉았다. 산을 넘어오는 삭풍에 문풍지가 뒷산의 부엉이처럼 부우우부

우우 하고 울었다. 박 진사는 아들의 퉁퉁 부은 눈을 보며 말했다.

"무신 일이 있었느냐?"

"아무 일 읎었어라우."

"근디 으째서 눈이 부었냐?"

"쪼깜 울었그만요. 선상님이 어저께 가셔부렀어라우."

박 진사는 드디어 홍섬이 해배되었구나 하고 눈을 잠시 감았다가 떴다. 보성향교에서 김안로가 진도로 유배 가서 바로 사사당했다는 소문을 들었던 것이다. 김안로의 사사는 홍섬의 해배를 뜻했다. 홍섬을 유배 보낸 김안로가 죽었으니 홍섬의 해배는 자연스러운 수순이었다.

"사실, 나는 니 선상님이 해배될 줄 알았다. 근디 요로코름 싸게 기러기 날아가데끼 가불 줄은 몰랐다. 그래서 니가 울었구나."

"아부지는 선상님이 나를 을매나 사랑했는지 모르실 거그만요."

"니 맴을 어찌 모르겄냐만 한양 사람이 한양으로 가는디 으쩔 것이냐. 긍께 너무 슬퍼허지 말그라."

"방금 정심(正心)과 수신(修身)의 내용이 나오는 《대학》의 한 구절을 읽어븐께 맴이 가라앉그만요."

"옳제, 글을 배운 사람은 다른 벱이다. 흐트러진 맴을 바르게 잡는 것이 수신이 아니더냐."

박 진사는 아들 박광전이 홍섬에게 《대학》을 잘 배웠다고 생각했다. 홍섬과 갑자기 헤어진 바람에 흔들리고 있는 마음을 바르게 하고 있음이었다.

"아직 향교에 갈 나이가 아니니 독학을 허는 수밖에 읎구나. 니보다 에린 임 진사 아들도 모후산 유마사에 들어가 스승 읎이 독학헌다고 허드라."

"절에 들어가믄 곡석을 엥간히 보시해야겄지라우."

보성에도 대원사와 봉갑사가 있는데, 임 진사 아들 임계영이 무슨 까닭으로 화순의 유마사로 가는지는 알 수 없었다. 상당한 곡식을 보시하겠지만 그래도 무슨 인연이 있으니 화순의 절까지 가려고 할 터였다. 어쩌면 임 진사 집을 드나드는 유마사 스님들이 있는지도 몰랐다. 스님들이 보성이나 화순, 홍양의 부잣집을 찾아다니며 탁발하곤 했던 것이다.

"니가 절에 들어간다믄 홍양 고가사로 보내주마. 고가사 주지스님을 쪼깜 안께."

"아부지, 지는 집에서 혼자 공부헐라요. 별채 방도 공부허기 좋아라우."

"잘 생각해부렀다. 맴을 다스릴 줄 아는 공부인이라믄 으디든 상관읎을 것이다."

"선상님도 공부험시로 《중용》의 '오직 세상에서 지극히 정성을 다하는 사람만이 무엇이든 능히 변화시킬 수 있다(唯天下至誠爲能化).'라는 구절을 가끔 당부허셨그만요. 아부지. 《대학》을 마쳤응께 당장 낼부텀 《중용》을 공부헐라요."

그날 밤. 박 진사는 호롱불 밑에서 벼루에 먹을 갈았다. 홍섬에게 고마움을 전하는 편지를 썼다. 술 한 잔 함께 나누지 못하고 헤어진 인연이 몹시 아쉽다는 것과 아들을 3년 동안 잘 지도해주어 은혜가 크다는 내용을 세필 초서체로 써내려갔다. 보성관아의 통인이 문서를 가지고 한양으로 올라갈 때 보낼 생각이었다.

박 진사는 편지를 다 쓰고 나서 방문을 열고 캄캄한 밤하늘을 응시했다. 동짓달 별들이 매서운 삭풍에 파르르 떨고 있었다. 댓잎이 거풋거리는 소리가 가깝게 들려왔다. 삭풍이 살을 에이 듯 불어가는 겨울밤이었다. 지금쯤 홍섬은 어느 관아의 객사나 인연 있는 선비의 사랑채에서 잠을 청하고 있을 터였다. 아니면 흥양 적거(謫居) 송 생원 집에서 억울해 하는 자신을 위로해 주었던 밤하늘의 별들을 보고 있을지도 몰랐다.

유마사 3년 공부

　열세 살의 임계영은 아버지 임 진사가 허락하자, 모후산 유마사로 떠났다. 삭풍이 몰아치는 정월이었다. 아침에 아버지 임 진사와 함께 귀산촌을 떠난 임계영은 오후 신시에 유마사에 도착했다. 유마사는 대웅전과 산신각, 주지채와 신도들이 머무는 요사채가 있는 단촐한 고찰이었는데, 대웅전과 산신각은 기와집이었고, 돌담 안에 있는 주지채와 요사채는 초가집이었다. 이끼 낀 기와집의 대웅전은 고색창연했고, 정자보다 작은 규모의 산신각은 앙증맞았다. 누더기 승복을 입은 주지스님이 임 진사를 반갑게 맞았다.

　"아이고, 진사 어르신. 날씨가 겁나게 춥그만이라우."

　"아들이 절에서만 공부헐란다고 해서 델꼬 왔소."

　"잘 델꼬 오셨그만요. 작년 가실에 보내주신 곡석으로 대중덜이 굶지 않고 잘 보내고 있그만이라우."

　"아들을 잘 보살펴 주씨요."

　주지스님이 날렵하게 임계영이 묵을 방으로 안내했다. 요사채 뒤쪽 비어 있는 골방이었다.

　"후원으로 방문이 나 있어 공부허는 방으로는 좋습니다요."

"쪼깜 어둡기는 헌디 계영이 니는 으쩌냐?"

방 안에서 퀴퀴한 냄새가 났다. 그러나 임계영은 절에서 공부하고 싶었던 터라 청소를 하면 쓸 만하겠다고 생각했다. 임 진사가 방을 보고 실망한 표정을 짓자 주지스님이 변명을 했다.

"감자 창고로 쓰던 방이라서 냄시가 나지만 청소를 허믄 쓸 만헌 방이지라우. 요사채 방 중에서는 젤로 한적허고 사람덜과 마주칠 일이 읎응께 공부방으로는 그만이지라우."

임계영이 임 진사를 안심시키듯 말했다.

"아부지, 지 맘에 딱 들어부요. 감자 창고로 썼다고 허는디 지 공부도 오지고 실헌 감자 캐데끼 해불라요."

"허허허."

임 진사가 아들 임계영의 당찬 각오에 실망했던 표정을 풀면서 웃었다. 그제야 임 진사는 주지스님을 따라서 주지채로 갔다. 주지채는 주지스님의 방과 선실(禪室), 부엌이 딸린 삼칸 초가였다. 방으로 들어간 임 진사는 슬그머니 놀랐다. 명색이 주지스님의 방인데 초라하고 군색하기 짝이 없었다. 방 벽에는 큼지막한 글씨가 하나가 걸려 있고, 앉은뱅이책상 위에는 불경 몇 권과 염주, 붓통 하나가 있을 뿐이었다. 가난한 선비의 방과 다를 바 없었다.

〈飢寒發道心〉

춥고 배고플 때 수행할 마음이 생긴다, 는 글씨였다. 주지스님과 임 진사가 몇 마디 얘기를 주고받는 동안 임계영은 벽에 붙은 글씨만을 주시했다. 주지스님이 임 진사에게 말했다.

"빈도가 젤로 좋아허고 항상 의지허는 글이그만요."

"정신이 번쩍 나게 하는 글이요."

임 진사가 임계영에게 물었다.

"무신 뜻인지 알겠느냐?"

"알 것 같그만이라우. 《논어》에서 봤는디 공자님께서도 비슷허게 말씀하셨어라우."

"뭣이라고 말씀허셨느냐?"

"군자우도불우빈(君子憂道不憂貧), 군자는 도의 실천을 걱정허제 가난을 걱정허지 않는다고 말씀허셨그만요."

누더기 승복을 만지작거리던 주지스님이 임계영의 말에 탄복했다.

"자제 분이 참으로 상근기이그만요."

"상근기가 뭣이요?"

"도(道)를 닦는 중덜헌테는 상근기, 하근기가 있그만요. 빈도처럼 나이 들도록 도를 밝히지 못헌 무리를 하근기라고 허지라우."

"내가 보기에는 주지스님은 상근기요."

"천부당 만부당헌 말씀이그만이라우."

"자신을 낮추는 것은 그만큼 당당허다는 것이 아니겠소? 그래서 상근기라고 헌 것이요."

"외람된 말씀인디 진사 어르신을 뵙고 나니 전생에 도반이 아니었을까 허는 생각이 드는그만요. 허락허신다면 밤새 이야기를 나누고 잪그만이라우."

"허허. 오늘은 화순향교에서 만날 교수가 있소. 시방 나서지 않으면 늦어질 거 같은께 일어나야겠소."

임 진사는 유마사가 전생의 고향처럼 편안했지만 주지스님의 청을 뿌리치고 일어났다.

"내 또 오겠소. 다른 절과 달리 낯설지 않아서 좋소."

"진사 어르신, 은제든지 오셔서 주무시고 가시기 바랍니다요."

임 진사가 만날 사람은 화순향교에 새로 부임한 교수였다. 향교에는 교생을 가르치는 종6품의 교수와 정9품의 훈도가 있었다.

임계영은 입춘 때까지는 서당에서 배웠던 《천자문》과 《소학》, 그리고 《논어》를 복습했다. 훈장에게서 배운 글귀가 복습할 때마다 뜻이 깊어지곤 했는데, 그러한 기쁨 때문인지 혼자 있지만 외롭지 않았다. 스님들과 함께 있을 때는 공양간에서 공양할 때나, 우물을 치거나 나뭇단을 쌓는 등 울력하는 동안뿐이었다. 그밖에 천도재 같은 행사 등에는 일체 임계영을 부르지 않았다. 주지스님이 대중스님들에게 임계영을 불러내지 말라고 엄명을 내렸기 때문이었다.

천도재가 있는 날이 되면 임계영은 경내를 벗어나 조용한 곳을 찾았다. 스님들의 염불소리와 목탁소리, 북소리 때문에 공부할 수 있는 분위기가 아니었던 것이다. 그러나 경내를 벗어난다고 해서 반드시 공부가 잘되지는 않았다. 문득 지난날이 아지랑이처럼 아련하게 떠올라 추억에 잠길 때가 많았다.

열 살 되던 해 그 봄날도 가끔 떠올랐다. 그해 봄 훈장과 서당 학동들이 마을 뒷산으로 화전놀이를 갔던 날이었다. 제비가 날아온다는 삼월삼짇날이었는데 마을 뒷산에는 진달래꽃이 산불처럼 번지고 있었다. 집안이 넉넉한 한두 학동들은 훈장에게 바칠 떡과 술을 가져왔고, 나머지 학동들은 친구들과 나눠먹을 잡곡밥과 반찬을 싸왔다. 그런데 임계영은 나이가 가장 어리다는 이유로 화전놀이에서 빠졌다. 서당을 지키고 청소하는 일직을 맡았다.

임계영은 하루 종일 어두침침한 서당 방에서 보냈다. 봄날 햇살이 투과하는 방문 옆에서 무료한 탓에 옥편 상하권 가운데 외워가던 상권을 복습하면서 시간을 보냈다. 화전놀이를 갔던 학동들은 해가 진 뒤에야 돌아왔다. 학동들은 미안했던지 임계영에게 남은 떡과 과자를 내놓았다. 그러나 임계영은 떡과 과자를 먹기는커녕 거들떠보지도 않았다. 잔뜩 심술이 나 있었던 것이다. 한 학동이 임계영을 달래듯 말했다.

"아따, 계영이가 화를 낼 때도 있다잉."

"성덜이 떡 묵고 놀 때 나는 옥편 글짜를 묵어부렀네."

"역시 훈장님 수제자는 다르그만잉."

임계영의 말을 들은 훈장이 칭찬했다.

"진수성찬 산해진미라도 뱃속에 들어가믄 똥이 되불지만 머릿속으로 들어가는 글자 한 자 한 자는 모다 보배구슬이 되고 마는 것이여."

훈장의 칭찬에 임계영은 학동들이 가져온 음식을 먹지 않았지만 배가 불렀다. 그런 기분이 들어 슬그머니 심술을 거둬들였다.

임계영은 하안거 결제날 주지스님이 대중스님들에게 설했던 법문의 요지와 그 봄날 화전놀이하던 날에 훈장이 격려했던 말이나 뜻이 비슷하다고 생각했다. 하안거 결제날이란 스님들의 여름공부가 시작

되는 날이었다. 주지스님이 대웅전에서 네댓 명의 대중들을 모아놓고 다음과 같이 설법했던 것이다.

비구덜아, 영념허그라. 백년탐물일조진(百年貪物一朝塵), 삼일수심천재보(三日修心千載寶)라, 백 년 동안 탐헌 재물은 하루아침에 티끌로 사라져부러도 사흘 동안 닦은 맴은 천년의 보배가 되는 것이여. 영념하고 또 영념그라.

임계영은 운이 좋았다. 사서삼경의 필사본들이 주지스님의 방 선반에 있었다. 유마사에서 공부했던 향교 교생들이 흘리고 간 서책들이었는데, 임계영은 주지스님에게 허락을 받아 대중들이 참선 수행하는 하안거 동안《대학》을 읽기 시작했다.

《대학》은 경문(經文) 1장과 전문(傳文) 10장으로 나누어져 있었다. 경문은 공자의 말씀을 그의 제자인 증자가 기술한 것이고, 전문은 증자의 말씀을 그의 문인들이 기록한 것이었다.《대학》과《중용》의 도(道)란 서로 통하는 바가 있었다. 즉 지선(至善)에 머무는 것이었는데, 지선이란 천지의 밝은 덕을 이어받은 선한 본성을 가리키는 말이었다. 그리고 지선에 이르는 수련과정은 사물을 궁구하여 밝히는 격물(格物)의 과정부터 시작하여 정심(正心)에 이르게 되면 수신을 이루게 된다고 보았다.

비록 짧은 분량의《대학》이었지만 임계영은 유마사에 간 그해부터 다음해까지 필사를 해가며 주자의 말씀을 곱씹듯 궁구했다. 그리고 나서야《중용》을 한 해 동안 읽기 시작했다. 역시 주지스님에게 빌린 필사본《중용》이었다.

《중용》이란 《대학》《논어》《맹자》와 함께 유가의 4서 중 하나였다. 학문을 하는데 있어서 필수불가결한 것으로 반드시 읽어야 하는 책이었다. 중(中)이란 주자의 해석에 의하면 불편불의하고 과불급(過不及)이 없는 원만함을 뜻함이요, 용(庸)은 평상(平常) 즉 일상을 말함이었다. 다시 말하면 어느 한쪽으로 기울어지거나 치우치는 일이 없으며 지나치거나 모자라지도 않는 도(道)를 중이라 하고, 언제나 사리에 어긋나지 않아서 떳떳하고 당연한 행동을 용이라고 했다.

마침내 임계영은 3년 만에 유마사를 떠나 집으로 돌아왔다. 임계영이 원했던 대로 사서삼경 공부를 온전히 마쳤기 때문이 아니라 임 진사가 급히 불러들여서였다. 내년이면 향교에 갈 나이가 됐고, 그보다는 광산 김씨와 혼담이 오고갔기 때문이었다.

"계영아, 니도 인자 혼인헐 나이가 되었다. 뭣이든 때를 놓치지 않는 것이 중요허지 않겠느냐."

"예, 아부지. 근디 지는 어른이 될 준비가 안됐어라우."

"이놈아, 혼인허믄 저절로 어른이 되는 것이여."

"광전이 성은 혼인헐 생각이 아조 읎던디요."

"광전이는 광전이고, 니는 니다. 혼담이 오고갈 때가 적기인 것이여."

결국 임계영은 열여섯 살이 됐을 때 광산 김씨를 아내로 맞았다. 그런데 김씨부인은 불행하게도 몸이 허약했다. 혼인한 날부터 탕약을 달고 살았다. 여종이 약재를 달이곤 했는데, 탕약냄새가 집에서 가실 날이 없었다. 몸이 약하니 아이도 갖지 못했다. 임계영은 아내 김씨부인을 병간호하느라고 공부도 잠시 멈출 수밖에 없었다. 혼인 2년째부터 임계영은 마음 붙일 데를 찾아 밖으로 나돌았다. 주로 조양촌의 박광전을 만나 자잘한 사담을 나누었다.

그날도 임계영은 박광전을 만나 사사로운 이야기를 주고받았다.

"광전이 성은 과거는 은제 볼 것인가?"

"내년이믄 스무 살인디 한 번 봐야제잉. 계영이 동상은 은제 볼랑가?"

"공부를 놔분 지 2년이 됐는디 시방 내 처지로는 과거는 언감생심이랑께."

"계영이 동상은 옥편을 다 외와부렀는디 머."

"광전이 성, 옥편을 앞뒤로 달달 외와부러 봤자 아무 소용없당께. 뜻을 알고 맴이 따라줘야제."

박광전은 임계영을 볼 때마다 안타까웠다. 혼인하고서도 마음의 안정을 찾지 못하고 있기 때문이었다. 혼인한 뒤부터 마음을 다잡고 학문이 깊어지는 사람도 있고, 이런 저런 이유로 그러지 못한 사람이 있는데 임계영은 후자 쪽인 것이었다. 과거시험만 해도 박광전은 내년에는 응시하리라고 마음먹고 있지만 임계영은 그러지 못했다. 아내 광산 김씨의 병간호를 하느라고 전전긍긍했다. 약재를 구하러 흥양이나 낙안까지 다니곤 했지만 단번에 근치하는 약재는 없었다.

"광전이 성, 약재를 구헐라고 정자천을 건너다가 죽을 뻔 해부렀그만."

"아이고, 계영이 동상도 그런 사고가 있었그만잉."

정자천은 조양촌에서 북쪽으로 2리쯤 되는 곳에 있었다. 사람들이 보성읍으로 가려면 정자천을 건너야 하는데 물살이 뱅뱅 도는 여울목이 있어서 두려워하는 곳이었다. 그러나 여물목이라고 해서 다 그런 것은 아니었다. 조양천에도 여울목이 많았지만 사람들은 오히려 그곳을 찾아가서 쏘가리 같은 고기를 잡았던 것이다.

"뭣 땜시 그란지 내일은 한 번 나가서 살펴봐야겄네."

"광전이 성, 꼭 살펴봐 주소. 보성읍으로 갈라믄 거그 목을 건너가야 헌디 인자 무서워서 못 가겄당께."

"동상 부탁이 아니라도 내 은젠가는 꼭 가서 볼라고 했그만."

다음 날, 박광전은 건장한 노비 대여섯 명을 데리고 정자천으로 갔다. 노비들의 우두머리인 울돌이는 함께 가지 못했다. 가는 중에 노비 한 명이 말했다.

"도련님, 조심허셔야 헙니다요. 지난 장마철에도 사고가 났습니다요."

"어찌 그런 냇물이 본래 있었겄느냐? 사고에는 반드시 원인이 있을 것이다."

이윽고 박광전은 정자천 목에 도착했다. 정자천은 배를 띄워서 가는 곳이 아니라 바지를 걷고 건너가는 얕은 여울목이었다. 박광전은 시험 삼아 한 노비에게 먼저 건너가도록 했다. 그런데 과연 노비가 냇물 중간쯤에 이르러 사색이 되더니 거꾸러졌다.

"성헌 사람이 저럴 수는 읎다. 얼릉 가서 델꼬 오그라."

노비 세 명이 달려가 거꾸러진 노비를 업고 나왔다. 노비가 정신을 차리자 박광전이 물었다.

"미끄러져 넘어져분 것이냐, 뭣에 걸려 넘어져분 것이냐?"

"뭣이 지 발을 잡아당기는 것 같았습니다요."

"필시 그곳에 돌멩이가 박혀 있을 것이다. 모다 들어가 파헤쳐 보그라."

다섯 명의 노비들이 여울목으로 들어가 샅샅이 파헤치기 시작했다. 마침내 한 노비가 소리쳤다.

"돌멩이가 아니라 해골이그만이라우."

노비가 들고 있는 것은 둥그런 바가지 모양의 하얀 해골이었다. 박광전은 미소를 지었다. 노비들을 모아놓고 말했다.

"원통허게 죽은 사람의 해골일 것이다. 저짝 햇볕이 잘 드는 산자락에 묻어 주그라."

박광전이 노비들과 함께 정자천에서 해골을 건져내 묻어주었다는 소문은 금세 조양촌과 귀산촌, 축내촌에 퍼졌다. 그런 소문 덕분에 사람들이 안도했는지 정자천을 건너면서 두렵다는 말은 차츰 사라지게 되었다.

과거 보러 가는 길

명종 원년(1545).

박광전은 스무 살이 되었다. 성년이 된 박광전은 과거시험에 눈을 돌렸다. 과거급제 역시 어버이 마음을 기쁘게 하는 길이라고 믿었기 때문이었다. 스승 홍섬이 한양으로 올라가 승승장구하는 것도 입신양명에 대한 자극을 주기에 충분했다.

홍섬은 귀양에서 풀려나 곧바로 홍문관 수찬이 되었다가 교리, 응교, 전한, 직제학으로 승진하였으며 정3품 통정대부로 승품되어 부제학을 제수 받았다. 이어서 사간원 대사간, 성균관 대사성으로 옮겼고 이조참의를 지냈다. 다시 승정원으로 자리를 옮겨가 동부승지, 우승지, 좌승지를 거쳐 도승지로 영전하였다. 재작년에는 경기도 관찰사로 나갔다가 작년부터는 가선대부 종2품의 한성부우윤에 임명되어 유배생활의 고초를 잊어버릴 만큼 분주하게 보냈다.

명종이 즉위하자, 축하하는 의미로 한양과 지방에 증광시(增廣試)가 치러질 예정이었다. 명종 즉위년은 식년(式年)이 아니었으므로 3년마다 정기적으로 맞이하는 식년시(式年試)가 아니었다. 전라도 응시생들은 모두 전주감영으로 가서 사마시(司馬試)라고 부르는 소과시험을 면

저 응시해야 했다. 여기서 합격된 90여 명은 임금이 내려준 백패(白牌)를 받고 한양으로 올라가 소과복시를 치렀다. 소과복시를 응시하는 숫자는 한성부 268명에다 각도의 응시생을 합치면 모두 1400명이나 되었다. 어쨌든 소과복시를 합격해야만 성균관에 진학하거나 대과인 문과에 응시할 자격이 주어졌다.

박광전과 임백영도 전라감영에서 치르는 소과 응시생 중에 한 사람이었다. 임백영은 임계영의 넷째 형이었는데, 박광전과는 친구처럼 친밀해져 소과시험 길에 함께 동행했다. 박 진사는 전주로 올라가는 아들 박광전에게 단단히 당부를 했다.

"올 시안도 겁나게 추와불 것 같다. 날이 추운께 옷을 두껍게 입어라. 봇짐에 서책은 잘 챙겨부렀냐?"

"여분으로 누비솜옷 한 벌 허고《사서오경》필사본을 챙겼그만이라우."

"나는 소과만 응시해서 진사가 되고 말았지만 니는 소과복시에다 문과까지 급제해 반다시 입신양명해야 헌다."

"예, 아부지."

"전주까지 누구허고 같이 가느냐?"

"계영이 넷째 성 백영이허고 함께 가그만이라우."

"계영이는 전주에 안 가고?"

"이번에는 쉬고 담에 본다고 허그만요."

박 진사는 임계영의 어린 아내가 지병으로 고생한다는 말을 들었기 때문에 더 묻지는 않았다. 다만 아들 박광전과 임계영의 넷째 형 임백영이 함께 간다고 하니 마음이 조금 놓였다. 한두 해 사이에 박광전과 임백영은 친한 친구 사이가 돼 있었던 것이다. 임백영도 임계영 못지않게 명민한 데가 있어 아버지 임희중(任希重) 진사의 기대를 받으며 성장한 수재였다. 어머니 낭주 최씨가 물었다.

"백영이는 으디서 만나기로 했냐?"

"보성향교에서 만나기로 했그만이라우."

"니 혼자 올라가지 않고 둘이 같이 간다고 헌께 안심이 된다야."

박광전은 박 진사에게 큰절을 하고 집을 나섰다. 등에 멘 봇짐에는 짚신 몇 켤레가 대롱대롱 매달려 있었다. 손재주가 좋은 울돌이가 동짓달에 짠 짚신들이었다.

한편, 귀산촌에 사는 임백영도 전주로 가기 위해 봇짐을 꾸리고 있었다. 임 진사는 다섯째 아들 임계영이 소과에 응시하지 않는 것이 못내 아쉬웠지만 겉으로는 표내지 않았다. 어린 며느리가 앓아누워 있기 때문이었다. 간병하는 아들 임계영에게 생진사시인 사마시를 차마 들먹일 수는 없었다. 명종이 왕위에 오른 경사로 증광시라는 절호의 기회가 왔다고 하더라도 아픈 며느리를 두고 말할 수는 없었던 것이다.

넷째 아들 임백영에게 소과시험을 말할 때도 임 진사는 다섯째 아들 임계영을 피해 말했다.

"동상이 읎응께 말헌다만 준비는 잘 했냐?"

"평소에 하던 대로만 허믄 잘 되겠지라우."

"전주감영에 모이는 응시생덜을 헐겁게 보믄 큰 코 다친다잉. 구십 명을 합격시킬 것인디 응시생은 다섯 배는 될 것이다. 긍께 5대1일 아니냐?"

"이번에 안 되든 식년시에 응시헐라요. 합격헐 때까지 응시헐랑께 걱정 마씨요."

"니 의지는 알겄다만 소과부터 경쟁이 치열헌께 그런다. 붙은 사람이 있으믄 떨어진 사람도 있을 것이 아니냐?"

"떨어지믄 동상 보기도 민망헌께 단번에 붙어불라요."

"내 생각도 그렇다. 니가 성으로써 동상에게 모범을 보여야 동상도 분발헐 것이다."

"동상이 지보다 더 총명헌디 제수씨 땀시 기를 펴지 못허고 있그만요."

"계영이가 혼인허기 전까지는 대단했던 것은 사실이여."

임백영도 동생 임계영이 자신보다 재주뿐만 아니라 학문이 깊다는 것은 인정했다. 그러나 동생 임계영은 혼인한 뒤부터 실력이 더 향상되지 못한 반면에 임백영은 보성향교에 나가서 끈기 있게 《사서오경》을 배우고 익혀 왔던 것이다.

"비상금은 잘 간수했겄제잉?"

"봇짐 짚이 넣었어라우."

"절대로 떨지 마라. 니 말대로 평소에 배운대로만 허믄 된께 말이여."

"아부지, 광전이허고 향교에서 만나기로 했는디 시방 나서야겄소."

"그래, 얼릉 싸게 가거라."

임백영은 사립문을 나선 뒤 뒤도 돌아보지 않고 귀산촌을 떠났다. 임 진사 부부는 임백영이 보이지 않을 때까지 사립문 밖에 서 있다가 집 안으로 들어왔다. 임 진사의 아내가 말했다.

"속옷을 한 벌 더 껴입어야 허는디 춥지 않을랑가 모르겄소잉."

"입춘이 지났는디도 삭풍이 불어부요. 깨구락지덜이 봄인 줄 알고 나왔다가 다시 땅속으로 들어가불겄소."

"그러겄소야."

"내 나이 쉰넷, 자식덜이 다 컸응께 인자 나도 축내촌으로 돌아가 후학덜을 양성해야겄소."

그러나 아내는 반대했다.

"영감 나이에 뭣을 허신다고 그라요. 자석덜 크는 것을 봄시롱 편허게 사셔야지라우."

"시험보러 가는 백영이를 본께 내가 선비로서 책임을 다허지 못했다는 생각이 드요. 긍께 임자가 이해해주씨요."

임계영의 아버지 임희중의 꿈은 축내촌 뒷산에 백천당(百千堂)이란 학숙을 지어 후학을 양성하는 것이었다. 그동안에는 자식들의 공부를 귀산촌 서당 훈장에게만 맡겼는데, 이제는 자신이 보성의 후학들을 공부시켜야겠다고 다짐했던 것이다. 백천당 당호는 인백기천(人百己千)이란 옛 글귀를 줄인 말이었다. 즉 입신양명과 심오한 학문에 이르기 위해서는 다른 사람이 백 번을 읽고 쓸 때, 자신은 천 번을 읽고 쓴다는 학문하는 자세와 정신을 강조한 옛 글귀였다. 임 진사가 아내의 이해를 구하려고 또 다시 말했다.

"임자, 나는 젊은 시절 학문을 더 닦었어야 했는디 무신 연유에선지 그만 두고 말았소. 생진사시험에 1등 합격허고 자만했을까?"

"고거야 지가 잘 모르지라우."

"성균관 유생일 적에 《인재책(人材策)》을 저술헌 일이 있는디 명종 임금님께서 큰 칭찬을 하신 바람에 간댕이가 배 밖으로 나와부렀는지도 몰라."

임 진사의 말은 과장이 아니었다. 성균관 유생 중에서 경서와 시문, 천문, 병법, 산학과 풍수지리에 조예가 깊어 단연 발군이었던 것이다. 그러나 자만한 것이 병통이었다. 대과를 거치지 않고 통례원에 들어가 얼마 후 으뜸벼슬인 정3품의 좌통례까지 특진했음이었다. 통례원이란 임금이 행하는 조하(朝賀)나 제사 등 의식에 관계된 사무를 담당하는 관청이었다. 임 진사는 자신이 펼치고자 했던 관청이 아니었으므로 좌통례에 제수되자마자 사직하고 장흥으로 낙향해버렸다. 그런 뒤 보성의 대곡(大谷) 축내촌으로 이거했던 것이다. 풍수지리에 밝은 임 진사가 보았을 때 대곡은 부(富)의 자리이고, 축내촌은 귀(貴)의 자리였기 때문이었다. 임 진사가 거듭 설득하자 아내가 마지못해서 물러났다.

"귀산촌에서 자석덜 다 갈쳤응께 다시 축내촌으로 가시겠다는 말씸이그만요."

"임자 말이 맞소. 허지만 그보다는 내 젊은 날의 교만을 반성헐 겸 후학덜을 키우겠다는 것이오. 대장부가 고로코름 살아도 멋들어진 일이 아니겠소?"

"이때까지 영감님 뜻대로 살았제, 안 그런 때가 있었당가요."

"임자, 고맙소. 대신 귀산촌 집은 임자가 그대로 살고 나만 백천당 학숙을 오가겄소."

"학숙은 은제나 질라요?"

"날씨가 풀어지믄 목수를 불러와 단촐허게 지어볼라요."

임 진사는 다섯째 아들 임계영이 백천당에서 자신을 도와줄 것이라고 믿었다. 임계영의 학문이면 향교의 훈도나 교수와 겨루어도 뒤지지 않을 터였다. 자신이 백천당을 비울 때는 아들 임계영이 후학들을 가르쳐도 허물은 없을 것이었다.

보성향교에는 박광전과 임백영 말고도 소과와 무과초시에 응시할 교생이 두 명 더 있었다. 네 명이 모이자 곧 전주감영으로 출발했다. 보성향교에서 발행하는 통행증 같은 것을 지녔으므로 지나치는 관아나 역참에서 끼니는 해결할 수 있었다. 보성의 소과 응시생들은 전주 가는 길을 물어물어 보성에서 이양, 능성, 화순, 광주, 장성 등을 거쳐 양지바른 큰 재에서 휴식을 취했다. 인적이 드문 산중이었지만 일행 중에는 활쏘기와 검술에 능한 무과초시 응시생이 끼어 있어 무섭지 않았다. 산중 길목에는 이따금 도적떼들이 행인들의 소지품을 갈취하기 위해 숨어 있다가 나타났던 것이다. 도적떼를 만나면 과거응시는커녕 빈털터리가 되어 집으로 돌아가야 했고, 어떤 사람은 납치를 당해 행방불명이 되기도 했다. 박광전이 임백영에게 말했다.

"계영이가 날 따랐는디 암만 생각해도 아쉽그만."

"호주머니에 든 송곳이 으디로 갈라고? 바깥으로 삐져 나오겄제잉."

"공부를 계속했으믄 시방 펄펄 날 것인디."

"아부지가 유마사에서 공부허고 있는 계영이를 불러 반강제로 혼인시켰는디 고것이 문제였는지 뭔지 모르겄어."

"혼인은 인륜지대사인디 고 자체가 문제간디. 계영이가 아내를 위해 애쓰는 것을 보믄 가심이 찡허드라고. 누구보다도 의리가 짚당께."

"성제 간 중에 계영이가 의리는 젤로 짚은 건 사실이여."

"근디, 저건 뭣이여?"

98

큰 재 너머에서 한 사람이 말을 타고 올라오고 있었다. 박광전 일행은 낯선 사내를 주시했다. 말구종이 말고삐를 놓고 박광전 일행에게 다가와 말에 탄 사내가 임억령임을 알려왔다.

"억자 령자 영감님이시그만요!"

"대사간 영감님이시라고?"

"맞습니다. 한양에서 내려오시는 길입니다."

초로의 사내는 작년에 대사간이었다가 금년 늦가을까지 금산군수를 지낸 임억령이었다. 임억령은 금산군수를 사직하고 해남으로 내려가는 길이었다.

"고향으로 가시는 길인가?"

"고것은 지 입으로 말헐 수 읎습니다요."

임억령이 말에서 내려와 박광전 일행을 보고 말했다.

"보아허니 과거를 보러 가는 행색인디 으디 사는 교생덜인가?"

"지덜은 보성 사는 교생덜이그만요."

"나도 여그서 쉬어 갈까?"

임억령은 박광전 일행이 휴식하고 있는 곳으로 와서 쭈그려 앉았다. 박광전이 재빨리 반석에서 일어나 양보했다.

"여그 앉으시지라우. 바지에 흙 묻겄습니다요."

"허허. 고맙네."

임억령이 반석에 털썩 주저앉았다. 박광전은 임억령의 성품이 소탈하다고 느꼈다. 삭풍이 불어가기는 했지만 햇볕이 잘 드는 곳이어서 견딜 만했다. 임억령은 자신이 지나쳐온 북쪽 산야를 잠시 바라보더니 한숨을 쉬었다. 동생 임백령이 호조판서에 올랐지만 즐겁기는커녕 몸에 없던 병이 생길 정도로 마음이 무거워지기만 했던 것이다. 임백령이 문정왕후의 동생인 윤원형의 심부름을 하면서 지난 8월에 눈을 감은 인종의 외삼촌 윤임 일파를 제거하려 할 때 동생 집으로 찾아가 만류했지만 여의치 못했기 때문이었다. 별 수 없이 임억령은 칭병하며 금산군수를 사직하고 말았다. 동생이 윤원형의 모사에 연루되어 있는 것을 더 이상 보고만 있을 수 없어서였다. 임억령이 갑자기 북쪽을 바라보면서 소리 내어 중얼거렸다.

잘 있거라, 한강수야
물결 일으키지 말고 고요히 흐르거라.
好在漢江水
安流不起波

임억령이 한강 나루터까지 따라온 동생 임백령을 보고 읊조린 시였다. '한강수'란 두말할 것도 없이 을사사화의 주동자 중 한 사람인 동생 임백령이었다. 동생이 윤원형 같은 권신들과 함께 모의해 윤임을 추종했던 신하들을 죽이고, 귀양 보내는 일을 하지 말라는 형으로서의 충고였다.

박광전 일행은 임억령의 심사를 알 리가 없었다. 휴식을 취하는 중에도 소과시험에 나올 만한 문제를 각자 나름대로 짐작하고 있을 뿐이었다. 이윽고 임억령이 일어나면서 박광전의 어깨를 두드리며 말했다.

"군자는 자기 몸을 단속허고 자신을 절제하여(檢身律己) 마땅히 행동을 무겁게 해야 허네."

박광전은 임억령의 짧은 격려였지만 감복했다. 옆에서 듣고 있던 임백영도 공부에 힘을 쓰면서 항상 잊지 말아야 할 좌우명으로 삼겠다고 다짐했다. 임억령과 헤어진 박광전 일행은 정읍을 향해서 부지런히 걸어 올라갔다.

두 번째 스승 양응정

작년에 초시를 봤던 박광전은 일찍이 아버지 박 진사의 말을 듣지 않은 것을 후회했다. 대과를 준비하려면 성리학은 기본이고 시문을 짓는 학문인 사장학(詞章學)도 중요하다고 깨달았다. 어린 시절부터 박 진사가 과거급제를 급선무로 여겨 사장학에 힘쓰라고 독촉했지만 박광전은 12살 때 몰래《성리대전(性理大全)》을 구해 지금까지 그 뜻을 탐구해 왔던 것이다.

《성리대전》은 명나라 호광 등이 황제의 명을 받들어 편집한 성리학에 관한 문집이었다. 명 영락12년(1414)에 시작하여 이듬해 완성했는데, 소개하고 있는 송대 유학자는 모두 120명이며 '태극도설'이나 송나라 성리학자 장재의 '서명(西銘)' 등이 실려 있는 책이었다.

박 진사가 말했다.

"아무리 니가 알고 있는 것이 많다고 허드라도 문장이 좋아야제, 남에게 전달허지 않겠느냐? 긍께 사장(詞章)이 중허다는 것이여."

"사장을 배운다믄 으떤 선상님헌테 배울까라우?"

"나주에 호남 문장가 한 분이 계신다."

"뉘신디라우?"

102

"송천 선상이다."

나주(현 광주 송정)에 사는 송천 양응정은 중종35년(1540)에 식년시 생원 1등 장원합격했고, 중종39년(1544)에는 유생들이 창경궁 정전인 명정전에서 임금에게 표문(表文)을 지어 올리는 시험을 보았는데, 이때 급제한 9명 중에 한 명으로서 발군의 문장가였다. 당시 중앙의 선비들이 양응정의 문장을 보고 '양응정의 문체는 강과 바다처럼 깊고 넓으며 호랑이와 표범의 가죽처럼 찬란하다'고 감탄했을 정도였다. 그런데다 양응정은 검술이나 활쏘기에 능했고 병법에도 조예가 깊었다. 이를테면 문무를 겸비한 선비였다.

"선친이 돌아가신 학포 선상님이신디 학포 선상님은 니도 알지야?"

"들어봤지라우. 정암 조광조 대학자와 의리를 지킨 분으로 삭탈관작 당허고 능성로 내려와서 정암이 사사당한 날 시신을 염해서 계당산 산골짝에 초장해드렸다고 하지라우."

보성과 능성에서 정암 조광조를 모르는 사람은 없었다. 향교에 나가면 한 때는 정암 조광조의 이야기가 주요 화제였던 것이다. 조광조와 막역한 사이였던 학포 양팽손의 3남이 바로 양응정이었다.

"학포 선상님이 작년에 돌아가셨는디 문상을 갔다가 송천 선상에게 니 얘기를 쪼깜 했다. 그랬드니 흔쾌허게 받아주드라."

"아직도 상중인디 갈쳐주실 수 있을게라우?"

"선비는 상중이라도 공부를 멈추지 않는 벱이다. 긍께 송천 선상헌테 나아가서 배울 수 있을 것이다."

"그라믄 지가 나주로 가야겄그만요."

"상중이라 쌍봉마실 학포당에 와 있다고 헌께, 거그는 보성에서 아주 가차운 곳이다.”

양응정은 아버지 양팽손의 독서당인 학포당에 와서 삼년상을 치르고 있었다. 그러니까 내년까지는 쌍봉마실 학포당에서 기거할 터였다.

“광전아, 근디 올해는 안 되겠다야. 니 혼사 얘기가 오가고 있응께 말이여.”

박 진사가 며느리로 삼으려고 한 처녀는 장흥에 살았다. 처녀는 장흥에서 대대로 지역유지로 살아온 남평 문씨의 딸이었다.

“아부지, 혼인허고 공부는 별개지라우. 긍께 낼부터라도 송천 선상님헌테 갈라요.”

“허허. 혼인이란 가족과 가족 간에 결합허는 것인디 니 이익만 좇아서야 되겠느냐. 그러니 아부지 말 들어라. 내년에 송천 선상을 뵙더라도 늦지 않을 것인께.”

박광전은 혼인이 가족 간에 결합이라는 박 진사의 말에 자신의 고집을 내려놓았다. 혼인한다고 해도 두 달만 참으면 해가 넘어갔다. 박광전은 내년에 송천 양응정 문하로 들어가기로 하고 혼인은 부모님 뜻을 따랐다.

그런데 인생은 호사다마(好事多魔)였다. 혼인날이 잡히고, 송천 양응정을 두 번째 스승으로 삼기로 한 좋은 일이 연달아 생긴 박광전에게 한편으로는 가슴 아픈 소식이 들려왔다. 임계영의 아내가 병사했다는 전언이 들렸다. 혼인한 이후 3년 내내 병석에 누워 있던 임계영의 아내가 결국 눈을 감았다는 소식에 박광전은 달리 위로할 방법을 찾지 못했다. 몹시 안타까울 뿐이었다. 스무 살도 안 된 어린 아내였으므로 조문도 받지 않는다고 하니 마음으로 문상할 수밖에 없었다.

"아부지, 으째서 문상을 받지 않을게라우?"

"그럴 분위기가 아닌께 그라제. 부고장 돌리지 않고 조용허게 초상을 치렀다고 허드라."

박 진사는 그런 경우를 많이 봐온 듯 무덤덤하게 말했다.

"초상은 초상이고 인자 계영이도 공부에 매진해야 할 것이여."

"머리가 비상헌께 옛날멩키로 잘 허겄지라우."

"새옹지마여, 두고 봐라. 계영이가 맴 묵은대로 잘 풀릴 것인께."

며칠 후.

박광전은 장흥의 터줏대감 남평 문씨 집으로 장가들었다. 신부는 진사로 참의(參議)에 추증된 문양(文亮)의 딸이었다. 혼례식은 문 진사의 집 마당에서 오후 내내 치러졌다. 땅거미가 질 무렵에야 박광전은 신부와 함께 신방(新房)에 들었다. 윗목에는 저녁상과 주안상이 놓여 있었고, 아랫목에는 원앙금침이 곱게 펴져 있었다. 그런데 신랑 신부가 흰 찰밥에 미역국으로 저녁을 먹고 술 한 잔 나눈 뒤였다. 병풍으로 방문을 가리고서 자리에 누우려고 하는데 연기가 났다. 노비들이 신방 아궁이에 군불을 어찌나 많이 지폈던지 원앙금침에 불이 붙어 번지려하고 있었다. 불을 본 신부가 당황하여 어찌할 바를 몰랐다.

"오메! 이불이 타고 있그만요. 베개 귀퉁이도!"

"부인, 놀라지 마씨요. 여종을 불러 끄시씨요."

신부가 방문을 후다닥 열고서 여종을 불렀다. 밖에서 신방을 지키고 있던 여종들이 놀라 "불이야!" 하고 소리쳤다. 그러자 신랑 박광전이 여종들에게 낮은 목소리로 말했다.

"놀랄 것 읎네. 이불과 베개를 일단 밖으로 꺼내게."

여종들이 불붙은 이불과 베개를 마당으로 가지고 나가자, 신방에 가득 찼던 연기도 저절로 빠져나갔다. 가장 놀란 사람은 문 진사였다.

"다친 데는 읎는가?"

"아무 일 읎그만요. 걱정 끼쳐드려서 송구합니다요."

"노비덜이 엥간히 불을 땠어야지 큰일 날 뻔했네."

"장인 어르신, 노비덜이 지덜을 위해 불을 때다가 실수헌 일인께 혼내지는 마시지라우."

문 진사는 박광전의 침착한 태도와 말투에 놀랐다. 사고를 처리하는 태도는 차분했고, 말투는 분명하되 조용조용했던 것이다. 즉시 신방은 별채사랑방으로 옮겨졌다. 그러자 아무 일 없었다는 듯 별채사랑방의 호롱불이 꺼졌다. 신랑 신부의 초야는 그윽하게 깊어갔다.

다음 날 새벽. 박광전의 어른스러운 태도가 샘터에 모인 마을 아녀자들의 입에 오르내렸다. 오전 사시에는 마을 유생들이 박광전의 공부를 시험해 보기 위해 문 진사 집으로 왔다. 문 진사 집 본채사랑방에 든 유생들이 먼저 통성명을 했다. 그런 뒤 한 유생이 박광전을 보고 웃더니 '동상에 엎드려 눕다(坦腹東床)'라는 제목을 내고 운자(韻字)를 불렀다. 그러자 박광전이 바로 절구(絕句)를 지었다.

진나라의 풍류객 왕일소(왕희지)를
양조(서진과 동진)의 인물 중 누가 당할소냐
남아는 본래 천성이 무거워야 하니
우습구나! 당시에 연지와 분을 바른 신랑.

晉代風流王逸少
兩朝人物孰能當
男兒本自天機重
可笑當年脂粉郎

　　풍류객이면도 진중한 언행의 왕희지와 어제 우스꽝스럽게 분장했
던 자신을 빗댄 시였다. 박광전의 시를 듣자마자 유생들이 감복했다.
박광전이 아직 진서(晉書)《왕희지전(王羲之傳)》은 읽지 못했겠지 하고
운자를 냈는데 바로 받아서 되치기 하듯 시작(詩作)을 했기 때문이었
다. '동상에 엎드려 눕다'는 《왕희지전》에 나오는 말인 바 그 이야기는
다음과 같았다.
　　'진나라 극감(郤鑒)이 왕도(王導)의 자제 중에서 사위를 고르려고 자
기의 문생을 왕도의 집으로 보냈는데, 그 문생이 돌아와서 극감에게
말하기를 "왕씨 집안의 자제들이 모두 준수합니다만 오직 한 사람이
동상에 엎드려 음식을 먹으면서(在東床坦腹食) 홀로 들은 체도 하지 않
았습니다." 하니 극감이 왕씨 집안을 방문하여 그 사람이 왕희지인 것
을 알고 사위로 삼았다.'
　　마을 유생들은 실력이 출중한 박광전에게 또 다른 운자를 내지 못
하고 물러갔다. 왕희지를 빗대어 남아는 천성이 무거워야 한다고 일침
을 놓으니 더 이상 농을 걸지 못했던 것이다.

　　다음 해, 그러니까 박광전이 스물두 살이 되던 해 봄이었다. 박광전
은 노비 한 명을 데리고 송천 양응정이 있는 이양 쌍봉마을 학포당으

로 향했다. 노비는 낭주 최씨가 싸준 선물 보따리와 박광전의 서책을 지게에 지고 뒤따랐다. 학포당은 초시를 보러 갈 때 지나친 길에 있었으므로 주의를 크게 기울이지 않아도 찾을 수 있었다. 보성향교에서 계당산 산자락에 있는 예재를 넘으면 바로 이양 땅이 나왔고, 남향으로 자리 잡은 제법 큰 마을이 쌍봉마을이었다. 박광전은 학포당을 찾아 들어가 바로 양응정을 찾았다.

"보성 조양 사는 박광전이요. 송천 선상님을 뵈러 왔소."

"선상님은 시방 안 겨신디요. 선상님 아부지 유택에 가셨어라우."

학포당 방에서 댕기머리를 한 학동이 나와서 대답했다. 낮에는 잠시 시묘살이를 하다가 학동을 가르칠 때만 학포당으로 내려오는 것 같았다.

"여그서 글을 배우는가?"

"예. 오전만 배우지라. 오후에는 선상님께서 산으로 가신께요."

"난 여그서 선상님을 지다리겄네."

"방으로 들어오시지라우. 선상님께서 오실라믄 아직 멀었그만요."

"선상님이 안 겨시는 방에 어처께 들어가 있겄는가? 나는 여그 서서 지다릴라네."

"그라믄 마루에 앉으시지라우."

"그럴까? 고맙네."

입춘이 지난 햇살은 한결 여물었다. 햇볕이 내려앉은 마루 판자가 온돌방처럼 따끈했다. 남향인 학포당은 오후 햇살을 깊숙이 품었다. 양응정은 생각보다 빨리 산에서 내려왔다. 박광전은 재빨리 마당으로 내려가 양응정에게 인사를 했다.

"보성 조양에서 온 박광전이그만요. 인사드리겄습니다요."

"어! 자네 부친께서 내게 부탁헌 적이 있었네."

"쪼깜 더 빨리 와서 뵀어야 했는디 늦었그만요."

박광전은 마루로 올라가 양응정에게 정식으로 큰절을 했다. 양응정이 말했다.

"자네가 알다시피 나는 상중이네. 그래서 제자를 받지 않고 있네만 자네 부친으로 봐서 허락허겄네. 여그 학동 한둘이 가끔씩 와서 글을 읽고 있네만 신경 쓰지 말게."

"제자로 받아주시니 고맙그만이라우."

"모친께서 선상님 드리라고 헌 것이 있그만요."

그제야 노비가 보따리를 들고 박광전에게 내밀었다. 낭주 최씨가 보따리에 싼 선물은 붉은 비단과 푸른 비단 한 필씩이었다.

"아이고, 요로크롬 귀헌 비단을 보내주시다니 고맙기 그지없네만 나보다 훌륭헌 선비덜이 많은디 받아도 될랑가 모르겄네."

"아부지께서 늘 말씸허셨어라우. 선상님 문체는 강과 바다멩키로 짚고 넓은께 숭내라도 내라고 당부허셨어라우."

"허허허. 공부는 누구헌테 뭣을 배왔는가?"

"인재(忍齋) 선상님헌테 《논어》와 《대학》을 외우고 익혔그만요."

"인재 선상이 누구인가?"

"남양 홍씨, 섬(暹)자 선상님이그만요."

"그렇다믄 정암 문인일세. 돌아가신 선친께서 정암 선상님과 평생 동안 우정이 도타우셨으니 이것도 큰 인연이그만."

양응정은 박광전보다 나이는 8세밖에 차이가 나지 않았지만 학문적 역량에 있어서는 우러러볼 만큼 높았다. 임금이 창경궁 정전 마당에 성균관 유생들을 모아놓고 표문을 짓게 했는데, 거기서 급제한 9명 중에 한 사람이 양응정이었을 정도로 그의 문장 실력은 이미 정평이 나 있었다. 그때 임금이 출제한 표문의 시험문제는 다음과 같은 것이었다.

〈송(宋)나라의 부필(富弼)이 뭇 신하를 만날 때에 뜻에 맞고 안 맞는 것에 따라 기뻐하고 노여워하지 말기를 청한 일이 있다. 그에 대한 생각을 글로 지어보라.〉

잠시 후, 박광전은 학포당 안으로 들어갔다. 양팽손의 독서당이었던 학포당 분위기는 여느 서실과는 달랐다.

"선친은 매우 엄격허셨다네. 나는 어린 시절 이 방에서 무릎을 꿇고 글을 배왔다네."

학포당에는 선반에 책만 있는 것이 아니라 검대에 칼이, 벽에는 활이 하나 걸려 있었다. 박광전은 칼과 활 때문인지 독서당의 분위기가 낯설었다. 박광전이 조심스럽게 물었다.

"학포 선상님께서 쓰시던 칼과 활인게라우?"

"아니네. 선친께서는 칼이나 활을 잡으신 적이 읎네. 이 활은 내가 습사(習射) 헐 때 사용허는 것이네. 또 저 칼은 내가 가끔 몸을 풀 때 휘둘러보는 것이네."

박광전은 양응정이 문장가일 뿐만 아니라 무술에도 관심이 크다는 것을 알고 놀랐다. 자신은 지금까지 칼이나 활을 잡아본 적이 없었던 것이다. 무과에는 관심이 없었으므로 병서도 지금까지 단 한 쪽도 읽어본 기억이 없었다. 그제야 박광전은 양응정의 어깨가 무장처럼 떡 벌어져 있음을 보고 위압감을 느꼈다.

"놀랄 것 읎네. 왜구덜이 으떤 때는 능성까지 와서 노략질헐 때가 있었어. 긍께 선비라고 해서 붓만 들고 있다가는 당헐 수밖에 읎잖은가."

왜구들의 침입은 능성보다 바다를 끼고 있는 보성과 흥양이 더 심했다. 잊어버릴 만하면 몇 년 터울로 왜구 무리들이 쳐들어와 마을에 불을 지르고 분탕질을 했던 것이다.

증조산

박광전이 학포당에서 공부한 지 보름쯤 지났을 때였다. 신록이 온 산자락을 연둣빛으로 물들이고 있었다. 산자락 숲에 희끗희끗 피어 있는 것은 산딸나무와 층층나무 꽃이었다. 봄비가 밤새 내린 뒤 산색은 더욱 푸르고 싱그러웠다. 학포당은 남향집으로 봄볕이 마루 깊숙이 들었다. 양응정은 마루에 앉아서 봄볕을 쬐고 있다가 박광전을 불렀다.

"광전이, 나 쪼깜 볼까?"

"예, 선상님."

박광전이 《대학》을 중얼중얼 읽고 있다가 마루로 나왔다. 양응정이 말했다.

"시방 임시로 사는 디 말이여, 방 잠자리가 불편허제?"

"그래도 시안이 아니라서 괴안찮그만요."

"원래 곡석 창고로 썼다가 방으로 개조헌 탓에 물짤 것이여. 근디 운 좋게 오늘부터 깨끗헌 방에서 살 수 있게 됐그만."

"선상님, 무신 말씸인게라우?"

"여그 댕기는 학동 집에서 방을 빌려준다고 허네. 긍께 학동이 올 때 공부를 쪼깜 갈쳐주기만 허믄 돼야."

112

학동은 양응정에게《천자문》을 배우고 있었다.

"그거야 에럽지 않지라우."

"쌍봉마실에 살고 나와도 가찹게 지내는 정 첨지 어르신 아들인디 《천자문》을 다 외워가는 중인께 갈치기는 쉬울 것이여."

"선상님, 그 집에 가보고 잪은디 은제 갈게라우?"

"지금 당장 가볼까? 그래야 오늘부터 방을 쓸 수 있을 것인께."

박광전은 양응정을 따라 나섰다. 학포당 뒤편 자드락길을 따라 걸었다. 정 첨지 집은 쌍봉마을 위쪽 산자락에 접해 있었다. 집은 초가 5칸으로 토방이 높아 마치 누각처럼 덩실 올라앉은 것 같았다. 두꺼운 마루 판재나 우람한 기둥들이 예사롭지 않았다. 아마도 기와집을 지으려다 사정이 있어서 초가로 마무리 지은 듯했다.

사정이란 살림이 궁한 탓은 아니었다. 골짜기 밭가에 있는 기와막의 통가마가 갑자기 무너지는 바람에 기왓장을 굽지 못했던 것이다. 머리가 반백인 정 첨지가 마루에 앉았다가 토방으로 내려와 맞았다.

"어서 올라와불드라고잉."

"첨지 어르신, 이 사람이 아드님을 갈칠 선상이그만요."

"첨 뵀겄습니다요."

"늦둥이 외동아들인디 잘 부탁허요. 대신 사랑방을 내줄 틴께 사양치 말고 쓰씨요."

"아이고메, 어르신께서 쓰시는 사랑방은 과분허그만요."

"나야 큼직헌 안방이 있응께 학포당에 있을 동안에는 우리 사랑방에서 숙식을 허씨요."

정 첨지는 화순의 고명한 성리학자 정여해의 현손이었다. 점필재 김종직의 제자였던 정여해는 연산군 때 정5품 사헌부지평이란 벼슬을 사직하고 은둔한 선비였는데, 중종이 그 자식과 손자에게 명예직 벼슬을 추증했던 것이다. 실제로 정 첨지는 능성향교를 다녔을 뿐, 과거를 응시하거나 한양에 발을 디뎌 본 적이 없는 쌍봉마을 유지에 불과했다.

"우리 집에 잠시나마 선비가 들어와 글 읽는 소리가 난다믄 을매나 자랑스럽겠소?"

"첨지 어르신께서 진심으로 대해주시니 거절은 못허겄습니다만 걱정이 앞서그만요."

"무신 걱정이 있단 말이오?"

"아드님을 잘 갈쳐야 허는디 으쩔지 모르겄그만이라우."

"그건 걱정허지 마씨요, 잘 배우고 못 배우고는 순전히 아들놈의 자세에 따라 달라지는 것인께라."

정 첨지와 박광전이 주고받는 대화를 듣고 있던 양응정이 한마디 했다.

"인자 이야기가 됐응께 싸갖고 온 서책들을 시방 옮겨불세."

"예, 선상님."

"자잘헌 일은 우리 아들놈을 시키씨요."

박광전은 은근히 신경 쓰였던 숙소가 해결되자 마음이 놓였다. 양응정도 정 첨지나 박광전이나 서로 이익을 보는 쪽으로 결론이 난 듯해 기분이 좋았다. 정 첨지 집을 나오면서 양응정이 말했다.

"오늘은 산책이나 댕겨올까?"

"예. 봄바람이 아조 좋그만이라우."

"쩌그 산을 넘어가믄 선친께서 에린시절 공부허신 쌍봉사가 있네. 또 그 우그로 쪼깜 가믄 증조산 산자락 마실에 정암 대감님 초분 자리가 있고, 그 옆에 짝에는 쬐끄만 사당이 있는디 선친께서 정암 대감님께 봄 가실로 제사를 지냈던 곳이네."

양응정과 박광전은 학포당으로 돌아와 잠시 쉰 뒤, 쌍봉사 가는 산길을 걸었다. 양응정이 박광전을 굳이 데리고 가는 것은 단순한 원족이 아니라 이유가 따로 있었다. 조광조와 양팽손은 나이를 초월해서 성균관 유생 때부터 우정을 나눈 도반이었다. 조광조가 성균관 선배로서 다른 부잣집 자제의 유생들과 달리 옷차림이 남루한 양팽손의 손을 따뜻하게 잡아주었던 것이다. 십대 후반의 양팽손이 용인에 사는 조광조를 찾아가 정담을 나눈 것이 서로가 신뢰를 갖게 된 계기였다.

그때 조광조는 양팽손이 비록 화순의 한미한 집안에서 태어났지만 시서화 삼절이 될 만한 재목임을 예감했고, 양팽손 역시 조광조가 김굉필의 황해도 유배지까지 찾아가 도학을 연마했던 사실을 알고 깊이 흠모했던 것이다.

두 사람은 쌍봉마을 앞으로 난 징검다리를 건넜다. 해가 뜨는 방향인 증조산 쪽의 산길을 타기 위해서였다. 산길을 조금 오르자 볼록한 재가 하나 나타났다. 양응정이 재를 넘기 전에 먼저 앉을 만한 바위를 찾아 앉았다. 그때 박광전이 물었다.

"선상님께서는 기묘사화를 보셨는게라우?"

"기묘년에 태어났는디 어쩌게 보았겄는가? 선친께서 하두 말씸을 많이 허셔서 당시 상황이 눈에 환허제만 말이여."

양응정이 조광조가 능성에 유배를 와서 사사 당한 상황을 실제로 본 사람인 듯 생생하게 이야기하기 시작했다. 모두 아버지 양팽손에게 들은 이야기였다.

양팽손은 조광조에게 내려진 사사의 명을 차마 입 밖으로 내지 못했다. 사실은 임금의 명을 알리어 마음의 준비를 하도록 하기 위해 한양에서 능성로 서둘러 내려왔지만 끝내 발설치 못했다. 그러나 조광조는 시시각각 조여 오는 자신의 운명을 예감하고 있었던 듯 다음과 같은 시를 지어 양팽손에게 주었다.

누가, 이 몸을 활 맞은 새 같다고 가련히 여기는가,
나, 스스로 말 잃은 늙은이 마음같이 웃고만 있다네
원숭이가, 짖고 학들이 울어대지만 나는 돌아가지 못하리니
엎어진 독 안에서 나올 수 없음을 어찌 알 수 있으리.
誰憐身似傷弓鳥 自笑心同失馬翁
猿鶴正嗔吾不返 豈知難出伏盆中

양팽손은 조광조가 말하는 원숭이와 학이 군자를 상징한다는 것을 잘 알고 있었다. 조광조는 조정의 청류사림들이 절규해도 자신은 돌아가지 못할 것이라고 절망하고 있었다. 소인배들에 의해 누명과 형벌을 받아 자신의 처지가 '엎어진 독 안'과 같기 때문이었다. 그래도 조광조는 양팽손과 지난날을 회상할 때는 위안을 받았다.

"학포가 경연 중에 전하께서 '공문(孔門)의 학은 무슨 일을 하는 것인가.' 하고 묻자, '인(仁)일 뿐입니다.' 하고 대답했던 일이 잊히지 않소."

"전하께서 '무엇을 인이라 하오?' 라고 묻자, '사람의 마음입니다.' 라고 아뢨던 말을 어쩌게 잊을 수가 있겠습니까?"

"그렇소. 인이란 사람의 마음이지요. 학포가 그때 동지들과 협력하여 바른 길로 나가니 조정이 엄숙하고 깨끗해졌지요."

조광조는 양팽손과 얘기를 하는 동안은 절망에서 벗어나 마음의 평정을 찾았다.

"학포는 지초(芝草) 같은 사람이오. 얘기하는 동안 향기가 나니까 말이오. 학포의 기상은 비 갠 가을하늘 같기도 하고."

이와 같은 조광조의 평안은 며칠을 가지 못했다. 기묘년(1519) 12월 20일, 눈보라가 몰아치는 이른 아침이었다. 말을 탄 의금부 도사 유엄이 한양을 떠나 밤낮으로 달린 지 닷새 만에 사약 단지를 들고 능성으로 달려왔다. 조광조는 새벽에 일어나 주역점을 쳐보았는지 눈보라를 헤치고 아침 일찍 찾아온 양팽손을 보더니 불길한 얘기를 했다.

"학포, 동지들이 화를 당하고 있는바 이 또한 시운(時運)인데 한탄한들 어찌하겠소. 나야 죽음이 있을 뿐이오."

양팽손의 불길한 예감은 적중했다. 눈발이 가늘어지자 말 발굽소리가 요란하게 들려왔다. 나장들이 적소 안으로 들이쳤고, 조광조가 마당으로 점잖게 내려서자 의금부 도사 유엄이 엄하게 소리쳤다.

"왕명이오. 죄인 조광조는 왕명을 받으시오."

유엄이 전하는 왕명은 짧았다. 조광조에게 임금이 사사를 명한다는 것이었다. 조광조는 왕명이 너무 짧아 두렵다기보다는 허망했다. 목숨을 끊으라는 임금의 명이 도대체 실감이 나지 않았다.

"도사, 단지 사사의 명만 있고 사사에 대한 글은 없는 것이오?"

"그렇소."

"나는 일찍이 대부의 반열에 있었소. 헌데 어찌 종이쪽지 하나를 도사에게 들려 보내 나를 죽게 한단 말이오. 만약 도사의 말이 아니었다면 내가 어찌 믿을 수 있겠소. 내 목숨도 임금의 것일진대 죽음이 두려워하는 말이 아니오."

유엄은 조광조의 항의에 대답하지 않았다. 유엄이 타고 온 말이 진저리를 쳤다. 눈발이 다시 거세졌다. 유엄이 조급해져 눈썹을 치켜세웠다. 조광조가 말했다.

"사사의 명을 내렸으니 오래 지체하지는 않겠소, 그렇더라도 오늘 안으로만 죽으면 되지 않겠소?"

"그럴 이유가 있소?"

"집에 당부할 일이 있소. 편지를 몇 장 남기고 나서 죽겠으니 허락해 주시오."

"좋소."

방으로 들어간 조광조는 아내 한산 이씨와 아버지를 대신해온 숙부 조원기, 그리고 형제들에게 편지를 썼다. 그러고 나서 스승 김굉필에게도 편지를 쓰려고 했으나 붓을 놓았다. 사사를 당한다고 해도 저 세상에서 다시 만날 것이라고 확신했기 때문이었다. 그때 왕명을 다시 전하는 유엄의 소리가 났다.

"죄인 조광조는 어서 나와 사약을 받으시오."

내내 눈물을 흘리고 있던 장잠이 스승 조광조의 손을 붙잡았다.

"선생님."

"놓아라. 내 손을 놓아라. 도사를 원망하지 마라. 내 목숨은 임금님의 것이니라.”

장잠이 손을 놓자 조광조가 담담하게 유언을 했다.

“관을 얇은 것으로 하라. 무겁고 두꺼운 것을 쓰지 마라. 먼 길을 가는데 사람들이 고생을 하느니라.”

조광조는 그동안 수발을 들어주었던 어린 노비를 불러 어깨를 토닥여 주더니 이내 양팽손의 두 손을 힘 있게 잡고 말했다.

“학포, 나 먼저 가오. 각자 우리 임금에게 할 도리를 다하다가 언젠가 저 세상에서 다시 만나는 것도 기쁜 일이 아니겠소?”

“정암 대감, 잘 가시오.”

양팽손이 참지 못하고 통곡했다. 조광조가 오히려 양팽손을 위로했다.

“학포, 공맹(孔孟)의 세상을 확실하게 만들자는 우리들의 개혁은 좌초됐을 뿐 실패한 것은 아니오. 순정한 마음으로 개혁의 씨를 뿌렸으니 뒷사람들이 반드시 열매를 거둘 것이오.”

그동안 적소를 빌려준 주인에게도 조광조는 한마디 하는 것을 잊지 않았다.

“그동안 신세가 많았소. 그대 집에 편히 묵었으므로 훗날 반드시 보답하려 했는데 보답은커녕 그대에게 흉한 변을 보게 하고, 집을 더럽히게 되었으니 내 마음이 무겁소.”

조광조가 방문을 열고 나오자 사약이 놓인 소반이 다시 마당 가운데 놓였다. 조광조는 단숨에 독이 든 사약을 마셨다. 그러나 뜻밖에 절명이 늦어졌다. 입가에 피를 흘릴 뿐 자세가 흐트러지지 않았다. 갈 길이 바쁜 도사의 눈치를 보던 나장 서너 명이 조광조에게 달려들어 목을 조르려 했다. 그러자 조광조가 나장들을 꾸짖었다.

"전하께서 나의 목을 보존하고자 사사의 명을 내리신 것인데 너희들이 어찌 감히 이럴 수가 있는가. 어서 사약을 한 사발 더 가져오너라!"

잠시 후, 사약을 한 사발 더 마신 조광조의 입에서 붉은 피가 꾸룩꾸룩 흘렀다. 꼿꼿했던 몸이 옆으로 쓰러지고 나서야 피가 멈추었다. 조광조의 시신을 확인한 도사와 나장들이 미련 없이 물러섰다. 그제야 능성향교 교생들과 양인들이 적소 안으로 몰려와 통곡했다.

능성 현감의 방관하에 양팽손이 조광조의 시신을 방으로 업고 들어와 손수 염을 했다. 그러고는 시신이 훼손될까 두려워 능성에서 삼십여 리 떨어진, 쌍봉사 부근의 증조산 산자락에 암장을 했다.

두 사람이 찾아가는 곳은 조광조를 암장했던 바로 그 초분 자리였다. 재를 넘자 제법 규모가 큰 쌍봉사가 보였다.

"쌍봉사는 사당을 몬자 참배허고 이따가 들러보세."

"예, 선상님."

사당은 쌍봉사에서 멀지 않았다. 개울을 따라 올라가자 마침내 서너 가구가 사는 아주 작은 산중마을이 나타났다. 과연 거기에는 다섯 평쯤 되는 초가사당이 있었다. 양응정은 닫혀 있던 사당 문을 활짝 열어젖혔다.

"저 초상화는 선친께서 그리셨네. 저 부러진 대나무에 새 가지가 뻗은 묵죽화(墨竹畵) 역시 선친 그림이고."

초상화 속의 조광조 눈매는 형형했고, 묵죽화는 대나무 같은 조광조의 개혁이 실패하지 않으리라는 것을 상징하는 듯했다. 양응정과 박광전은 조광조의 초상화를 향해 큰절을 했다. 박광전은 초상화 밑에 양팽손이 적어놓은 네 구절을 유심히 보았다.

도학을 숭상하여(崇道學)

사람의 마음을 바르게 하고(正人心)

성인과 현자를 본받아(法聖賢)

지극한 정치를 일으키도록 하리(興至治)

네 구절은 살아생전의 조광조가 목숨보다 중히 여기고 실천했던 신념이자, 유도(儒道)가 타락한 인간 세상에 하늘의 도를 펼치고자 했던 신진사류들의 피 끓는 맹세나 다름없었다.

말타기와 습사(習射)

꾀꼬리 울음소리가 잦아진 초여름이었다. 학포당 마당가의 은행나무에도 까치들이 날아와 이 가지 저 가지를 종종거리며 경쾌하게 우짖었다. 은행나무는 양팽손이 제사용 은행알을 수확하기 위해 심어 놓은 유실수였다. 그날 양응정의 학포당 강의는《대학》에 나오는 한 구절로 시작했다.

물(物)에는 본말이 있고 일에는 끝과 시작이 있다. 선후를 알면 곧 도(道)에 가까우리라.

物有本末 事有終始 知所先後 則近道

"무신 말이냐 허믄 일에 순서를 아는 것이 도(道)라는 말이여. 공부를 허든 뭣을 허든 순서를 아는 사람허고, 그렇지 못헌 사람은 하늘과 땅 차이란 것이여. 그래서 공자님께서 군자시중(君子時中)이라, 군자는 때를 아는 사람이라고 허신 것이여."

"긍께 군자와 소인의 차이는 때를 알고 모르는 것이그만요."

"옳제. 바로 그 차이여. 때를 안다는 것은 나아가고 물러서는 진퇴(進退)를 아는 것이여. 진퇴를 알지 못허믄 목심을 잃을 수도 있어. 연산군

때 을매나 많은 선비들이 죽었냔 말이여. 나아가고 물러갈 때를 몰랐응께 그런 것이여."

"진퇴만 알아부러도 부모님이 주신 목심만은 보존헐 수 있겄그만요."

"돌아가신 선친께서는 말이여, 진(進)은 내가 말하기 뭣해도 퇴(退)는 아신 분이여. 고건 확실해."

양응정은 아버지 양팽손이 조광조가 능성로 유배 왔을 때 취한 행동을 퇴(退)로 보았다. 기묘사화를 주동한 남곤이 밤에 변복하고 양팽손을 찾아가 출세하려면 실세가 된 자신들에게 오라고 회유했지만 뿌리쳤던 일을 두고 한 말이었다. 실제로 양팽손은 조광조를 옹호하다가 관직을 삭직당하자마자 한양에 남지 않고 능성로 서둘러 낙향해버렸던 것이다.

그때 방문 밖에서 말이 진저리 치는 소리가 났다. 양응정이 노비를 시켜 이양 인물역에서 빌려온 말이었다. 인물역은 보성과 장흥으로 가는 요충지로서 으뜸벼슬아치 찰방과 구실아치인 몇 명의 역리(驛吏), 관노 말먹이꾼들이 상주하는 역참이었다.

"내가 늙은 말 두 마리를 빌려달라고 했네."

"찰방 나리허고 약속이 있는게라우?"

"광전이허고 연습헐 일이 있네."

역참의 튼실한 말은 공무가 있을 때나 높은 벼슬아치들만 탈 수 있었다. 그러나 늙었거나 병든 말은 생원이나 진사는 찰방의 허락이 떨어지면 얼마든지 빌려 탈 수 있었다. 학포당 노비들이 빌려 온 말들도 병들었는지 눈곱이 잔뜩 끼어 있고 다리가 짱짱하지 못했다.

"선상님, 으디로 가실랍니까요?"

"인물역으로 가세. 거그 활터로 가서 오늘은 습사(習射)를 쪼깜 허세."

박광전은 학포당 벽에 걸어둔 활과 활통의 화살을 챙겼다. 그제야 박광전은 양응정의 마음을 간파했다. 노비를 시켜 말을 빌려온 것은 인물역 활터로 가는 동안 박광전에게 말타기(승마)를 익혀주기 위해서였다.

양응정은 말들에게 노비들이 가져온 풀과 물을 주었다. 말에게 다가가 목덜미를 살살 쓰다듬어 주기도 했다. 이윽고 두 사람은 말을 타고 학포당을 떠났다. 학포당에서 인물역까지는 이십오 리쯤 되었다. 늙은 말은 쌍봉마을 초입에서 비틀거렸다. 박광전이 몸의 중심을 잡지 못하고 낙마했다. 다행히 풀밭으로 떨어져 다치지는 않았다. 양응정이 말했다.

"말을 타는 비결이 있네. 말허고 한 몸이 돼야 허네. 그렇지 않으믄 말이 사람을 털어부린다네."

"아, 알겄그만요."

박광전은 다시 말을 탔다. 그런 뒤 자세를 낮추고 말 등에 엉덩이와 다리를 붙였다.

"됐네."

"선상님. 애기가 엄니 등에 업힐 때와 같은 이치그만요. 등에 붙어야지 떨어지지 않겄지라우잉."

"근디 고것보다 더 중헌 것은 말에게 먹이를 줌시로 친해져야 허네. 말이 경계를 허믄 암만 자세가 좋아도 멀리 못 가네."

다행이 박광전은 더 이상 낙마하지는 않았다. 그래도 저만큼 앞서가는 양응정을 놓치지 않으려고 애써 뒤따랐다. 말고삐를 잡은 손바닥에서는 땀이 났고, 마음은 몹시 조마조마했다. 그러나 십 리쯤 지나서는 말타기의 쾌감을 느끼기 시작했다. 말이 경중거릴 때마다 확포당을 나설 때와 달리 몸이 같이 저절로 움직였다. 박광전은 비로소 말과 몸이 하나가 된 듯한 기분이 들었다.

나룻배들이 오가는 지석천 상류가 보일 무렵, 역리들이 습사를 하는 활터가 보였다. 그런데 활터 사정(射亭)에 누군가가 와 있었다. 사정은 누각이라기보다는 초가로 지어진 원두막 같았다. 말먹이꾼들이 소반을 들고 오가는 것으로 보아 찰방이 습사를 하려고 활터에 온 것 같았다.

찰방은 부임한 지 며칠 되지 않는 종6품의 벼슬아치였다. 역리 하나가 양응정에게 다가와 말했다.

"새로 오신 찰방 나리시그만요."

"마침 잘 됐그만잉."

찰방이나 현감이 부임해 오면 지역 유지들과 인사하는 자리가 마련되는 게 통례였다. 그런데 그런 번거로움 없이 마주하게 됐으니 택일을 잘한 셈이었다. 역리가 찰방에게 양응정을 소개했다.

"나리, 쌍봉마실에 사시는 생원님이그만요."

"아, 한 번 만나고 싶었소."

삼십대 초반의 찰방이 양응정을 반갑게 맞아주었다. 찰방의 공무는 크게 두 가지였다. 하나는 조정이나 감영의 공문서를 하급기관에 전달하는 것이고, 또 하나는 벼슬아치들이 이동할 때 말을 빌려주는 사무를 보았다. 그러므로 찰방은 비록 종6품의 낮은 품계였지만 조정의 급보나 비밀을 많이 알고 있었으므로 종4품의 군수보다 더 우세를 부렸다. 새로 부임한 찰방은 양응정의 가계를 훤히 알고 있었다.

"한양에서 정암 대감과 학포 공의 아름다운 얘기를 들었소. 학포 공의 아드님을 활터에서 만나다니 더욱 반갑소."

청류사림이 밀려나고 훈구대신의 세상이 되었다고는 하지만 신진사림 사이에 조광조 일파에 대한 향수는 여전한 듯했다. 찰방도 신진사림 중에 한 사람일 터였다. 그는 조광조와 양팽손의 인연을 훤히 알고 있었다.

"학포 공이 그렸다는 정암 대감의 초상화가 증조산 산촌에 있다는데 한 번 보고 싶소."

"쌍봉마실에 있는 학포당에 오시믄 지가 안내해드리겠습니다."

초가정자 마루에는 개다리소반이 하나 놓여 있었는데, 막걸리가 담긴 작은 옹기와 껍질을 벗기지 않은 오이 몇 개가 안주로 나와 있었다. 그제야 양응정이 박광전을 초가정자로 올라오라고 손짓했다.

"과거를 준비허고 있는 제자그만요."

박광전이 찰방에게 절을 하며 말했다.

"보성 조양 사는 박광전이어라우."

"댕기머리를 하지 않은 것으로 보아 혼인한 유생 같군."

"예, 찰방 나리. 작년에 혼인했어라우."

"학포당에서 몇 년 간 공부했는가?"

"학포당에서 공부헌 지는 얼마 안 됐고, 에렸을 때 한양 겨신 인재 선상님헌테 3년 배운 적이 있그만요."

"인재라면 좌찬성 영감님이 아니신가? 인종 임금님 때는 중국사신

영접사로 활동하셨지."

"고건 모르겠그만이라우."

"좌찬성 영감님이시네. 전하의 신임을 잔뜩 받고 계시지."

찰방은 홍섬에 대해서 잘 알고 있었다. 찰방 역시 조광조를 흠모해온 문인인 것 같았다. 박광전은 찰방이 홍섬의 소식을 전해주자 자세를 가다듬었다. 첫 스승의 근황을 들려주는데 귀를 기울이지 않을 수 없었다.

"선상님께서 한성부 우윤으로 부임허신 줄만 알고 그 뒤로는 몰랐는디 높은 자리까지 올라 백관을 거느리고 겨시그만요."

"영감님이 돼도 할 말을 못하는 대신이 얼마나 많은가? 그런데 좌찬성 영감님께서는 단종 유택을 정비한 박충원 영월군수를 두둔하는 등 직언을 많이 하시는 분이라네."

"영월군수가 비리를 저질렀는게라우?"

"그건 아니네. 외직 중에서도 영월군수로는 다 가지 않으려고 한다네. 거기로만 가면 비명횡사하거든."

양응정은 술을 한 잔도 입에 대지 않았다. 활을 쏘아야 하기 때문에 자제하고 있었다. 우두커니 앉아 있던 양응정이 한마디 했다.

"영월은 단종 임금님의 고혼이 떠도는 곳이 아닌가요?"

"맞습니다. 단종 임금님을 섬겼던 사육신의 고혼도 떠돈다고 봐야하지요."

양응정은 아! 하고 비명 같은 신음소리를 짧게 내뱉었다. 제사를 지낼 때 조상의 혼이 오는 곳을 신위(神位)라고 하듯, 사육신의 혼들이 단종의 원한이 서린 영월까지 가서 떠돌지 못할 법도 없기 때문이었다.

그것을 알지 못했으므로 부임해 간 영월군수가 세 명이나 비명횡사한 것일까? 양응정은 술이라도 한 잔 영월 쪽을 향해 올리고 싶었다.

"찰방 나리, 술 한 잔을 단종 임금님과 사육신의 혼이 떠돈다는 영월을 향해 올릴 수 있을 게라?"

"아, 좋은 일이오."

박광전이 술잔을 들고 있는 양응정에게 술을 따랐다. 그러자 양응정이 초가정자 밖의 북쪽을 향해 술을 조금씩 세 번 부었다. 그 까닭은 신위를 향해 술을 바치고 절하는 초헌, 아헌, 종헌을 따른 것이었다. 양응정의 행동을 보고 있던 찰방이 말했다.

"저도 정암 대감과 학포 공께 술을 올리겠습니다."

"정암 대감의 초분자리와 학포 공의 유택은 어느 쪽입니까?"

"여기서 증조산 쪽인께 해가 뜨는 동쪽이겠지라."

이번에는 찰방이 초가정자 밖 동쪽에 술을 세 번 조금씩 부은 뒤 '흠향하소서'를 소리내어 중얼거렸다. 그리고 나서야 찰방이 동이에 든 술을 떠서 마셨다.

"자, 제사를 마치었으니 이제 음복할 차례가 됐소."

"근디 저는."

"금주하는 날이 따로 있소?"

"고건 아니고, 오늘은 습사헐라고 왔지라."

"생원님의 태도는 이해하겠소만 술 한 잔 한다고 해서 활솜씨가 어디로 도망가는가요? 하하하."

"찰방 나리 앞에서 실수허지 않고 잪아서 그래요."

찰방이 박광전에게도 술을 떠서 주었다. 그러면서 한마디 했다.

"그대를 가르쳤다는 좌찬성 영감님 소식을 하나 들려주려고 했는데 이제 생각이 나네."

"임금님께 보고할 일이 있어 입실했다가 내 눈으로 직접 본 일이네."

찰방은 홍섬을 흠모하는 듯 그날을 생생하게 기억하고 있었다. 종6품의 사헌부 감찰어사로 있을 때, 그러니까 올해 초 일이었다. 찰방은 작년 가을에 영월로 가서 단종이 묻힌 곳을 찾아가 감찰을 벌인 결과를 중종에게 보고했던 것이다. 감찰 활동을 하면서 단종이 묻힌 곳을 쉽게 찾아낼 수 있었는데 그것은 영월군수 박충원의 노고 때문이었다.

박충원이 영월군수로 부임하기 전까지는 단종의 묘는 영월 관아에서 손도 대지 못한 채 방치돼 있었다. 폭군 연산주의 눈치를 보기 때문에 그래 왔는데, 그런 금기상태가 중종 35년까지 이어지고 있었던 것이다.

삼촌 세조가 단종을 살해한 것은 세상이 다 아는 사실.

세조3년(1457) 왕명으로 유배를 간 노산군(단종)은 영월관아의 관풍헌에서 사약을 받고 죽었다. 그의 시신은 강가에 버려졌는데, 이를 본 영월의 호장 엄홍도가 몰래 사람들의 눈에 잘 띄지 않는 산중에 암장했다. 엄홍도가 시신을 수습해 눈 덮인 깊은 산으로 들어가던 중에 노루가 앉아 있는 자리에만 눈이 쌓이지 않은 것을 보고 그 자리에 시신을 묻었던 것이다. 중종 36년(1541)에야 노산군의 묘를 찾으라는 왕명이 내렸다. 박충원은 2년 만에 노산군의 묘를 어렵게 찾아내 영월 유생과 향교 교생들을 부른 뒤 예에 따라 제사를 지냈다. 이전에 비명횡사한 군수들이 감히 하지 못했던 일이었다. 박충원은 노산군의 묘와 주변의 나무를 베어낸 뒤 정리했다. 비로소 묘가 세상 밖으로 훤하게 드러났다. 그러자 영월 유생들과 양민들이 박충원 군수가 영월을 떠난 뒤에도 그의 덕과 행실을 잊지 않고 칭송했다.

이와 같은 현장조사를 감찰어사는 중종을 알현한 자리에서 직접 보고하려고 했다. 정전 회의 자리에는 좌천성 홍섬과 종2품의 대신들이 모두 입실해 있었다. 정3품의 교서관 판교 박충원은 중종이 그의 공을 치하하기 위해 일부러 불러들였다.

이윽고 감찰어사가 노산군의 묘가 어떻게 발견되었고, 묘 주변이 어떤 모습으로 정비되었는지를 소상하게 보고했다. 박충원이 제사를 지낸 것과 영월 유생들이 그를 칭송하고 있다는 사실도 자신이 조사한 대로 보고했다. 감찰어사의 보고가 끝나자 중종이 말했다.

"판교 충원은 특별하게 할 말이 있는가?"

"전하, 영월군수로 있었던 시절을 회상할 때마다 늘 아쉬운 것이 하나 있사옵니다."

"무엇인가?"

"노산군께 제사를 올려 한을 달래주시듯 이제는 사육신도 그러해야 하옵니다. 더 나아가 사육신전(死六臣傳)을 간행하고 보급하시어 그들의 충성심을 백성들에게 널리 알리소서."

"계유정난의 당사자들을 언급하기에는 아직 이르다."

중종의 입술이 파르르 떨렸다. 노산군의 묘를 찾는 것도 중종으로서는 직언하는 신하들에게 떠밀려 명을 내린 것인데, 사육신까지 신원(伸冤)하는 일은 시기상조였다.

"백성들이 원하기 때문이옵니다."

박충원이 물러서지 않고 직언을 계속하자, 중종의 얼굴이 굳어졌다.

중종이 노기 띤 어조로 말했다.

"충원은 나를 가르치려 들지 말라."

중종 좌우에 늘어선 신하들이 서로 얼굴을 쳐다보면서 술렁거렸다. 박충원이 또 다시 중종 앞으로 나아가 아뢰려고 했다. 누군가가 손을 들어 박충원을 제지했다. 홍섬이었다. 홍섬이 중종에게 아뢨다.

"전하, 사육신은 누가 뭐라 해도 충신이었습니다. 지금 전하께서는 신들에게 사육신 같은 충신이 되기를 바라십니까, 아니면 신숙주 같은 사람이 되기를 바라시옵니까?"

중종은 홍섬의 직간을 듣고 할 말을 잃었다. 그러다가 신하들을 천천히 둘러보면서 나직이 말했다.

"그대의 말이 옳다."

박충원은 홍섬을 쳐다보면서 탄복했다. 마음속으로 '대쪽 같은 기개를 지니신 분이로구나' 하고 중얼거렸다. 감찰어사 역시 중종을 직언으로 보필하는 홍섬의 인품에 반하여 '과연 김안로가 무서워할 만했구나!' 하고 혀를 내둘렀다.

동이에 담긴 술을 다 비우고 나서야 세 사람은 활터 사대(射臺)에 섰다. 활쏘기에 자신이 있는 듯 찰방이 "술 한 잔 하고 난 뒤에야 본래 솜씨가 나오는 거요." 하고 말했다. 벌써 과녁 옆에는 명중을 확인하거나 떨어진 화살을 줍는 관노 연전꾼이 대기하고 있었다. 연전꾼은 찰방이 습사를 시작하면 과녁 뒤로 숨을 터였다. 박광전은 한 번도 습사를 해 본 적이 없었으므로 긴장했다.

초시 1등 합격

박광전은 양응정의 제자가 된 지 1년 만에 할아버지 선교랑(宣敎郞) 공이 돌아가시자 가례를 따랐다. 마당에 임시로 지어진 사당에 들어가 아버지 박 진사와 함께 아침저녁으로 영위(靈位)를 보고 엎드려 곡했다. 박광전은 아버지 박진사가 하는 대로 생전의 할아버지 선교랑 공을 대하듯 정성을 다했다.

한편, 학포당에서 삼년상을 마친 스승 양응정은 나주의 박산마을로 돌아가서 강학을 계속했는데, 화순의 최경장과 최경회 등이 제자가 되어 공부를 시작했다. 박광전은 할아버지 상중이었으므로 양응정의 박산마을 강학에는 전념하지 못했다. 한두 달 스스로 공부한 바를 박산마을로 가서 양응정 앞에서 외워 바치곤 할 뿐이었다. 박 진사는 아들의 공부가 늦어지는 것을 걱정하면서도 내색은 하지 않았다.

"어저께 밤에는 니 꿈을 꾸었다."

"무신 꿈인게라우?"

"니가 송천 선상님헌테 활쏘기를 배와서 그란지 아조 큰 대궁(大弓)이 하늘에서 내려와불드라."

"대궁이라믄 예사로운 것이 아니그만이라우."

"짚히는 디가 있냐?"

박광전이 머리를 긁적이면서 말했다.

"아부지, 실은 에미 배가 바가치 엎어놓은 모냥맹키로 볼록 허그만
요."

"애기를 가졌단 말이냐?"

"그란 거 같어라우."

"어허! 니 엄니헌테 알렸냐?"

"예."

박 진사는 놀라면서도 얼굴에 기쁨을 감추지 못했다. 아들이 혼인한
지 일 년이 지났지만 아기소식이 없어 박 진사 부부는 이제나저제나
하고 애를 태웠던 것이다.

"그라믄 내가 꾼 꿈이 태몽인갑다."

"태몽은 아부지도 꾸는게라우?"

"가족이라믄 다 꾸는디 원래는 니덜이 꿔야제."

"지는 아무 꿈도 꾸지 않었어라우. 에미도 마찬가지고"

"산달이 될라믄 많이 남았응께 아직 모른다. 니덜이 태몽을 꿀지 말
이여."

박광전은 해몽이 궁금했다. 자신도 짚이는 데가 있었지만 아버지 박
진사에게 확인하고 싶은 마음이 들었다.

"아부지, 대궁을 보셨는디 아들일게라우, 딸일게라우?"

"아들인께 대궁을 봤제, 딸은 아니다."

그날 밤 박 진사의 아내 낭주 최씨가 자리끼를 들고 사랑방으로 들

어왔다. 여종 순년이를 시키지 않고 직접 들고 온 것은 박 진사에게 할 말이 있어서였다. 눈썹 같은 초승달이 떠 있는 초저녁이었다. 비가 내리려는지 축축한 바람이 대숲을 흔들고 있었다. 대나무 잎들이 거풋거렸다.

"광전이가 그란디 아부지가 태몽을 꿨다고 헙디다."

"궁금해서 왔소?"

"메느리가 애기를 가졌응께 그라지라우. 아들인 거 같다고라우?"

"하늘에서 뭣이 하나 내려오는디 우리 집 마당에 쿵 하고 떨어집디다. 가서 본께 아조 큰 대궁이 하나 놓여 있습디다. 고로코름 큰 화살은 장수나 맨지는 물건일틴디 말이요. 긍께 내가 아들이라고 짐작허는 것이요."

"지 생각도 아들이그만요."

"귀헌 장손인께 이름을 잘 지어부러야 허겠는디."

"산달이 될라믄 아직 많이 남었응께 애써서 지어부쑈."

"돌아가신 아버님께서 우리덜에게 선물을 주신 것 같소."

"지도 그런 생각이 들그만요. 영우에 겨신 아버님께서 주신 선물 같그만요."

박 진사 부부는 선교랑 공이 진원 박씨 종손으로서 대를 이어가라고 아기를 준 것이 아닌가 하고 믿었다. 박 진사의 아버지 선교랑 공이 자식들에게 강조한 것은 효(孝)였다. '효는 충(忠)의 근본(根本)'이라며 효를 유독 당부했음이었다. 비록 조상의 덕으로 늘그막에 종6품의 벼슬을 하사받은 선교랑 공이었지만 진원 박씨 가문에 대한 자부심은 누구에게도 뒤떨어지지 않았던 것이다.

며칠 후, 박 진사는 손자 이름을 아버지 선교랑 공의 유훈을 참작해서 근효(根孝)라고 지었다. 가족 모두가 근효라는 이름을 좋아했다. 특히 박광전은 아버지 박 진사가 지은 이름이 마음에 들었으므로 보성향교에서 임백영과 임계영을 만나 자랑까지 했을 정도였다.

마침내 선교랑 공의 삼년상을 마친 그해 근효가 태어났다. 박광전은 사립문 위에 숯덩이와 빨간 고추를 새끼줄에 끼어 단 금줄을 쳤다. 상갓집을 다녀온 사람이나 역병에 걸린 환자는 금줄 안으로 출입할 수 없었다. 아기와 산모를 보호하기 위해 친 금줄은 삼칠일이 지난 뒤에야 내렸다.

"아부지, 인자 송천 선상님헌테 가서 공부헐라요."

"하나부지 가신 뒤로 할무니께서 저러코름 진지를 거르시곤 헌디 큰일이다."

"그라믄 집에서 할무니 모심시로 독학헐라요."

"니 나이도 작지 않다. 더구나 송천 선상님이 출사허시믄 어처께 배울 것이냐? 우리 집 형편상 한양까지 따라가서 배우는 것은 무리다. 긍께 시방 가서 배와야 써."

"아부지 뜻은 박산마실로 가그라, 이 말씸이지라우?"

"오냐."

박광전은 당장 짐을 챙겨 양응정이 강학을 열고 있는 박산마을로 갔다. 26세의 박광전은 양응정의 제자들 중에서는 나이가 조금 많은 편이었다. 최경창과 백광훈은 10대 초중반이었고, 화순의 최경회는 18세였던 것이다.

양응정 별채에 든 박광전은 독하게 결심했다. 학포당에서 공부한 《사서오경》을 다시 외우고, 틈나는 대로 사장(詞章)의 핵심인 시와 부(賦, 산문)를 짓기로 했다. 물론 다른 문하생들도 마찬가지였지만 박광전은 재발심의 단단한 각오를 누그러뜨리지 않았다. 양응정이 잠을 자지 않고 공부하는 박광전을 걱정하기도 했다.

"어린 문하생덜에게 선배로서 솔선수범허는 것은 아름다운 일이지만 부담도 주는 일이라는 것을 잊지 말게."

한밤중에 황룡강 지류로 나가 얼굴에 물을 끼얹고 돌아오는 박광전을 발견한 양응정이 따로 불러 말했다.

"잠을 쫓고자 물가를 갔다가 온 것 같은디 오늘은 뭔 공부를 헐라고 그란가?"

"시를 지어 선상님께 올릴라고 헙니다요."

"어허! 시란 억지로 짓는 것이 아니네. 머리가 아니라 가심으로 짓는 것이 시라네. 긍께 몸땡이가 편안허고 감흥이 일 때 시를 지어보게. 우격다짐으로 짓는 것은 시가 아니라네."

"선상님, 이런 밤에는 뭣을 봐야 좋겄는게라우?"

"공부헐라고 허는 각오가 사무쳐 있은께 《맹자》를 읽는 것도 좋고, 하늘이 열리는 시각인께 《주역》을 보는 것도 좋제. 허지만 엥간히 해야 능률이 오르는 벱이여."

"아부지께서 선상님 문하에 은제까지나 있을 수 읎는 일인께 집안일은 잊어불고 공부만 허라고 하셨그만요."

"진사 어른께서 뭣을 보시는 양반이네. 나도 인자 출사헐 생각이 있다네. 강학 땜시 과거시험을 미루고 또 미뤄왔지만 때가 오믄 비켜서

136

지 않을라고 허네."

초시를 일찍이 마쳤으니 복시의 기회가 오면 놓치지 않겠다는 뜻이었다. 그렇다면 2년 뒤 임자년(壬子年)이 식년시를 보는 해였다. 식년시란 자(子), 묘(卯), 오(午), 유(酉) 등의 간지(干支)가 들어 있는 3년마다 보는 정기적인 과거시험이었다.

2년 후.

과연 양응정은 제자들을 실망시키지 않았다. 식년시 을과에 급제했다. 이미 문장가로 정평이 나 있었기 때문에 내직 중에서도 임금을 자주 만날 수 있는 홍문관 정자를 제수 받았다. 양응정이 한양에 있다는 소문이 나자, 맨 먼저 제자 되기를 청한 이는 송강 정철이었다. 백광훈은 박산마을에 이어 한양까지 올라와 글을 배우고 있었다.

그런데 박광전은 기쁨과 슬픔이 교차했다. 스승이 과거에 급제하여 출사하니 자신도 기쁘기 짝이 없었지만 할아버지 선교랑 공이 돌아가신 지 2년 만에 할머니가 타계하시는 바람에 비통함을 숨길 수 없었던 것이다. 박 진사가 아들을 위로했다.

"광전아, 니를 가장 이뻐했든 할무니가 돌아가신 것은 슬픈 일이다. 허나 할무니께서 니를 위해 새복마다 정한수 떠놓고 허신 기도는 으디로 사라진 것이 아니다. 반다시 그 심으로 니는 니 뜻을 이룰 것인께 두고 봐라."

"예, 아버님 말씸은 틀린 적이 읎었어라우. 송천 선상님이 출사허신 줄 알고 박산마실로 보낸 것도 지헌테는 행운이었지라우. 할무니께서 지를 위해 기도허신 것도 아부지 말씸대로 저헌테는 큰 심이 되겄지라우."

박 진사의 예감은 틀림없었다. 할머니 삼년상이 끝나기도 전에 박광전은 초시에 1등으로 합격하였다. 혼인 전 20세 때 느슨하게 보았던, 어찌 보면 시(詩)와 부(賦)를 무시했던 초시 결과를 놓고 반성을 많이 했던바 그 점이 바로 1등으로 합격한 밑거름이 되었던 것이다.

전주감영 동당 마당에는 가을햇살이 따뜻하게 내리쬐고 있었다. 따사로운 햇살 때문인지 박광전은 하나도 떨리지 않았다. 시험관이 준 문제에 대한 답을 머릿속으로 미리 구상해 놓았다가 물 흐르듯 자연스럽게 써내려갔다. 그날 박광전의 답안지 '상제가 문왕에게 말한 뜻을 논함(帝謂文王論)'은 다음과 같았다.

<다음처럼 논한다. 하늘은 과연 사람과 더불어 말을 하는가? 멀리서 푸른빛을 띠는 것이 하늘이요, 아득히 하늘과 땅 가운데 처한 것이 사람이니, 어떻게 함께 말을 할 수 있겠는가? 하늘은 과연 사람과 더불어 말을 하지 않는가? 성인(聖人)의 마음속에 갖추어진 이치(理)가 하늘의 밝은 명령(天命)이 아님이 없으니, 어찌 더불어 말을 할 수 없겠는가?

대개 하늘은 이치로 묵묵히 위에서 움직이고 성인은 또한 이치로 아래에서 대답하니, 모양으로 말하면 위, 아래가 한 몸이요, 피차 사이가 없다. 비록 소리를 들을 수 없고 냄새를 맡을 수 없지만, 묵묵히 어두운 가운데 서로 일깨워주는 것이 도리어 귀에다 알려주고 마주보며 명령하는 것보다 깊은 오묘함이 있다. 그렇다면 하늘이 성인에게 비록 말로써 이르지는 않지만, 어찌 이치로써 말하지 않겠는가?

대저 하늘은 일찍이 문왕에게 지성으로 타이른 적이 없었는데도, 시인(詩人)은 문왕의 덕을 기술하면서 곧바로 "상제(上帝)께서 문왕에게 말하였다(帝謂文王)"고 했다. 아! 이 이치가 흐르고 통하여 하늘과 성인이 하나가 되었으니, 하늘에는 원형이정(元亨利貞, 하늘의 네 가지 덕)의 덕이 있고, 성인에게는 인의예지(仁義禮智)의 본성이 있으며, 하늘에는 춘하추동의 운행이 있고, 성인에게는 희로애락의 작용이 있다. 높은 데서 밝게 아래로 임하는 것은 하늘이요, 능히 밝혀서 하늘과 짝을 이루는 것은 성인이며, 명령이 심원하여 그침이 없는 것은 하늘이요, 덕이 순수하여 끊임이 없는 것은 성인이다. 그렇다면 하늘과 성인은 과연 조금이라도 사이가 있는가? 과연 순간이라도 서로 떨어질 때가 있는가?

어떤 곳이나 그렇지 않음이 없고 어느 때나 그렇지 않음이 없지만, 높은 자리에서 주재하는 하늘과 마음속에 많은 이치들을 갖추고 만사에 응하는 하늘은, 눈에 잘 띄지 않는 가운데 서로 주고받으며 사물의 구별이 확실치 않는 곳에서 서로 화답한다. 그 모습을 볼 수 없되 모습이 없는 곳에서 보고, 그 소리를 들을 수 없되 소리가 없는 곳에서 들으니, 이는 내 마음이 홀로 듣는 것이어서 많은 사람들이 함께 알 수 있는 것은 아니다.

대저 하늘이 문왕에게 말한 것은 이치로 하지 말로 하지 않았으며, 문왕이 천명에 대답한 것은 마음으로 하지 행동으로 하지 않았으니, 서로 관여하는 바가 오묘하다고 말할 수 있다. 하늘이 하는 일은 소리도 없고 냄새도 없지만, 구별이 없는 한 덩어리의 모습으로 고명(高明)하고 유구하게 쉼 없이 참마음을 움직이면서, 문왕으로 하여금 마음은 이치와 합일케 하고 일은 도리를 갖추게 하여 남이 알지 못하게 상제의 규범을 따르게 한 것은 하늘이 문왕에게 말하여 그렇게 된 것이다. 정밀하게 택하고 한결같이 지켜서 사람의 임금이 된 자가 인(仁)에 머무르고, 사람의 자식 된 자가 효(孝)에 머무르고 사람의 신하된 자가 경(敬)에 머무르고, 나라 사람끼리 교류하는 자가 신(信)에 머무르는 것은 문왕이 천명에 대답하여 그렇게 된 것이다.(중략)

그렇다면 하늘이 유독 성인과 더불어 말하고 범인(凡人)과 말하지 않는 것은 무엇 때문인가? 또 하늘이 하는 말을 성인만 들을 수 있고 범인이 듣지 못하는 것은 도대체 무엇 때문인가? 이는 그렇지 않다. 하늘은 굳세고 순한 오상(五常, 사람의 도리 다섯 가지인 인의예지신)의 이치를 사람에게 부여하였으므로, 지혜로운 자나 우둔한 자가 동일하고 부유한 자나 가난한 자가 균등하다. 오직 성인이라야 그 마음으로 하늘의 마음을 들을 수 있기 때문에 일상생활에서 유행하는 이치는 하늘 아님이 없고, 범인은 그 마음으로 하늘의 마음을 들을 수 없기 때문에 스스로 귀머거리요 장님이 되는 것이다. 이는 하늘과 범인이 더불어 말하지 않는 것이 아니라, 범인이 스스로 상제의 소리 없는 오묘한 음성을 듣지 못하는 것이다.

아! 하늘이 서로 접하여 알려주는 말을 마음속에서 구하고자 한다면, 그 공부할 곳이란 상제를 우러르는 경건함(敬)에 있지 않겠는가? 삼가 위와 같이 논한다>

박광전은 초시 답안지를 단 한 글자도 빠짐없이 두 벌을 써서 스승 홍섬과 한양으로 올라간 양응정에게 보냈다. 그런 뒤 박광전은 혼자서 할머니 산소로 올라가 술을 올리고 두 번을 엎드려 큰절했다. 박광전은 큰절을 하면서 '할무니께서 니를 위해 새복마다 정한수 떠놓고 허신 기도는 으디로 사라진 것이 아니다. 반다시 그 심으로 니는 니 뜻을 이룰 것인께 두고 봐라.'라고 일러준 아버지 박 진사의 말이 문득 떠올라서였다. 박 진사의 예견은 놀랍게도 정확했다. 박 진사는 박광전이 아들 근효를 낳은 것은 선교랑 할아버지 덕이고, 동당초시에 합격한 것은 할머니의 기도 덕이라고 말했던 것이다.

동짓달 보름이 지나서 두 스승에게서 연달아 답서가 왔다. 홍섬은 초시 답안지가 모든 유자(儒者)들에게 나침판이 될 만하다고 격려했고, 양응정은 복시인 대과에서도 급제할 만한 우수한 글이라고 칭찬했다.

죽천정과 우계정

　장맛비가 내린 뒤끝이었다. 보성강 상류인 죽천(노동면 광탄천)의 물이 불어나 넘실거렸다. 천변 산자락은 온통 대밭이었다. 초여름 바람에 대나무 잎들이 서걱거렸다. 울돌이는 노비 여러 명을 데리고 대밭 한가운데로 나아가 괭이질을 했다. 박광전이 경서를 읽을 정사(精舍) 터를 잡는 일이었다. 박광전은 때가 되면 학포당을 닮은 독서당 하나를 갖고 싶어 했던 것이다. 마침 문족(門族) 친지가 터를 주었는데, 대숲이 있고 죽천이 내려다보이는 곳으로 남향에 배산임수의 길지였다.

　대나무 뿌리는 생각보다 깊고 넓게 박혀 있었다. 대나무 뿌리를 제거하는 데만 하루가 걸렸다. 울돌이가 늙은 노비에게 말했다.

　"대 뿌리가 땅속에서 십 리를 간당께. 꼬랑이 나오믄 돌아서 간다고 허드라고."

　"아이고메, 징그랍소잉."

　다음 날에는 터 뒤쪽에 축대를 쌓았다. 노비들이 산돌을 주워오면 울돌이가 이리저리 굴려가며 돌의 면을 맞추어 올렸다. 축대를 쌓는 데는 며칠이 걸렸다. 기둥이나 대들보 서까래는 이미 지난 겨울에 치목해서 광곡마을 문족 친지 집에 쌓여 있었다. 터만 정리되면 상량을 올리는데 보름도 걸리지 않을 터였다. 보성향교를 중수했던 목수들은 불러주기만을 기다리고 있었다. 박광전은 문족 친지 집에 기거하면서 날마다 한두 번씩 터 작업하는 일을 거들었다. 울돌이가 만류했지만 손에 흙을 묻히지 않을 수 없었다.

"선비는 글을 읽는 것이 일이고, 우리는 흙을 맨지는 것이 일이란께."

"한시라도 빨리 글을 읽을라고 돕는 것이여. 나헌테 글을 배울 사람이 있으면 갈쳐주기도 허고."

나이 많은 노비도 거들었다.

"진사 나리께서 보시믄 우리덜이 야단 맞지라우. 긍께 여그 오시드라도 손에 흙은 묻치지 마씨요."

"알았네."

박광전이 광곡마을 가까운 데에 정사를 짓는 까닭은 세 가지 이유가 있었다. 첫 번째는 집에서 조금 먼 곳에 있어야 마음공부인 위기지학(爲己之學)을 연마하는데 방해를 받지 않을 것이고, 두 번째는 아들 근효에게 글을 가르치는 데 좋을 것 같았고, 세 번째는 명당에 자리 잡아야 터의 상서로운 기운을 받을 것 같아서였다. 지금 정사를 짓고 있는 터는 그러한 세 가지를 모두 갖춘 곳이었다. 조양 집에서 오려면 한나절은 족히 걸리는 거리인 데다 대숲의 청정한 기운이 감돌고 햇살이 하루 종일 잘 드는 남향받이인 것이었다. 거기에다 보성강의 상류인 죽천은 일 년 내내 수량이 넉넉하여 볼 때마다 마음을 차분하게 가라앉혀 주었다.

죽천정사는 한여름 옥잠화 꽃이 필 무렵에 상량식을 하고 볏짚 이엉을 올렸다. 마루 가운데 방을 한 칸 들이는 누각 형식이었다. 사람들은 죽천정사라고 하지 않고 간단하게 죽천정이라고 불렀다. 볏짚 이엉이 올라가고 나자, 인근의 유생들이 몰려들었다. 스승 양응정의 동생 양응덕, 처남 문위세, 종형제간인 박응삼, 박광운, 임계영과 임백영 형제 등이 찾아왔다. 뿐만 아니라 문족인 박응호, 박광현도 뒤늦게 달려왔다. 양응덕이 축하의 말을 했다.

"정자를 보니 스승을 기리는 마음이 느껴져부네."

"학포당에서 공부했던 시절을 생각함서 지었그만요."

"으쩐지 학포당을 닮은 거 같드니만 그런 뜻이 있었그만잉."

"송천 선상님이 보시믄 좋아허실 거그만요."

송천 양응정은 학포 양팽손의 셋째아들이고 양응덕은 다섯째 아들로 박광전보다 네 살 많았다. 스승의 동생이지만 학포당에서 자주 보았기 때문에 친근한 사이였다. 그래서 양응덕도 만사를 젖혀놓고 죽천정사에 왔을 터였다. 박광전은 처남인 문위세를 불러 당부하기도 했다.

"처남, 장흥서 답답허믄 이짝으로 건너와 공부허는 것은 으쩔까?"

"매형, 풍광이 아주 좋그만요. 강바람이 시원허게 부는 것이 글도 쏙쏙 머릿속에 잘 들어올 것 같으요."

"긍께 책보따리 지고 와부러랑께."

"강학은 은제쯤 열라요?"

"정해놓은 때가 있겄는가? 나헌테 배울라고 허는 사람이 있으믄 여는 것이제."

문위세는 박광전보다 여덟 살 아래인 처남이었다. 여러 명의 처남

가운데 유독 박광전을 의지하고 따랐다. 박광전은 문위세를 아들 박근효 못지않게 가르쳐보고 싶은 마음이 들어 사뭇 강하게 권했다. 그러나 문위세는 장흥 집에서 죽천정사에 바로 오지 못했다. 집안의 대소사를 문위세가 맡아왔기 때문이었다.

초가을이 되어서야 아들 박근효가 죽천정사로 왔다. 8세의 어린 나이였지만 강학의 시간표는 한 치의 오차도 없었다. 새벽닭이 우는 축시가 되면 샘터로 나가 세수를 한 뒤 일과를 시작했다. 아들 박근효는 이미 천자문을 다 외웠기 때문에 《소학》을 배웠다. 촛불을 밝히고 한밤중까지 반복해서 외우고 또 뜻을 새겼다. 박광전은 《소학》을 강조했다.

"《소학》이 집지슬 때 터를 닦고 재목을 준비허는 것이라믄, 《대학》은 그 터에 재목으로 집을 짓는 것이어."

"긍께 《소학》이 중요허겄그만요."

"기묘명현 김굉필이라는 큰 선비가 평생을 《소학》을 품고 댕겼다고 허는디 으째서 그랬겄냐? 고것은 《소학》의 실천 읎이 다른 공부해 봤자 사상누각인께 그런 것이여."

"아부지, 영념허겄습니다요."

박광전은 아들 박근효를 데리고 죽천 둑으로 나가 산책하면서 그날 외운 내용의 뜻을 토론하기도 했다.

"근효야, 보거라. 죽천은 또랑물과 다르다. 또랑물은 소리 내어 흐르지만 죽천은 군자맹키로 묵묵허지 않느냐. 부지런히 쉬지 않고 공부허는 자세가 중헌 것이여. 죽천이 보성강이 되고, 보성강이 바다가 돼야 부는 이치여."

"아부지, 《소학》에 나오는 구절허고 비슷허그만요."

"한 번 외와보그라."

박근효는 소리 내어 외웠다.

> 온 세상이 벗과의 사귐을 소중히 하여
>
> 금란지계(金蘭之契)를 맺는 것처럼 해야 한다네
>
> 그러나 분노하고 원망하는 마음은 쉽게 생겨
>
> 바람에 파도가 일 듯 당장 일어나네,
>
> 그런 까닭에 군자의 마음은
>
> 깊고 넓은 물처럼 담담하다네.
>
> 擧世重交游 擬結金蘭契
>
> 忿怨容易生 風波當時起
>
> 所以君子心 汪汪淡如水

하루는 아들 박근효가 새벽닭이 우는데도 일어나지 못했다. 죽은 듯이 곤히 잠들어 있었다. 박광전은 그런 아들 박근효를 안아서 샘터 가에 놓고 들어와 버렸다. 차가운 공기에 눈을 뜬 박근효는 촛불이 켜진 정사 방으로 '걸음아 나 살려라' 하고 잰걸음을 했다. 방문을 열자 박광전이 단정히 앉아 글을 읽고 있었다. 박근효도 아버지 박광전 옆에 앉아 글을 읽지 않을 수 없었다.

해가 바뀌면서 박광전에게 저절로 죽천(竹川)이라는 아호가 생겼다. 스스로 지었다기보다는 찾아오는 후학들이 '죽천 선상님'이라고 부르니 자연스럽게 박광전의 아호가 돼버린 것이었다. 21세의 선정달이 찾아와서도 그랬다.

"죽천 선상님, 《초사(楚辭)》를 배우고 잦그만요."

《초사》는 초나라 굴원이 활동할 당시에는 새로운 시였지만 초사라는 말이 처음으로 등장한 것은 한나라 때였다. 전한 성제 때 유향이 옛 문헌을 정리하면서 초나라의 굴원과 송옥의 작품을 비롯한 한나라의 가의, 회남소산, 동방삭, 유향, 왕포, 엄기의 작품들을 한 곳에 엮어 '초사'라고 명명한 것이 시초였다. 이때부터 《초사》는 하나의 시체(詩體)로 알려졌다.

한마디로 《초사》란 전국시대 후기 초나라의 고유한 언어와 음악을 이용해 지어진 시체이자 굴원과 그 이후의 작가들이 이와 같은 시 형식을 이용해 지은 시가를 뜻하는데, 당시 북방에서 유행했던 《시경》과는 내용과 형식에서 완전히 다른 시였다.

박광전은 선정달에게 《초사》의 유래에 대해서 설명한 뒤 먹을 갈았다. 잠시 후 붓을 든 박광전은 선정달이 들고 온 책표지에 오언절구의 시 한 수를 써내려갔다.

굴자(屈原)의 사를 배우고자 한다면

먼저 굴자의 뜻을 찾아봐야 한다네

그대 보게나. 병들어 보지 않은 사람이

어찌 그 사람처럼 신음할 수 있겠는가.

欲學屈子辭 先尋屈子意

君看不病人 那得呻吟似

굴자(屈子)란 굴원(屈原)을 높여 부른 말이었다. 붓을 내려놓은 박광전이 한마디 했다.

"굴자의 시를 배우기 전에 굴자가 으째서 고로코름 시를 썼는지 그분의 정신을 배와부러야 허네. 시 형식보다 시 정신이 더 중허다는 것을 잊지 말게. 고귀헌 정신이 읎으믄 시를 아무리 좋은 말로 꾸며봐야 천박헐 뿐이네."

"죽천 선상님, 시 정신은 으디서 배와야 헐께라우?"

"이미 자네가 익힌 《소학》에 다 나와 있네."

선정달은 죽천정사를 드나들면서 박광전에게 '광탄(廣灘)'이란 호를 받았다. 광곡마을 사람들은 죽천을 다른 말로 광탄천으로 불렀는데, 선정달은 날마다 죽천정사를 오갈 때마다 광탄천을 건넜던 것이다.

다음 해 봄. 박광전은 제자 선정달과 문우 몇 명을 데리고 대원사로 원족을 갔다. 전통풍습에 따른 답청 행사이기도 했지만 박광전으로서는 또 다른 뜻도 있었다. 제자와 문우들이 한꺼번에 오더라도 숙식 걱정이 없는 장소를 찾고 있었는데, 대원사 옆이라면 식량을 절에 대주는 조건으로 숙식을 해결할 수 있을 것 같았던 것이다. 박광전이 길잡이를 하고 있는 선정달을 대원사 초입에서 불러 세웠다.

"경의, 계곡이 예사롭지 않네."

경의(景義)는 선정달의 자(字)였다.

"지도 놀랍그만요. 계곡이 으디까지 나 있는지 헤아릴 수가 읎그만이라우."

"몇날 며칠 동안 별렀는디 오늘 오기를 잘해부렀네."

산길은 숲 그늘에 가려져 어둑할 정도였다. 계곡물은 산길 옆으로 기운 좋게 흘렀다. 두 계곡물이 합쳐지는 곳에 이르러 선정달이 걸음을 멈추었다.

"선상님 여그다가 정자를 하나 지스믄 으쩔께라우?"

"나도 동감이네만 절에 가보고 나서 결정하세."

올해 정월 하순쯤이었다. 박광전은 선정달에게 대원사 계곡에서 여름을 보내자고 한 말이 생각났다. 그때만 해도 실제로 결정한 일은 아니었다. 그런데 대원사 계곡의 풍광에 반한 박광전은 당장이라도 머물고 싶은 생각이 들었다.

박광전 일행은 두 계곡물이 합수하는 곳에서 수백 보를 더 걸어 올라갔다. 이윽고 대원사가 나타났다. 그러나 박광전은 쓰러져가는 대원사의 건물들을 보고는 실망했다. 그나마 비어 있는 건물은 작고 낮았다. 비좁은 방에서는 퀴퀴한 냄새가 났다. 여러 명이 앉아서 공부할 수 없을 것 같은 방이었다. 박광전이 말했다.

"경의, 쪼깜 전에 본 그곳에 정자를 지서야겠네. 절에서 숙식은 헐수 있어도 공부허기에는 마땅치 않네."

"여그서 잠은 잘 수 있을지 몰라도 공부허기는 쪼깜 거시기허그만요."

동행한 일행도 맞장구를 쳤다. 박광전은 주지스님을 불러 말했다.

"1년 식량은 걱정허지 마씨요. 내가 책임지리다. 다만, 나를 찾아오는 손님덜에게 숙식은 해결해 주씨요."

"아이고, 나리. 말씸만 들어도 살겄습니다요. 탁발 댕김시로 농사짓기가 심든께 중덜이 하나 둘 절을 떠나불고 있습니다요."

대중스님들이 아침에 탁발 나갔다가 오후 늦게 돌아와 농사짓는다는 주지스님의 하소연이었다. 거기다가 밤에 불경 외우고 좌선을 한다면 토막잠밖에 잘 수 없을 터였다. 그러니 견디지 못하고 다른 절로 가버리는 모양이었다.

"절에는 몇 명이나 있소?"

"한 때는 1백 명이나 됐는디 시방은 애기 중 늙은 중까지 합쳐서 서른 남짓 돼그만요."

"저 아래 계곡에 정자를 하나 질라고 허는디 스님덜을 보내줄라요?"

"아이고, 1년 식량을 보시허시는디 그보다 더헌 일이라도 해야지라우."

비록 누더기를 입고 있지만 주지스님의 목소리는 독경으로 다져진 까닭인지 맑고 우렁찼다. 박광전은 바로 결론을 냈다.

"경의, 내일부터 바로 정자를 지어 여름이 지나가기 전에 마치세."

그날 바로 선정달은 박광전의 제자들과 문우, 문족들에게 대원사 계곡 가에 정자를 짓는다는 사실을 알렸다. 그러자 여기저기서 후원이 들어왔다. 당장 대원사 주지스님은 30여 명의 대중스님들을 계곡으로 보냈다. 늙은 노승 두 명이 젊은 대중스님들을 좌우 둘로 나누어 일을 시켰다. 죽천정사처럼 터 닦기부터 시작했다. 일하는 스님이 많으니 금세 눈에 띌 정도로 정자 터가 드러났다. 박광전은 막걸리 한 말을 가져오게 하여 대중스님들의 사기를 올려주었다. 대중스님들은 곡차라고 부르며 스스럼없이 냉수처럼 벌컥벌컥 마셨다. 대중스님들이 신바람을 내서 일하자, 박광전의 제자와 문우들도 팔을 걷어붙이고 나섰다.

가시덩굴 덤불과 억새를 제거하고 갈참나무, 오리나무 등 잡목들을 베어냈다. 잡초를 뽑기만 했는데도 이끼 긴 바위와 비탈이 멋들어지게 드러났다. 웅덩이가 막힌 곳은 계곡물이 들어오게 소통시키고, 기울어진 돌을 바로세우고, 쌓인 모래를 파내자 계곡물이 돌돌돌 소리치며 흘렀다. 며칠 만에 높은 곳은 덩실한 대(臺)가 되고 낮은 곳은 저절로 연못이 되었다. 터 닦기를 했지만 주변의 자연과 잘 어울렸다. 원래 있었던 터처럼 조금도 어색하지 않았다.

절 남쪽으로 가로지른 계곡물은 넓이가 몇 채의 끌채를 담을 만했고, 작은 계곡물은 절의 뜰을 뚫고 흘러내리는데 얕아서 발꿈치도 차지 않았다. 더구나 절에서 오는 계곡물은 모래와 조약돌이 맑고 깨끗했다. 그날 밤 박광전은 붓을 들어 낮에 보았던 계곡물에 대한 소회를 썼다.

〈만난다(遇)함은 무엇인가? 적막한 물가에서 무료할 때에 흐르는 물을 따라 걷다보면 우연히 계곡에 이르러 뛰어난 경치를 얻게 되니, 이는 사람이 계곡을 만난 것(人遇溪)이다. 처음 천지가 열려 사물이 생길 때에 이미 지형이 뛰어난 곳을 갖추어 놓았건만 광채를 감추고 숨긴지 몇 해만에 비로소 우리들에게 발견되니, 이는 계곡이 사람을 만난 것(溪遇人)이다.〉

사람이 계곡을 만난 것인지, 계곡이 사람을 만난 것인지 꿈같은 풍광이어서 알 길이 없다는 글이었다. 결국 박광전은 그해 여름 정자가 완성되자, 정자이름을 우계정(遇溪亭)이라고 지어 편액을 달았다.

선비의 두 길

늦봄에 장맛비가 내릴 때만 해도 올해는 가뭄이 없으려니 했는데, 그게 아니었다. 작년에 이어 또 가뭄이 들었다. 초여름 하늘부터 검은 비구름장이 좀체 나타나지 않았다. 하루 종일 불볕더위가 바짝 마른 논밭을 더욱 뜨겁게 달굴 뿐이었다. 논바닥이 말라가고 밭작물은 타들어갔다. 늦은 밤에 도랑물을 몰래 대다가 농부들끼리 싸움이 나곤 했다. 지독한 가뭄은 인심을 흉흉하게 만들었다.

임계영이 사는 귀산마을은 가뭄의 피해가 더 심했다. 조양천에서 물을 대는 박 진사의 논밭은 아쉬운 대로 물을 겨우겨우 댔지만 귀산마을과 축내마을의 옥답들은 그러지 못했다. 이따금 가랑비가 한두 차례 찔끔 오기는 했지만 풀잎을 적시는 밤이슬보다 못했다.

임 진사가 별채에서 공부하는 임백영과 임계영을 불렀다. 두 아들을 보자 임희중 진사가 말했다.

"작년에도 가뭄이 들어 농사를 망쳤는디 올해도 조짐이 그럴랑갑다. 으짜믄 좋겄냐? 계영이부터 말해 보그라."

"아부지 생각은 으떠신디라우?"

"이러다가 귀산마실이 쪼그라들어 폐촌이 돼야불겄다. 인자 대책을

152

세와야제 하늘만 바라보다가는 큰일 나겄다."

"뻘뻘 소리가 다 마실에 나돌그만요."

풍수는 귀산마을을 흉하게 하는 묘를 이장해야 한다고 떠들었다. 역병에 걸려 요절한 처녀가 묻힌 묘를 옮겨야 한다는 것이었다. 처녀가 귀산마을에 저주를 해대니 비가 오지 않는다는 해괴한 요설이었다. 그러나 마을 사람들은 풍수의 말을 믿고 처녀 부모의 허락을 받기도 전에 파묘한 뒤 북쪽 태봉 산골에 묻어버렸다. 그렇다고 비가 올 리 만무했다. 보성향교 주관으로 지내는 기우제도 소용없었다. 임백영이 한마디 했다.

"아부지, 계영이허고 애기헌 것인디 저수지를 맹글믄 으쩌께라우? 구례, 승주, 곡성 등 산이 높고 골짜기가 짚은 디는 엥간헌 가뭄에도 논밭이 마르지 않는디 여그는 바다를 끼고 있어 그런지 해남, 장흥, 강진맹키로 수맥이 귀해 쪼깜만 비가 안 와도 피해가 크그만이라우."

"성 말이 맞그만이라우, 아부지께서 자금을 쪼깜 대주신다믄 지가 마실사람덜을 동원해서 가실부터라도 저수지를 맹글믄 으쩌께라우?"

"헐라믄 한 살이라도 많은 니 성이 해야제. 동상이 나서믄 되겄느냐?"

"아니어라우. 성은 지보다 몬자 과거에 급제헐라믄 공부해야지라우."

"하기사 니 생각이 옳다. 내 당장 창고에 있는 곡식을 풀랑께 알아서 해라."

"시방은 더운께 선선헌 바람이 부는 가실에 해야 능률이 오르겄지라우잉."

"아무리 뜻이 좋아도 앞서가믄 안 되는 것이여. 긍께 마실사람덜을 이해시키고 설득해서 함께 가야 써."

"걱정허시지 않아도 되라우."

임백영이 자신 있게 말했다. 임백영의 말을 임계영이 받았다.

"마실 아그덜 대부분을 아부지가 지슨 축내 뒷산 백천당(百千堂)에서 우리 성제가 갈쳤그만이라우. 긍께 마실 사람덜은 우리 성제가 허는 일에 모다 찬성헐 것이그만요."

"그래도 반걸음만 앞서가는 것이 좋아."

"가실에 일헐 것인께 시간은 충분허그만요. 마실사람덜 모아놓고 회의를 해서 중지를 모을께라우."

임 진사가 자금을 대고, 가을부터 임계영이 나서서 저수지를 조성하기로 세 부자는 결론을 내렸다. 사랑방을 나가려고 하는 임계영 형제에게 임 진사가 당부를 하나 했다.

"근디 죽천이 대원사 계곡에 정자를 하나 지슨 모냥이더라. 니덜은 소식을 들었냐?"

"죽천정에서 직접 들었그만요. 죽천 성이 지슬까 말까 고민허든디 벌서 지서부렀그만요"

임백영도 한마디 했다.

"죽천은 과거 보러 함께 간 친구지라우. 장성 재에서 석천 선상님을 만나고 나더니 출사에 대해서 크게 고민했던 친구지라우. 그런 인연이 있응께 지도 대원사에 가볼라요."

박광전이 스무 살 때 전주 감영으로 초시를 보러 가다가, 장성에서 석천 임억령을 만나 "군자는 몸을 단속하고 자신을 규제하여(檢身律己) 마땅히 중후해야 한다."는 충고를 듣고 자신의 수양이 부족하다는 것을 절감하고는 과거 응시에 회의를 거듭했던 것이다. 임백영은 그때가 생생하게 떠올라 박광전을 더욱더 만나고 싶었다.

"니덜이 인격이 고상헌 죽천허고 탁마를 험시로 교우헌다믄 나로서는 더 바랄 것이 읎제. 낼이라도 당장 가보거라. 단 빈손으로 가서는 안 된다."

"아부지, 닭이라도 한 마리 들고 갈라요."

임계영 형제가 마을 사람들과 동고동락하면서 공부를 한다면, 박광전의 성향과 태도는 조금 달랐다. 박광전은 가능한 한 마을을 떠나 한적한 곳에서 제자, 문우들과 함께 공부를 했다. 임계영 형제는 성리학을 익혀 입신양명 같은 실리를 먼저 추구하고자 했고, 박광전은 그것보다는 자신의 인격을 완성하여 오직 군자의 길을 가고자 원했던 것이다.

다음 날 오전.

임계영 형제는 귀산마을을 떠나 대원사로 향했다. 가는 길은 보성읍에서 외길이었으므로 수월했다. 다만 햇볕이 뜨거워 오 리쯤 가다가 그늘을 찾아서 쉬지 않을 수 없는 것이 고역이었다. 복내 들판을 눈앞에 두고 느티나무 그늘에서 불볕더위를 피하고 있을 때 임계영이 손에서 닭을 놓아버린 탓에 두 형제가 애를 먹기도 했다. 다행히 닭은 멀리 도망가지 못했다. 닭도 더위를 먹었는지 논둑에서 도망치는 것을 포기해버렸다. 그래도 임계영 형제는 땀을 비 오듯 쏟아야 했다.

"성, 달구새끼가 더우 묵는 것을 첨 봤네. 하하하"

"저놈이 더 도망가믄 나는 포기헐라고 했다야. 달구새끼를 쫓다가 니나 나나 더우 묵으믄 큰일인께 말이여."

"성, 달구새끼가 논뚝으로 갔응께 다행이여. 쩌그 마실로 갔으믄 못 잡제. 마실로 달구새끼 잡으러 가보소. 우리덜이 달구새끼 도둑놈으로 몰릴 수도 있당께. 안 그러겄는가?"

"하하하. 니 말도 일리가 있다야. 죽천 만나러 가다가 도둑놈이 될 뻔했다잉."

두 형제는 복내 들판을 지나 문덕으로 들어섰다. 문덕은 복내보다 들판이 좁고 높고 낮은 산들이 올망졸망했다. 작은 재를 두어 개 넘자 대원사로 들어가는 계곡이 보였다. 초입부터 계곡물이 가뭄과 상관이 없이 돌돌돌 소리치며 흘렀다. 더구나 산길은 나무가 우거져 음음한 그늘을 드리우고 있었다.

"성, 으스스헌 것이 영 머시기허네."

"대낮인디도 맹수가 튀어나올 것도 같다야. 죽천이 으째서 요런 곳에다 정자를 지었는지 알겄다야."

"사람덜을 멀리 헐라고 요런 디를 찾았겄제. 참말로 공부허기는 좋겄그만."

산모퉁이를 돌자 정자가 하나 소나무숲 속에서 나타났다. 임백영이 감탄하듯 말했다.

"쩌것이 우계정인갑다."

"성, 생각보다 빨리 와부렀네잉."

마침 선정달이 우계정 앞 계곡물에 있다가 두 형제를 보고 나왔다. 임백영이 물었다.

"죽천을 만날라고 왔는디 겨시오?"

"누구신디요?"

"나는 귀산 사는 임백영이라고 허요."

"아이고메, 생원님 말씸 많이 들었그만요. 일찍이 선상님허고 과거 보러 같이 가셨담서요?"

"그런 일이 있었소."

"시방 선상님은 대원사 쪽으로 산책 가셨그만요. 쪼깜 정자에서 지다리시지라우. 아니믄 계곡물에 등물을 치시든지요."

"이왕 여그 왔응께 우리덜도 대원사나 보고 와야겠소."

임계영이 들고 온 닭을 선정달에게 맡겼다. 더위 먹은 닭이 선정달에게 안기면서 잠시 푸드득 푸드득 날갯짓을 했다. 그러나 선정달이 양날개를 새끼줄로 묶어버리자 닭은 이내 순해졌다. 그제야 선정달이 계곡물 바위틈에서 잡은 가재와 피라미들을 대야에 담아왔다. 선정달은 마음속으로 생각했다.

'어젯밤 꿈에 손님이 오는 꿈을 꾸었는디 오늘 술안주를 마련해부렀네.'

꿈에서 본 손님 숫자까지 맞았다. 두 사람이 앞서거니 뒤서거니 하면서 걸어 올라오고 있었던 것이다. 선정달은 임계영 형제를 본 것이 꿈인지 현실인지 헷갈렸다. 박광전에게 《주역》을 배우면서부터 가끔 현몽을 했는데, 주역공부가 익어지면 그런지는 알 수 없었다.

대원사 경내를 둘러보던 임계영 형제는 손에 목탁을 든 스님과 마주쳤다. 방금 대웅전에서 독경을 하고 나온 주지스님이었다. 주지스님이 물었다.

"절에 오셨는게라우?"

"죽천을 만나러 왔다가 절 쪼깜 구경헐라고 올라 왔소."

"다 쓰러져가는 절인디 구경헐 것이 있간디요."

"목탁소리도 그라고, 염불소리가 처량해 가심이 찡해부렀소."

임백영의 말에 임계영도 한마디 했다.

"목탁소리, 염불소리가 끊어지지 않는 절이라믄 다시 융성해지겄지라우."

임계영 형제의 덕담에 주지스님이 한껏 공손하게 말했다.

"두 선비님은 염불소리를 귀로 듣지 않고 마음으로 들으신 분 같그만요. 죽천 선상님 손님 중에서도 귀헌 분이십니다요."

"사람의 본성은 다 같은디 귀허고 천허고가 있겄소."

"아이고, 그렇그만요. 사람은 다 마음속에 부처가 있지라우. 그것을 우리 불가에서는 심불(心佛), 마음부처라고 하그만요."

그때, 박광전이 절 경내로 흐르는 작은 계곡물을 따라서 내려오고 있었다. 박광전이 임백영의 호를 부르며 잰걸음으로 다가왔다.

"화동(花洞), 얼마만인가?"

"2년 만이네."

죽천정사 상량할 때 만난 이후 처음이니 2년 만이었다. 임백영이 박광전보다 한 살 많았지만 생일이 엇비슷해 친구로 지내왔던 터였다. 과거 초시는 임백영이 명종4년(1549) 생원시에 합격했으니 명종9년(1554) 진사시에 급제한 박광전보다 5년 빨랐다. 박광전이 과거급제가 늦은 것은 출사보다는 자신의 인격수양에 관심이 많았기 때문이었다. 임계영도 한마디 했다.

"죽천 성, 축하허요. 요런 곳에다가 정자를 지은 사람은 성밖에 읎을 것이네."

"죽천정에 사람덜이 너무 많이 찾아온께 공부하는디 심들어서 이리 와부렀제."

"여그는 단단히 맘 묵지 않으믄 오기 심들겄네."

세 사람은 바로 우계정으로 내려갔다. 선정달이 뜰에 작은 솥을 걸어놓고 술안주로 닭을 삶는 듯 연기가 자욱했다. 고소한 냄새가 세 사람의 코를 자극했다. 박광전이 말했다.

"홍보, 요즘도 술을 한 잔씩 허는가?"

"학동덜 책걸이헐 때 한 잔씩 마시곤 했드니만 술도 늘어불드랑께요."

홍보(弘甫)는 임계영의 자였다.

"학동덜은 백천당에서 갈치고?"

"귀산 사는 학동덜도 거그까지 올라오는디 인기는 성이 더 좋은 거 같드라고."

그것은 사실이었다. 임백영은 성격이 부드러운 데다 자상스러웠고, 임계영은 학동들에게 엄하고 무서웠던 것이다.

이윽고 우계정 마루에 앉은 세 사람은 김을 뿜어내고 있는 솥을 바라보면서 이야기를 주고받았다. 선정달은 찬 계곡물에 담가두었던 술동이를 들고 왔다.

"화동, 쉴 줄도 알아야 허네잉, 긍께 오늘 대취해불드라고."

"죽천, 진짜 쉬어야 헐 사람은 자네가 아닌가? 오늘만은 격식을 따지지 말게."

"하하하. 홍보 동상이 내 성격을 잘 알지만 나는 격식을 아무 때나 따지는 사람이 아니라네."

함지박에다 내온 것은 삶은 닭과 국물이었다. 박광전이 먼저 숟가락으로 국물을 떠 먹어보더니 감탄했다.

"아! 시원허다. 가재가 들어가서 그런갑네."

네 사람이 술상을 앞에 두고 둘러앉아 첫잔을 돌렸다. 선정달이 닭다리를 찢어서 박광전과 임백영 앞에 놓인 사발에 놓았다. 선정달은 살이 없는 닭목을 잡아든 뒤 게걸스럽게 뜯었고, 임계영은 피라미가 든 국물을 마시면서 술을 마셨다.

술 한 동이가 바닥이 났을 때는 술시(戌時, 밤 8시) 무렵이었다. 초저녁에는 멀리서 소리 내던 소쩍새가 해시(亥時, 밤 10시)쯤 되자 우계정 불빛을 보고 다가와 피를 토하듯 울었다. 대취한 네 사람은 자정 무렵에야 술자리를 파했다.

선정달과 임계영은 대원사 객사로 갔고, 박광전과 임백영은 우계정 방에서 잤다. 임백영은 새벽의 계곡물 소리에 토막잠에서 깨어났다. 찬 계곡물 소리에 술기운이 달아난 듯했다. 간밤에 대취했지만 정신은 더없이 맑았다. 계곡물에 두 손을 담가 물을 훔쳐서 얼굴에 뿌렸다. 정신이 번쩍 들었다. 그때 대원사쪽 산길에서 두런두런 소리가 들려왔다. 선정달과 임계영이 걸어오고 있었다.

아침은 대원사로 올라가서 죽을 먹는 모양이었다. 그러나 임계영 형제는 시원할 때 길을 나서겠다고 우계정을 떠났다. 도학을 공부하는 사람들은 만날 때는 마음을 다해 맞이하지만 떠날 때는 상대방 입장을 존중하여 미련 없이 헤어지는 게 법도였다.

귀산마을로 돌아온 임계영 형제는 당장 마을회의를 열었다. 문과 복시를 준비하는 임백영은 빠지고 임계영이 주도했다. 임계영이 말했다.

"작년에 이어 올해도 가뭄이 극심헌디 당장 마실 사람덜이 반으로 줄었소. 이러다가는 마실이 읎어질지도 모르겄소. 그렇다고 하늘만 원망허믄 뭣허겄소. 우리가 심을 다해서 노력해보는 것이 중헌 일인 것 같소. 우리 마실 앞 귀산 옥답 6백 두락이 말라가는디 보고만 있어야 허겄소? 가실부터 당장 축내마실 앞에 저수지를 맨들어봅시다."

그러자 문식(文識)이 든 마을 촌부 하나가 동조했다.

"제갈량이 수인사대천명(修人事待天命)이라고 말했지라. 그러닝께 우리 마실사람덜이 심껏 정성을 다 쏟아붓고 나서 하늘의 비를 지다리는 것이 순서이겄지라. 나는 홍보의 말이 맞다고 생각허요."

"좋소. 우리도 헐 수 있는 디까지 해봐야지라우."

조성경비는 임희중이 사재를 털어 냈다. 마을 사람들은 울력을 했고, 다른 마을에서 온 사람들에게는 품삯을 주었다. 협곡을 이용해 저수지를 만드는데, 둑의 길이는 최소한 어른걸음으로 250보는 되어야 했다. 저수지 가운데 작은 노지 세 군데는 그대로 두고 나무를 심었다. 그렇게 한 까닭은, 음양오행에서 3은 양(陽)이자 길수(吉數)로서 저수지를 조성하는데 앞장선 임계영의 관운이 장구하기를 바라는 마을 사람들의 뜻이었다.

저수지의 둑 공사는 가을에 시작하여 다음해 정월에 완공했다. 그 사이에 물은 몇 번을 가두었다가 빼내곤 했다. 둑을 다지기 위해서였다. 5월 하순에 내린 장대비는 수문을 트지 않고 가두었다. 그러자 이 골짝 저 골짝에서 흘러온 계곡물이 벙벙하게 찼다. 3개의 작은 섬 같은 노지에 심은 나무들은 연둣빛 이파리를 꽃처럼 피워냈다. 마을 사람들은 저수지 가운데 3개의 노지를 삼도(三島)라고 불렀다. 삼도는 자연스럽게 임계영의 호가 되었다.

삼도 임계영에게는 기이한 인연이었다. 축내마을에서 살 때 임계영의 어머니 김씨부인이 태몽을 꾼 뒤, 잡혀온 자라를 살려준 샘 주변의 다랑이논들이 저수지가 되었기 때문이었다.

세 번째 스승 이황

　박광전의 이름은 전라도에서 널리 퍼졌다. 해남 출신 윤구의 아들인 윤의중도 박광전이 비록 산중에 은거하고 있지만 선비의 도리를 다하고 있다는 소문을 들었다. 글을 배우면 모두가 출사해서 입신양명하려고 애를 쓰는데, 박광전만은 그렇지 않다고 하니 그의 이름이 잊히지 않았다. 윤의중 자신도 13년 전에 문과 급제하여 지금은 판서 지위에 올라 있었다.

　판서가 된 윤의중은 박광전을 한 번 만나보기를 원했다. 그러던 중이었다. 명나라 사신이 압록강을 건너오는데, 명종은 윤의중을 접반사로 임명했다. 접반사 이하 관리는 윤의중이 추천하게 돼 있었다. 그러나 윤의중은 명종의 의중을 먼저 떠보았다.

　"유사(儒士) 가운데 문장에 능하고 예(禮)를 아는 사람을 한 명 골라 종사관으로 넣어주십시오."

　"박광전이 예를 알고 조사(詔使, 명나라 사신)와 필담을 나눌 만하지 않겠소?"

　"소신도 박광전이 그럴 만한 자격이 있다고 생각합니다."

　윤의중은 명종에게 허락을 받아 청지기(廳直) 편에 우계정의 박광전에게 공문서를 보냈다. 한양을 떠난 청지기가 마침내 우계정을 찾아왔다. 문서를 전하는 청지기는 마침 해남 출신으로 전라도 지리에 밝았다. 윤구 집에서 집사를 하다가 윤의중을 따라 한양에 올라와 청지기 구실아치가 돼 있었던 것이다.

"윤의중 대감님 문서를 가지고 왔그만요."

"산중에 사는 나에게 대감께서 문서를 보내시다니 뜬금없소."

"읽어보시믄 아시 것지라우."

강학 중이었기 때문에 나이 든 선정달을 비롯해서 열두 살의 박근효, 더 어린 제자들이 고개를 내밀고 호기심을 보였다. 공문서의 내용을 본 선정달이 놀랐다. 공문서에는 박광전을 명나라 사신을 맞이하는 접빈사의 종사관으로 명한다는 내용이 쓰여 있었다. 선정달이 참지 못하고 물었다.

"선상님, 바로 떠나시겄그만이라우."

"아부지, 경사그만요."

아들 박근효도 한마디 했다. 그러나 박광전은 가타부타 말없이 침묵했다. 청지기가 재촉했다.

"상경허실라믄 튼튼헌 말이 필요헌디 지가 역참에 부탁해놓고 가겄습니다요."

"그럴 거 없소."

박광전이 거절하자 청지기는 물론 우계정의 여러 제자들도 의아해했다.

"전하께서 윤허허셨는디 으째서 그러신게라우?"

"아직 때가 아닌 거 같으요."

박근효는 아버지 박광전이 출사를 거부하자 아쉬워했다. 그러면서도 우계정에서 학문을 더 익힐 수 있으므로 다행이라고 생각했다. 박광전이 한 마디 한 마디 제자들에게 당부하는 내용을 들으면 그것이 바로 공부이기도 했다. 일곱 살의 안중묵이 우계정으로 왔을 때도 박광전은 의관을 단정히 하고 당부했다.

"사람이 경서를 배우는 목적은 다만 쓰고 외우는 것을 익히는 데 있지 않느니라. 자신을 수양허는 학문이 있는바, 만약 배우고 잪거든 어찌 자신을 위허는 학문을 몬자 생각지 않겠느냐?"

박광전이 38세 때 스승 홍섬은 대제학에 올랐고, 양응정은 외직인 순창군수로 내려왔다. 대제학의 임무 중 하나는 문과급제자들 중에서 우수한 인재들에게 사가독서(賜暇讀書) 기회를 주는 것이었다. 사가독서란 초급관리에게 학문을 연마할 기회, 즉 특별휴가를 주는 제도였다. 독서당이 한강 언덕에 있었으므로 호당(湖堂)에 든다고도 했는데, 녹봉은 받았던 대로 나갔고, 인사시기에 승급도 이루어졌다. 홍섬은 어린 시절 제자인 박광전이 어느 때나 문과에 응시해 호당에 드는지 궁금해 하지 않을 수 없었다.

반면에 양응정은 온성부사를 지내면서 두만강 너머 여진족의 침입을 자주 목격한 바 있었으므로 순창군수로 내려와서도 국방대책을 궁구하는데 여념이 없었다. 그의 그런 우국충정을 제자들에게 수시로 편지를 띄워 나타냈고, 한시도 병서(兵書)를 손에서 놓지 말라고 주문했다.

박광전이 우계정에 활을 걸어놓은 것은 두 번째 스승 양응정이 그리워서였다. 그러나 그가 으뜸으로 생각하는 것은 몸가짐을 바르게 하는 위기지학이었다. 제자들이 흐트러진 정신 자세를 보이면 그냥 넘어가지 않았다. 특히 아들인 박근효가 허물을 보일 때는 가차 없었다.

박근효가 열네 살일 때였다. 우계정에서 제자들 중에 서열을 따지자면 중간쯤 되었다. 공부하는 자세가 흐릿하면 다른 제자보다 더욱 엄하게 꾸중했다. 근엄한 표정으로 단정히 앉아 허물을 지적하면서 야단을 쳤다.

"에린 동상덜에게 모범을 보여도 시원찮을 판에 니가 앞장서서 계곡에 나가 메기와 가재를 잡자고 선동허고 놀았으니 보통 일이 아니다."

"잘못했그만요."

"《중용》에 뭣이라고 했드냐. 널리 학문을 배우고 조목조목 자세히 묻고 신중하게 생각하믄 분명히 알도록 분별허고 독실히 행할 것이니라, 허지 않았드냐. 이 구절 뒷부분을 외와 보그라."

"예, 아부지."

박근효는 박광전이 말한 《중용》의 뒷부분을 또박또박 외웠다.

배우지 않으려면 몰라도 기왕 배우려거든 능통하지 못하면 그만두지 말 것이며,

묻지 않으려면 몰라도 이왕 질문을 하려거든 알지 못하면 그만두지 말 것이며,

생각하지 않으려면 몰라도 한번 생각하려거든 얻지 못하면 그만두지 말 것이며,

분별하지 않으려면 몰라도 이왕 분별하려거든 밝히지 못하면 그만두지 말 것이며,

행하지 않으려면 몰라도 이미 행하려거든 독실하게 못하면 그만두지 말 것이며,

남이 한 번에 능(能)하게 한다면 나는 백 번을 연습할 것이고,

남이 열 번을 능하게 한다면 나는 천 번을 연습할 것이니라.

만약 이 도(道)를 능히 실행한다면 비록 어리석은 사람이라도

반드시 현명해질 것이며 비록 연약한 사람이라도 반드시 굳세질 것이다.

"어쩌께 해야 현명해지고 군자가 되는지 니 입으로 다 말했다. 나는 더 이상 말허지 않을랑께 앞으로 잘 허그라."

박광전은 아들 박근효를 매우 사랑했지만 이처럼 조금이라도 허물이 있으면 그냥 모른 체하지 않았다. 허물을 바로 잡는데도 때가 있기 때문이었다. 때를 놓치면 허물이 습관이 되고 습관은 운명이 되는 법이었다.

이로부터 3년 후 가을.

박광전은 세 번째 스승을 찾아 안동으로 올라갔다. 퇴계(退溪) 이황(李滉)의 문하로 들어가기 위해서였다. 성리학의 거두인 이황을 만나 스스로 연마하는 위기지학의 길에 확신을 더하고 싶은 바람 때문이었다. 박광전은 안동에 이르러 곧장 이황의 거처로 갔다. 이황이 머물고 있는 방으로 들어가 큰절로 제자의 예를 갖추었다.

"보성에서 온 박광전이라고 허그만요. 선상님께서 풍기는 학문의 향기를 흠모허다가 달려왔지라우."

이황은 상대의 눈빛과 몸가짐만 보고서도 그의 마음을 간파하는 물리가 트인 대학자였다. 이황은 붓을 든 채 말했다

"내헌테 몇 십 년을 배운다꼬 제자가 되는 것은 아니데이. 단 며칠을 보내더라도 나와 이심전심이 이뤄지면 발군의 제자가 되는기라."

이황은 붓을 들고 《주자서절요(朱子書節要)》를 초록하고 있는 중이었다.

"감히 지가 그런 제자가 된다믄 더 바랄 것이 읎겠습니다요."

"나는 이미 그대가 내 문하에 들어왔다꼬 생각한데이. 그러니 그대는 별채에 머물기만 하면 되는기라."

박광전은 또 한 번 큰절을 했다.

"왜 자꾸 절을 해쌌노."

"처음에는 문안 인사를 드려부렀고, 이번에는 제자로 기꺼이 받아주신께 올린 절이그만이라우."

이황이 붓을 벼루에 놓으면서 말했다.

"학문을 세우는 기초는 오로지 주문(朱門, 주자의 문하)에 있데이."

"지도 고로코름 생각허고 있그만요."

박광전은 그해 겨울을 별채에 머물면서 이황에게 경서를 배웠다기보다는 자신이 익혀온 학문을 점검하는 방식으로 시간을 보냈다. 어떤 날은 사랑방에서 호롱불을 끈 채 꼭두새벽까지 이황과 이야기를 주고받았다. 새벽닭이 홰치는 소리를 듣고서야 사랑방을 나왔던 것이다. 그럴 때마다 박광전은 별채로 들기 전에 한참 동안 캄캄한 하늘을 올려다보곤 했다. 찬바람이 거세게 부는데도 또록또록 빛나고 있는 별들이 자신의 몸가짐을 지켜보고 있는 것 같아서였다.

다음 해 입춘 전이었다. 사랑방 뜰에 매화꽃이 피어 향기가 은은하게 진동하는 날이었다. 박광전은 이제 우계정으로 돌아가야 했다. 새봄을 맞이하여 제자들이 강학을 기다리고 있기 때문이었다. 박광전이 하직인사를 하자, 이황이 초록한 《주자서절요》를 선물하면서 말했다.

"만년에 좋은 벗을 만났데이. 이제 헤어지게 되었으니 어찌 말이 없을 수 있겠노?"

"말씀허시지라우."

"내 마음을 시 다섯 수를 지어둔기라."

이황은 어젯밤에 병든 몸을 추스르며 지은 시 다섯 수를 한지에 써서 박광전에게 주었다.

병든 몸은 험하고 머리는 백발로 가득한데
신음하는 속세의 나 무엇을 구하려 하는가.
원컨대 장차 서투른 재주와 늦은 명성으로
드러나는 빛을 완상하다가 죽어서야 그치리.
病骨巉巉雪滿頭 呻吟塵蠹欲何求
願將拙用兼聞晚 把玩餘光至死休

나 위한 공부는 극기수양을 따라야만 하고
마음을 지킴은 오직 방심을 구함에 있으니
우리들 가운데 누가 이 뜻을 모르리오마는
어찌하여 참다운 앎을 위해 힘쓰지 않는가.
爲己須從克己修 存心惟在放心求
吾儕孰不知斯意 胡奈眞知太不侔

한 세상 하늘은 영재를 몇 명이나 낳는가.
이익과 명예 바다같아 그릇될까봐 두렵네

만일 설자리를 알아 내 할 일을 구하려면

주자의 문하에서 참마음을 쌓아야 한다오.

一世天生幾俊英 利名如海誤堪驚

倘知立脚求吾事 雲谷門庭要績誠

아득히 제멋대로 달려온 나의 반평생이여

대롱으로 하늘을 엿보듯 주자를 배웠으나

늙고 병들어 실수 많음 몹시 부끄러울 뿐

그때 도움으로 또 다시 큰 광명 얻었다오.

茫茫胡走半吾生 一管窺天得考亭

老兵極懇多失墜 待君提挈更恢明

일월의 찬 빗물에 뜻이 더욱 굳어지니

돌아가서도 이 뜻은 바꾸지는 마시게

달콤한 복숭아를 날려보낼 수 없지만

귀중한 밝은 구슬은 연못에 잠겨 있다네.

日月寒溪意更堅 歸歟此志莫留遷

但能不見惦桃鱺 無價明珠只在淵

　박광전은 이황과 작별하고 보성 조양으로 돌아와 이황에게 보낼 약
재 지황(地黃)을 수소문해서 챙겼다. 이황에게 안부편지와 함께 보낸
지황은 작년 가을에 수확한 것인데 말린 것이었으므로 건지황이라고 불
렀는데, 기력회복을 돕고 피를 맑게 하는 효험이 있는 약재였다.

이황이 박광전의 편지와 지황을 함께 받고는 다음과 같은 답장을 보냈다.

〈헤어진 뒤 그대를 생각하는 마음이 자리를 함께 했던 지난날보다 더했는데, 이렇게 편지를 보내주니 어찌 기쁘고 위로가 되지 않겠는가? 황(滉)은 며칠 간 성묘하는 일로 추위를 무릅쓰고 출입하느라 몹시 피곤하여 돌아와 누웠으나, 여러 가지로 약을 달이고 섭생하여 겨우 다른 병은 면하였다네. 보내준 지황은 매우 감사히 받겠네. 다만 내 몸(屋舍)이 이미 피폐해져 구구한 약의 힘으로도 효험을 얻기 어려울까 두려울 뿐이네.

보내준 편지에서 십한(十寒一暴 준말, 일을 하면서 자주 중단함)이라 한 말은 참으로 그러하네. 대저 도(道)는 넓고도 넓으니 어디서부터 손을 대겠는가? 오직 성현들께서 남긴 교훈이 바로 손을 대야 하는 곳인데, 그중에서 지극히 절실하고 지극히 요긴한 것을 구하기는 〈주서(朱書)〉보다 앞서는 것이 없을 것이네. 진실로 능히 이를 종신 사업으로 삼아서 도(道)의 이치를 언제나 마음과 눈에 간직하여 감히 폐하거나 떨어뜨리지 않는다면, 대저 인생살이에서 커다란 기쁨을 맛볼 수 있을 것이니, 늙고 그릇된 내가 한갓 허황한 명성에 사로잡혀 끝내 실제로 얻음이 없는 것과는 같지 않을 것이네.

목록을 베껴서 부쳐주니 매우 다행스럽네. 다만 이것은 완성된 책이 아니니 절대로 남에게 보이지 말게. 이전에 지은 보잘 것 없는 시구를 몇 자 고쳐서 별지로 보내드리네.〉

박광전은 《주자서절요》를 묵묵히 보다가 이해가 되지 않는 부분이 있으면 별도로 문목(問目)을 만들어 보냈다. 그럴 때마다 이황은 자상한 내용의 답장을 보내왔다. 박광전에게는 이황의 답서가 사유의 거울이 되어 주었고, 제자들에게는 강학의 자료가 되었다. 학문의 세계에서는 동서가 따로 없었다. 다만 사람이 동쪽에 살고 있고, 서쪽에 살고 있을 뿐이었다. 하늘이 하나이듯 도(道) 역시 하나였다.

스승 홍섬과 재회

우계정 상반기 강학이 끝났을 무렵이었다. 제자들이 짧은 방학을 맞아 모두 집으로 돌아가고 아들 박근효만 남아서 박광전을 시봉했다. 박광전은 으슬으슬한 고뿔 기운에 몸이 무거웠다. 콧물이 나오고 재채기가 간헐적으로 터졌다. 재채기를 한바탕 하고 나면 목 안이 칼칼했다. 이황을 만나고 온 뒤 강학을 무리하게 진행한 결과였다. 박광전은 사시(巳時)까지 드러누워 있다가 대원사에서 들려오는 쇠북 소리에 일어났다. 그제야 머리맡에 놓인 탕약을 마셨다. 아들 박근효가 정성스럽게 달여 올리는 탕약이었다.

우계정은 불볕더위가 기승을 부리는 한낮에도 시원했다. 단풍나무와 오리나무 녹음이 햇볕을 차단하고 계곡물의 냉기가 우계정을 감싸고 있기 때문이었다. 다만 아쉬운 점이 있다면 주변이 습해서 방문을 며칠만 닫아놓고 있어도 방바닥이 눅눅해진다는 것이었다.

박광전은 탕약을 마신 뒤 대원사 반대쪽 산길로 산책을 나갔다. 대원사 대중스님들이 사시예불을 하고 있으므로 산길을 따라 천천히 내려갔다. 햇볕을 받아 몸이 조금 따듯해지자 고뿔 기운이 다소 달아났다. 잠시 후 박근효가 뒤따라 왔다.

"아부지, 조양 집에 가서서 잘 잡사야 헐 거 같아라우."

"괴기를 묵어란 말이냐?"

"강학을 허심시로 진이 다 빠지셨는디 대원사에서 채소만 잡수신께 견디시지 못헌 거 같당께요."

"스님들 봐라. 채식만 허고도 으디 나멩키로 약헌 사람이 있드냐. 나는 원래 약골이어서 그런다."

"외삼춘헌테 닭 한 마리 가져오시라고 했그만요. 더울 때는 삼계탕이 좋아라우."

박근효의 외삼촌은 문위세였다. 문위세는 박광전의 처남이자 제자였다. 그런 이유로 가끔 우계정에 들러 이삼 일씩 머물다가 가곤 했다.

"하하하. 니가 묵고 잪어서 부탁했지야?"

"지도 국물은 마셔봐야지라우."

산책하면서 박광전은 기분을 전환했다. 몸이 찌뿌둥할 때는 산책만큼 좋은 방편이 없었다. 그러나 산책도 지나치면 독이 되었다. 박광전은 산모퉁이에서 계곡으로 내려가 계곡물을 한 모금 머금고는 입안을 헹구었다. 그런 뒤 반석에 앉아 다리를 쭉 편 채 휴식을 취했다. 계곡물에 발끝이 닿을락 말락했다. 박광전이 말했다.

"근효야, 엊그저께 퇴계 선상님헌테서 온 편지를 니도 보았지야?"

"예, 아부지."

편지는 엊그제 동복 통인이 가져왔다. 퇴계 이황이 박광전에게 은둔만 하지 말고 한양에 가서 한 번쯤 여러 선비들을 만나 자신의 학문과 비교해보고 탁마함이 유익하리라는 내용의 편지였는데, 이황 자신도 한양에 올라가 기대승 같은 젊은 선비를 만나 자신의 학문을 심화시켰다며 간곡하게 당부했다.

"니는 어쩌께 생각허느냐?"

"지라믄 한양에 올라가겄그만이라우. 견문도 넓히고라우. 여그 있으믄 우물 안 깨구락지지라우."

"그걸 정저지와(井底之蛙)라고 헌다. 한양이라고 해서 견문을 넓힐 것이 있겄냐만 다른 선비덜허고 탁마해 보는 것은 일리가 있는 말씸이다."

"한양에는 벨벨 선비덜이 다 있겄지라우. 눈 뜨고 코 베어 가는 곳이 한양이라고 허드랑께요."

"사람이 많이 모여산께 뛰는 놈 위에 나는 놈이 있지 않겄냐? 정신 바짝 채리믄 될 것이다."

"아부지 맴이 으쩐지 그짝으로 기운 듯허그만요."

"올라가고 잪어도 집안 살림에 부담을 주는 일이라서 고민이 많다."

"그런 거 생각허믄 못가시지라우."

"단, 방법이 하나 있기는 허다. 체통이 쪼깜 깎여서 그라제."

"무신 방법인디요?"

박광전은 대답을 하지 않고 반석에서 일어났다. 자꾸 몸이 쇠약해져 가을에는 강학을 하기가 어려워질 것도 같았다. 차라리 임시휴학을 하느니 한양에 올라가 버릴까 하고 생각했다. 집안 살림에 부담을 주지 않고 한양 생활을 할 수 있는 방법이 하나 있기는 했다. 13년 전에 동당 초시를 보아 합격했지만 또 응시를 해서 성균관에 입학하는 방법이었다. 성균관 유생이 되면 의식주가 해결되었다. 물론 또 다시 동당 초시를 본다는 것이 염치가 없는 일이기는 했다. 그래도 박광전은 스승 이황의 당부를 받아들여 동당 초시를 또 보기로 결심했다.

"근효야, 방법이 옹색허다만 초시를 또 응시허든 된다. 내가 합격해서 성균관에 들어가믄 집안 살림에 부담을 주지 않아도 된께 말이다. 다만 체통이 쪼깜 깎이는 것은 으쩔 수 읎고."

"지 생각으로는 아부지 체통허고 아무 상관읎는 일이그만요. 예전에 급제했다고 허드라도 으디까지나 실력으로 경쟁허는 것인께라우."

우계정으로 돌아온 박광전은 이황에게 답서를 썼다. 박근효가 벼루에 먹을 갈았다. 묵향도 꽃향기 못지않았다. 언제 맡아도 질리지 않고 마음이 편안해졌다. 박광전은 가을에 초시를 응시해 성균관에 입학하겠다는 계획을 스승 이황에게 알렸다.

그해 가을.

박광전은 초시를 보는데 예전과 달리 조금도 떨리지 않았다. 수십 명이 오만상을 찌푸리며 답안지를 작성하느라고 애를 쓸 때 박광전은 느긋하게 정심부(正心賦, 마음을 바르게 하는 글)를 써내려갔다. 옆에 앉은 응시자가 박광전을 부럽게 쳐다보았다. 생각이 막혀 고민하는 응시자들이 많았다. 박광전은 일부러 응시자들이 무리지어 일어설 때까지 기다렸다가 고시관에게 답안지를 제출했다. 박광전이 써낸 정심부(正心賦)는 이러했다.

〈오직 한 사람의 한 마음이, 움직임과 고요함의 근원과 묘리를 갖추고, 헤아리기 어려운 정신의 작용을 드러내어, 한 치의 마음에서 주재하고 사물과 서로 수작한다네. 그러나 한결같이 흘러 움직이도록 방치해 둔다면, 정욕이 왕성해지는 흠이 있나니, 마음을 바로잡는 것을 귀히 여겨, 반드시 안을 곧게 하여 밖에 대응해야 한다네.

천지의 변화가 시작된 이래, 대개 그 마음은 매우 공평하여, 순(舜)에게 많이 주지도 도척(큰 도둑 이름)에게 적게 주지도 않았으니, 모든 이에게 고루 부여했음을 믿겠네. 그 본체를 넓고 크게 확장하여, 사람이 하늘과 땅의 작용에 참여하니, 본래 기울지도 치우치지도 않아, 성대하게 모든 이치를 갖추었네. 오직 대인만이 적자(赤子, 어린 아이)의 마음을 잃지 않고, 탁월하게 정신을 사용하여 진실을 체득하므로, 마음을 바로잡는 공부를 하지 않고도, 마치 거울이 맑고 저울이 평평한 듯하네.

아! 기질은 서로 천만 가지로 다르기도 하지만, 거의 타고난 본성을 저버리지 않는데, 슬프게도 칠정(七情)이 도적되어, 혼돈스럽게 어지럽힌다네. 밝고 빛남은 먼지에 잠식당해 어두워지고, 바르고 큰은 사소함에 갈려 깎여지니, 참으로 중정(中正)으로 바로잡지 않으면, 아마도 다잡는 공부를 가르치고, 격물치지를 앞세워 본성을 알게 하니, 사람과 귀신을 또한 꿰뚫어본다네.

허다한 마음의 병과 아픔은, 이미 근독(謹獨, 마음을 다스리는 공부)에 처방이 갖춰져 있으나, 세밀하게 관찰해 보지 않으면, 병이 있는지 없는지 알 수 없네. 혹이 한 가지라도 정욕이 움직이면, 도무지 몸을 단속할 길이 없으므로, 불을 피우지 않아도 뜨겁고 얼음이 얼지 않아도 차갑게 되어, 일이 거듭 뒤엎어지기 마련이네. 마땅히 그러한 것이 찾아오기 전에 존양(存養, 마음을 보존함)하고, 또 바야흐로 싹트려 할 때 성찰하여, 사사로움에 치우친 벌레를 단절하고, 본연의 공명함을 보존해야 하네.

기쁨, 성냄, 슬픔, 두려움의 감정을 따르되 달도(達道, 보편적인 도리)를 행하여 절도에 맞게 하고, 사지(四肢)와 백체(百體)가 명령을 따르되, 천군(天君, 마음)을 높여 통제를 받게 하네. 본체가 정립되어 하늘처럼 드넓고, 작용이 운행되어 각각의 사물에 부여하니, 간직한 바를 따라 도리를 좇아 행하면, 꺼진 재나 마른 나무 같은 이가 되지 않으리라. 또 하필 총명함을 더럽히고 가두겠으며, 사특함을 막아 올바름으로 나아가길 구하겠는가? 하늘이 내린 밝은 덕을 날마다 높여서, 주경(主敬, 마음을 경건하게 보존함)의 공부로 그 길을 따라가야 하네.

조정을 바로잡아 만백성을 바르게 하면, 먼 곳의 사람을 가까이 모을 수 있으니, 이는 수신제가 치국평천하의 근본으로, 모두 시대에 적절한 조치가 된다네. 아름다워라!《대학》에서 강론한 바는, 삼대(三代, 하,은,주나라)의 융성한 시절에 비롯되었네. 부자(夫子, 공자)께서 명백하게 뜻을 밝히자, 오직 증씨(증자)만이 홀로 조예가 깊더니, 경전의 문구를 기술하고 부연하여, 모든 일의 근본을 드러내었네.

쇠잔한 말세를 경친 봉황의 울음소리는, 겨우 동자(童子, 한나라 유학자 동중서)에게서 들었는데, 위대한 정주(程朱, 정자와 주자)가 끊어진 실마리를 이어, 항상 이 뜻에 마음을 기울였네. 장차 이를 서쪽 사람에게 주면서, "배울 것은 다만 이뿐"이라고 말했건만, 슬프구나! 말세의 학문은 사도(邪道)로 빠져들어, 헛되이 이목(耳目)의 즐거움으로 치달았네.

높고 낮음이 섞여 물든 실을 보고 울 듯하니, 마음을 다스리려면 무슨 일을 해야 하는가? 나 또한 천지의 중정(中正)한 마음을 받았으니, 예나 이제나 매 한 가지 길이라네. 성현이 남긴 가르침을 받들어, 며칠이나 삼성(三省, 날마다 세 가지 반성하는 공부)에 힘을 썼던가? 때때로 주인공(主人翁, 마음)을 일깨워, 삼가 가득 찬 술잔을 잡거나 옥(玉)을 받들 듯 하게나. 하루라도 바르게 할 수 있다면, 아마도 마음이 나에게 찾아오리라.〉

박광전은 동당 초시에 합격했다. 문우와 제자들에게만 알리고 보성 향교 등에는 소문내지 않았다. 13년 전 동당 초시에 1등으로 합격했을 때는 잔치를 벌였지만 이번에는 조용히 지나가기를 원했기 때문이었다. 박광전은 집을 나설 때도 병석에 누운 어머니 낭주 최씨가 마음에 걸렸을 뿐 바람처럼 떠났다. 한양에 가면 가장 먼저 할 일은 첫 번째 스승 홍섬을 뵙는 것이었다.

선조가 즉위하자 홍섬은 정1품 우의정에 올랐다. 거기에다 인사를 감독하는 이조판서를 겸했다. 박광전은 승승장구하는 스승이 자랑스러웠지만 부럽지는 않았다. 다만 홍섬이 명종 말년에 대제학일 때 중망(重望)받고 있는 이황에게 자신의 자리를 양보했던 처신은 매우 아름답다고 생각했다. 두 스승의 처신은 오래도록 유생들에게 본받을 만한 귀감이라고 생각하여 감격하기까지 했다.

정월의 찬바람이 쌩쌩 불었다. 박광전은 노을이 질 무렵에야 나룻배를 타고 한강을 건넜다. 강바람에 귀가 떨어질 것 같았다. 한양의 바람은 보성의 그것과 달리 매섭기 짝이 없었다. 한양의 매운 맛이었다. 숭례문을 들어섰을 때는 찬바람에다 흩날리는 싸락눈이 볼을 때렸다.

박광전은 물어 물어서 남산 초입에 있는 홍섬의 집을 겨우 찾았다. 다행이 홍섬의 집은 숭례문에서 지근거리에 있었다. 늙은 노비가 나와 박광전의 행색을 보고 물었다.

"나리, 대감님은 입궐하시어 안 계십죠."

"대감님이 내 어릴 적 스승이시네. 퇴궐허실 때까지 여그서 지다리겄네."

노비는 솟을대문을 열어주지 않았다. 말은 공손하게 했지만 초라한 행색의 박광전을 경계했다. 박광전은 솟을대문 건너편에 앉아 스승 홍섬이 퇴궐하여 오기를 기다렸다. 잠시 후, 늙은 노비가 다시 나와 말했다.

"마님께서 날이 추우니까 안으로 들어와 기다리시라고 합니다요."

"고맙다고 전해주게."

박광전은 한 노비가 군불을 피우고 있는 사랑방 아궁이 쪽으로 가서 섰다. 아궁이 속에서는 장작개비가 활활 타고 있었다. 불기운에 강추위로 얼었던 몸이 풀렸다. 노비가 사랑방으로 안내하려고 했지만 박광전은 들어가지 않았다. 스승을 마당에서 맞이하고 싶어서였다.

이윽고 땅거미가 지고 나서야 스승 홍섬이 솟을대문 안으로 들어왔다. 박광전은 홍섬을 보자마자 땅바닥에 엎드려 절을 했다. 홍섬이 놀랐다.

"아니, 죽천이 아닌가? 날이 춥네. 어서 방으로 들어가세."

"선상님, 가내 두루 무고허시지라우?"

"나는 잘 있네. 요즘은 선왕의 실록을 편찬하느라고 몹시 바쁘다네."

선왕이란 명종이었다. 《명종실록》을 편찬하기 위해 우의정 홍섬이 총재관이 되어 당상관인 대사성, 대사간, 대제학 등과 여러 당하관들이 날마다 실록청에서 머리를 맞대고 하루 종일 회의를 하곤 했다.

"그래, 한양에는 무슨 일로 올라왔는가?"

"예, 성균관에 들어가려고 왔그만요."

"예전에 초시에 합격하지 않았던가? 십여 년도 더 지난 것 같네."

홍섬은 예전에 박광전의 초시 답안지를 보았던 것을 기억했다. 박광전이 그때 초시 답안지를 홍섬과 양응정에게 보내주었던 것이다.

"작년 가을에 또 초시를 보아 합격했그만요."

"죽천 실력이면 초시가 뭔가, 복시도 어렵지 않을 걸세."

"고맙습니다."

"성균관 입학은 걱정하지 말게. 내일도 대사성을 만나기로 했네. 요즘은 선왕의 실록 편찬 때문에 날마다 만난다네."

홍섬은 박광전을 따뜻하게 맞아주었다. 두 사람은 해시(亥時, 밤 10시)까지 홍섬의 흥양 유배시절 얘기를 주고받았다. 남산 숲에도 새들이 사는지 부엉이 울음소리가 사랑방까지 들려왔다.

"박 진사께서도 잘 계시고?"

"어머님께서 병석에 누워겨시는 것이 맘이 아프그만요."

"내게 새 옷을 보내주셨던 분이 아닌가? 참 고마운 분이셨네. 어서 빨리 쾌차하시기를 바라네."

홍섬은 박광전이 성균관에 입학할 때까지 머물 방을 하나 내주었다. 그것도 귀한 손님이 왔을 때 내주는 방이었다. 박광전은 노비 안내로 방에 들어서면서 몹시 놀랐다.

방 윗목에는 금강산이 그려진 12폭 병풍이 펼쳐 있었다. 그리고 한쪽 벽에는 먹감나무로 만든 고풍스러운 이층장이 놓여 있었다. 아랫목 구석의 반닫이 위에 잘 개진 이부자리와 베개가 반듯했다. 앉은뱅이책상 위에는 손님을 위해서 준비해둔 벼루와 붓통, 종이가 눈에 띄었다.

박광전은 아랫목 맨 방바닥에 누워 스승이 얼마나 고마운 존재인지 새삼 뼈저리게 절감했다.

한양생활

박광전은 한양에 온 지 며칠이 지나 성균관에 입학했다. 43세에 입학을 했으니 만학도인 셈이었다. 박광전보다 나이 많은 유생은 드물었다. 그러나 박광전은 도학의 길에는 선후배가 없다고 생각했기 때문에 개의치 않았다. 입학한 지 보름쯤 지났을 때였다. 유희춘이 불러 대사성 집무실로 갔다. 유희춘은 해남 출신으로 자는 인중(仁仲), 호는 미암(眉巖)이었고 김인후와는 사돈 간이었다.

뿐만 아니라 유희춘은 김안국과 기묘사화 때 동복에서 유배생활을 한 최산두에게 가르침을 받은 문인이었고, 긴 유배생활을 하다가 복권이 된 선비였다. 일찍이 문과에 급제하고 발군의 실력을 인정받아 사가독서를 한 뒤 수찬, 정언 등을 역임하다가 명종2년(1546) 양재역 벽서 사건에 연루되어 제주도로 유배를 갔는데 곧 함경도 종성에 안치되어 무려 19년을 보냈다. 다시 충청도 은진에 이배되었다가 선조가 즉위하자 삼정승 특히 홍섬이 주도한 상소로 유배에서 풀려나 경연관이 되었고 최근에 대사성을 제수 받았다.

유희춘은 성격이 꼼꼼하고 소탈했다. 박광전은 대사성 집무실이 소박한 것을 보고 그의 성품을 느꼈다. 유희춘이 박광전을 보고 말했다.

"우의정 대감님께서 흥양 유배 때 그대를 가르쳤다고 말씸허셨네."

"에린 시절에 지를 아들맹키로 갈치신 선상님이그만요."

"대감님께서 그대를 아조 숨은 도학자라고 허시드구면. 나 또한 기대헌 바가 크다네. 나이 어린 유생덜이 많아서 쬐깐 실망스러울 때가 있을 것이네. 긍께 그대가 모범을 보여 바로잡아 주시게."

"아이고, 지는 모범이 될 만헌 자질이 읎그만요. 성균관에 입학한 까닭은 오직 탁마허기 위해 온 것이그만요."

"하하하. 성균관도 사람이 모이는 곳이라 자잘헌 사고가 많은 곳이네. 지내다 보믄 실망헐 때도 있고 보람을 느낄 때도 있을 것인께 그리 알게."

"공맹의 학문을 익히는 도장에 왔다고 생각험시로 행동거지를 조심허겄습니다요."

박광전은 대사성 집무실을 나왔다. 아마도 홍섬이 박광전을 지켜봐 달라고 부탁한 듯했다. 그래서 격려차 불렀고, 생활하면서 어린 후배유생들의 허물을 보더라도 실망하지 않도록 미리 당부한 것이 분명했다.

실제로 박광전은 얼마 후 성균관 유생들 중에 행실이 방정하지 못한 생도를 목격했다. 공부 중에 상습적으로 꾸벅꾸벅 존다거나, 교관의 실력을 비아냥대는 등 눈살을 찌푸리게 하는 일이 많았던 것이다. 특히 아침저녁 두 차례 식당에 들어가 식사를 해야 함에도 불구하고 밖으로 나가 기름진 사식(私食)을 먹는 유생도 있었다. 하루에 두 차례 식당을 이용했다고 서명해야만 1점을 받는데, 300점 이상이 되어야만 과거에 응시할 수 있는 자격이 주어졌던 것이다.

학문과 담쌓은 유생들도 있었다. 밤에 성균관 담을 넘어가 대취해서 들어오는 부잣집 자제 출신의 유생도 적잖았던 것이다. 시골에서 올라온 박광전 같은 유생들은 상상조차 할 수 없는 일이었다.

어쨌든 박광전은 초시를 합격하여 성균관에 입학했고, 또 복시를 볼 수 있었다. 복시는 선조가 즉위한 경사를 맞이해서 치러지는 이른바 증광시였다. 박광전은 성균관 유생들과 함께 복시를 응시했는데 아쉽게도 2등으로 급제했다. 박광전이 써낸 답안지는 〈용철고비부(勇撤皐比賦), 스승의 자리를 용기 있게 박차버린 글)〉였다. 고비(皐比)란 범의 가죽으로 호피(虎皮)와 같은 말인데, 스승의 자리를 뜻했다.

〈가만히 생각건대 도(道)에 나아가고 덕(德)에 힘쓰는 것은, 사사롭고 인색한 마음을 끊은 뒤에 얻게 되니, 참으로 독실하게 행하는 군자가 아니라면, 누가 용기 있는 결단을 내리겠는가? 벗의 도움에 힘입어 도리를 깨닫고, 겸손히 고비(皐比)의 자리를 박차버렸네. 진실한 마음으로 남을 따르니, 자신을 버리는 공부가 힘들지 않아, 지난 날 갈림길에서 헤매던 게 잘못임을 알고, 오늘날 바른 길을 걷는 것이 옳음을 깨달았네.

일찍이 뛰어난 자품(資稟, 타고난 성품)으로, 강하고 굳센 큰 것을 품어, 어린 시절부터 무리를 짓지 않고, 지조를 더욱 확고하게 지켜 빼앗기 어려웠네. 다만 스승과 벗을 얻지 못하여, 간혹 여기에서 나와 저기로 들어가기도 하여, 손오(孫吳, 병법가인 손무와 오기)와 누불(老佛, 노자와 서가모니)에 빠졌다가, 반평생의 공부를 허비하였네. 그러나 하늘이 심어준 순수하고 아름다운 마음이, 어찌 끝내 색다른 길에서 헤매겠는가? 하나의 선(善)을 얻어 가슴에 새기고, 다시 생각을 바꾸어 유가(儒家)로 돌아와, 육경(六經)에서 돌이켜 구해보고, 이내 옛것을 버리고 새것을 도모하였네.(중략)

의리가 무궁함을 알면, 또 어찌 스스로 만족하겠는가? 이는 나의 미진함에 있으니, 내 여기에 힘쓰고 삼가리라. 용기 있게 결단하여 선(善)을 따라, 하루 저녁에 강의하는 자리를 박차더니, 후학을 열어줄 책임을 이정(二程, 북송의 유학자 程顥와 程頤 형제)에게 돌리고, 평생을 돌아보며 부끄러운 마음을 느꼈네. 마침내 이학(異學, 유학과 다른 학문)을 다 버리고, 한결같이 순수한 학문을 일삼아, 실천에 힘쓰면서 정밀히 사색하여, 성인(聖人) 바라는 뜻을 그만두지 않았네.(하략)〉

〈용철고비부(勇撤皐比賦)〉는 한마디로 박광전이 병법이나 노자나 불경 같은 이학을 버리고 정학(正學)인 유학에만 힘써 공부하겠다는 스스로에게 맹세하는 글이었다. 그러나 거꾸로 말하자면 한때는 병서나 도덕경이나 불경도 보았다는 방증이었다.

그런데 박광전의 진면목이 드러난 것은 복시의 답안지가 아니라, 2월 6일 명나라 두 사신이 성균관을 찾았을 때였다. 대사성 유희춘은 성균관 유생들에게 공지했다.

〈명나라 사신이 알성(謁聖)을 하고자 명륜당에 올 것이니 동재와 서재에 있는 유생들은 모두 나와 두 사신을 알현하라.〉

알성이란 공자의 위패를 참배한다는 뜻이었다. 이윽고 유희춘이 성균관 문 밖에 있다가 두 사신을 영접했다. 두 사신이 숙소인 태평관에 들기 전에 성균관으로 온 까닭은 두말 할 것도 없이 명륜당에 봉안된 공자의 신위를 참배하기 위해서였다. 두 사신은 팔을 휘휘 저으며 거만한 자세로 명륜당까지 걸어와 유생들을 힐끗 쳐다보더니 등을 돌렸다. 명륜당 가운데 문이 열렸다. 참배를 끝낸 두 사신이 명륜당 마룻바닥에 앉아서 알현하려는 유생들을 내려다보았다.

그런데 그 순간이었다. 차가운 빗방울이 후두둑 떨어졌다. 처음에는 한두 방울 떨어지더니 여름날 굵은 장대비처럼 쏟아졌다. 유생들 일부가 재빨리 동재와 서재 처마 밑으로 비를 피했다. 유생들의 예를 받으려고 했던 두 사신의 얼굴이 일그러졌다. 그때 박광전이 자신의 앞줄과 뒷줄 유생들을 타이르듯 소리쳤다.

"예를 갖추씨요, 예를 갖추씨요! 우리는 조선을 대표허는 성균관 유생덜이요."

그제야 박광전 주변의 유생들이 비를 맞으면서도 이탈하지 않았다. 줄을 그대로 유지한 채 꼼짝 않고 섰다. 이를 본 동재와 서재 처마 밑에 있던 유생들이 하나 둘 자기 자리로 돌아와 모였다. 찬비는 여전히 거세게 내렸다. 이제는 두 사신이 유생들을 만류했다.

"어서 비를 피하시오. 어서 비를 피하시오."

그래도 유생들이 움직일 기미를 보이지 않자, 대사성 유희춘을 불러 사정했다.

"이보시오. 유생들이 예를 표했으니 물러가게 하시오."

"사신께서 이 자리를 물러가시면 유생들이 비를 피해 움직일 것입니다."

"알겠소. 조선 유생들의 예와 기개에 놀랐소. 돌아가서 천자께 소상히 아뢰겠소."

"삿갓과 도롱이를 준비했으니 가지고 가십시오."

"아니오. 유생들이 비를 맞고 있는데 우리가 어찌 도롱이를 걸치겠소?"

두 사신은 명륜당에서 나와 비를 맞으며 황급히 성균관을 나갔다. 그런 뒤 자신들이 묵을 숙소인 태평관으로 돌아갔다.

이황이 2월 24일에 명나라 사신들을 알현한 유생들이 자랑스러워 성균관을 찾아왔다. 명종이 승하한 이후 직접 조문하기 위해 안동에서 올라와 대궐에 들러 곡을 하고 온 길이었다.

이황은 유희춘의 안내를 받아 대사성 집무실을 들어섰다. 이황은 일찍이 대사성을 서너 번이나 지낸 적이 있었으므로 유희춘에게는 대선배가 되었다. 유희춘은 이황을 정중하게 예우했다. 이황은 자리에 앉자마자 경연관 시절의 유희춘을 칭찬했다.

"전하께서 고전을 읽을 때 한 글자 한 글자의 뜻을 얼버무리지 않고 정확히 해석하려고 노력하는 것은 다 미암의 공입니더."

"아이고, 아니그만요. 전하의 풀이가 옳으실 때가 많아 지가 정밀허게 뜻을 깨달을 때가 많았지라우."

두 사람의 이야기는 작년 가을의 일이었다. 경연관 유희춘은 선조와 《대학(大學)》을 강독하다가 '이위수신재정기심(此謂修身在正其心)'이라는 구절을 어떻게 풀이할 것인가를 두고 선조와 의견 차이가 생겼던 적이 있었다. 유희춘은 이것을 '이것이 이른바 몸을 수행함이 그 마음을 바르게 함에 있다.'로 풀어 읽었고, 선조는 '이것이 이른바 몸을 수행함이 그 마음을 바르게 함에 있다는 것이다.'로 풀어 읽었다.

유희춘이 이황에게 고백했다.

"당시에는 지가 잘 분간을 허지 못했으나 물러나 지금 생각해 본께 지가 헌 풀이는 어설펐고, 전하의 풀이가 정밀헌 것이었그만요. 미세헌 차이라고도 헐 수 있지만 '이것이 이른바(此謂)'가 있은께 전하멩키로 풀이허는 것이 옳지라우."

"미암, 나도 고백할 것이 있데이."

"아이고, 대감님 무신 말씸을 허실라고 그랍니까?"

"격물(格物)'의 뜻이 '물(物)에 격(格)하다'인 줄 알았다가 그것이 잘못 된 것인 줄 미암의 해석을 보고 수정했던기라. 미암처럼 '물(物)이 격 (格)하다'로 해석해야 옳다는 것을 깨달은 기라."

'에'와 '이' 한 글자 차이지만 주어가 달려져버리기 때문이었다. '물 이 격하다'는 '사물의 이치가 궁극에 이른다.'는 뜻이므로 유희춘의 해 석이 옳다고 할 수 있었다.

그런데 이황이 유희춘을 찾아온 이유는 다른 데 있었다. 기대승을 대하듯 토론을 하러 온 것이 아니었다. 이황이 말했다.

"사실은 내 제자이기도 한 죽천을 만나러 왔데이."

"죽천이 조선 유생의 기개를 명나라 사신 앞에서 보여줬그만요."

"그 소문이 벌써 장안에 돌고 있는기라."

유희춘은 2월 6일에 있었던 일을 소상하게 보고하듯 설명했다. 이 야기를 듣고 있던 이황이 고개를 끄덕이며 감격했다.

"과연, 죽천이데이. 죽천이야말로 도학의 대들보인기라."

잠시 후 박광전이 대사성 집무실로 불려왔다. 박광전은 이황을 보자마자 마룻바닥에 엎드려 큰절을 했다.

"선상님, 청안하신게라우?"

"그대가 보내준 귀한 약재로 그럭저럭 기운을 회복했데이."

"안동에는 은제 내려가실랍니까?"

"그대를 봤으니 아무 때나 미구에 갈끼다."

"함께 따라가지 못허는 제자를 용서해 주시기 바랍니다요."

"마음이 통하는 사람끼리는 작별은 번거로운 것인기라. 하하하."

이황이 소리 나게 웃었다. 그러자 유희춘도 미소를 지었다. 이황이
박광전에게 말했다.

"죽천에게 한마디 줄 말이 있는기라."

"선상님, 말씸하시지라우."

"사신이 명륜당에 있을 때 비가 내리고 있음에도 불구하고 능히 한
두 줄의 유생들을 엄숙하게 움직이지 않게 한 것은 죽천의 무거움(重)
인기라."

"선상님 칭찬에 몸 둘 바를 모르겠그만요."

"죽천의 무거움은 아무라도 쉽게 흉내 낼 수 없데이."

이황이 찾아와 박광전을 격려하고 갔다는 소문은 성균관 유생들 사
이에 금세 돌았다. 박광전은 스스로 나서지 않았지만 유생 중의 유생
이 되었다. 어린 유생들이 다가와 고개를 숙이고, 나이가 엇비슷한 유
생은 스스로 다가와 친구가 되기를 원했다.

그런데 그해 늦봄이었다. 고향에서 아버지 박 진사의 편지가 왔다.
어머니 낭주 최씨가 위중하다는 편지였다. 말 그대로 호사다마였다.
박광전은 미련 없이 성균관을 자퇴했다. 대사성과 교관들에게 인사를

한 뒤 한강을 건넜다. 역참에서 말을 빌려 쉬지 않고 달려 조양 집에 도착했다.

병석에 누운 어머니에게 큰절을 올리고 났을 때였다. 어머니 낭주 최씨가 모기만한 소리로 부탁을 했다.

"유가가 보고 잪구나."

"예, 어머니."

박광전은 유가(遊街)에 뜻이 없었지만 어머니 낭주 최씨의 소원을 들어주었다. 유가란 과거급제자가 광대를 앞세우고 풍악을 울리며 마을을 돌아다니는 놀이를 뜻했다. 박광전은 여종을 시켜 어머니를 기쁘게 해드렸다. 여종이 어머니를 업고 방 안을 한두 바퀴 돌았던 것이다. 물론 어머니의 건강을 염려해서 마을을 돌아다니지는 않았다.

그날부터 박광전은 직접 약을 달이고 밤낮으로 어머니 곁을 떠나지 않았다. 그러나 어머니 낭주 최씨는 날이 무더워지는 8월을 넘기지 못했다. 불볕더위가 기승을 부리는 한여름에 눈을 감고 말았다. 박광전은 통곡을 하면서 주자가례에 따라 상복을 입었다. 이후 3년 동안 상복을 단 하루도 벗지 않았다. 날씨와 상관없이 아침저녁으로 묘소를 찾아가 곡을 하고 돌아왔다. 마을 사람들이 삭정이처럼 비쩍 마른 박광전을 보고 걱정할 정도였다.

"저러코름 3년상을 마치고도 별 탈이 읎은께 참말로 다행이그만."

"우리 마실에서는 죽천의 효심을 아무도 숭내 내기 심들 것이여."

전라감사로 내려온 유희춘의 귀에까지 박광전의 효성스런 이야기가 들어갔다. 관찰사 유희춘은 박광전의 행의(行義)를 보성 유생들에게 조사해 올리도록 지시했다. 그러자 진사 선응직 등이 다음과 같은 요지의 글을 적어서 보고했다.

〈박광전 진사는 어버이를 모심에 효도를 다했고, 상을 치르면서 상례를 다했으며, 몸가짐에 법도가 있고, 남을 가르침에 부지런하였다.〉

유희춘은 즉시 박광전을 학행과 재덕이 있는 선비로 조정에 천거했다. 그해 가을 선조는 보성군수를 통해서 박광전에게 포상했다. 박광전은 상을 받고 나서 어머니 낭주 최씨가 더욱 그리워 한동안 슬픔을 참지 못했다.

첫 벼슬살이

전라감사가 박광전 등 63인의 선행을 기록한 문서를 선조에게 올렸다. 그러자 선조는 그 문서를 예조에서 검토하라고 지시했다. 이후 예조는 63인 중에서 6인을 선발해 올렸고, 선조는 박광전에게 전주부에 있는 경기전 참봉 벼슬을 제수했다. 그런데도 박광전은 벼슬길에 나서는 출사를 망설였다. 사십대 중반이 넘어서 벼슬살이를 하는 것이 마땅찮았기 때문이었다. 박근효는 아버지 박광전의 심란한 마음을 알고서 적잖이 실망했다.

"아부지, 베슬이 낮아서 그런게라우?"

"애시당초 베슬에 뜻이 읎었던 내가 아니냐. 경기전 참봉은 아조 영광스런 자리라서 모다 탐내는 베슬이라고 허드라."

전주부에 있는 경기전에는 조선을 건국한 태조 이성계의 어진, 즉 초상화를 봉안한 정전이 있었다. 그러므로 벼슬의 품계와 상관없이 예와 경학이 밝고 심신을 지극히 수련했다고 평가받는 유사만이 갈 수 있는 자리가 경기전 참봉이었다. 선왕의 제사를 주관할 때는 전라감사도 경기전 참봉의 지시를 따라야 했고, 그 자리의 이력을 쌓으면 한양의 내직으로 올라가거나 승진이 보장된 자리였다.

"우계정에서 가실 강학을 시작했기 땜시 그라요?"

"제자덜에게 강학을 허는 즐거움도 크다만 꼭 그런 것만은 아니다."

"그라믄 뭣 땜시 그런다요?"

박근효는 아버지 박광전을 이해하지 못했다. 할아버지 박 진사의 건강은 아무 문제가 없었다. 할머니가 돌아가시고 난 뒤에도 병들어 눕거나 끼니를 거른 적은 드물었던 것이다. 오히려 아버지 박광전이 병약하여 절기가 바뀔 때마다 섭생에 신경 쓰지 않으면 안 되었다.

"아부지, 경기전을 관리 감독허는 참봉 자리는 아무나 갈 수 읎다고 들었그만요. 태조 임금님은 선왕 중에 선왕이신께라우."

"니 말이 틀린 것은 아니다. 임금님께서 나를 경기전 참봉에 제수허셨다는 소식을 듣고 내가 을매나 감격헌 줄 아느냐."

"지도 감격했그만이라우. 나라에 큰 은혜를 입은 것이지라우."

"근디 말이다. 할무니 돌아가시고 난 뒤부터 하나부지께서 솔찬히 외로와허시는 것이 눈에 띄는디 니는 어쩌께 보이드냐?"

"허전해 허시기는 헌디 그래도 진지도 잘 잡숫고 벨 일은 읎던디요."

"니가 하나부지 겉만 봐서 그런다. 새복에 가끔 긴 한숨을 쉬시는디 할무니가 보고 잪어서 그러시는 것 같드라."

"지는 거그까지는 생각허지 못했그만요."

"우계정에만 신경 쓰는 것도 불효라는 것을 뒤늦게 깨달았다. 인자는 가끔 조양 집으로 돌아가 하나부지를 곁에서 모셔야겠다는 생각을 허고 있던 차에 경기전 참봉 자리가 내려와분 것이다. 그러니 내 처지가 진퇴양란이 돼야분 것이제. 니라믄 어쩌께 허겄냐?"

박근효는 얼른 대답을 못했다. 할아버지를 외롭지 않게 해드는 것은 효(孝)일 터이고, 경기전에 나아가 관리 감독을 잘 하는 것은 충(忠)일 것인데, 효와 충을 선택하는 문제이기 때문이었다. 그러나 박광전은 도학에서는 효를 더 근본으로 보았으므로 출사를 포기하는 쪽으로 마음을 굳히고 있는 편이었다. 박근효가 말했다.

"아부지, 혼자 겨시는 하나부지 땜시 그러신다믄 하나부지 말씸을 한 번 들어보시믄 으쩔게라우. 지는 하나부지 맴을 즐겁게 해드리는 것도 효라는 생각이 드는그만요."

"그럴까?"

"하나부지를 모시는 것도 효이고, 기쁘게 해드리는 것도 효겄지라우."

"근효의 생각이 나보다 날카롭구나. 그래, 니가 하나부지께 한 번 여쭤보그라."

"예, 아부지."

그날 바로 박근효는 할아버지 박 진사가 집사 울돌이와 노비들을 데리고 사는 조양 집으로 갔다. 박 진사는 손자 박근효를 보더니 몹시 반가워했다.

"아이고메, 근효가 왔구나. 애비 밑에서 공부허니라고 을매나 고상이 많냐!"

"아부지헌테 고민이 하나 있어서 왔어라우."

"뭔 일이 있다냐?"

"사실은 아부지께서 경기전 참봉 베슬을 제수 받으셨어라우."

"경사가 났는디 뭔 고민이다냐? 경기전 참봉은 서로 갈라고 다투는 자리여. 드디어 애비가 나라의 은혜를 입는구나."

"근디 아부지는 출사허실 생각이 읎그만이라우."

박 진사가 깜짝 놀랐다.

"무신 이유로 마다헌다냐?"

"하나부지를 모시는 것이 더 중허다고 말씸허시드그만요."

"허허. 요로코름 사지가 멀쩡헌 나 땜시 출사허지 않는다는 것은 말이 안 된다. 근효야, 니는 어쩌께 생각허냐?"

"지는 하나부지 맴을 기쁘게 해드리는 것도 효도라고 생각허그만요."

"으쩌믄 니는 내 맴을 정확허게 알고 있느냐. 그러니 니를 내가 어쩌께 애지중지 애끼지 않겄냐."

"아부지 맴도 지는 이해해라우. 할무니께서 안 겨신께 하나부지 건강을 더 잘 챙길라고 그러신 것이겠지라우."

"어쨌든 당장 낼 아칙에 우계정으로 가서 전허그라. 출사허는 것이 내 옆에 있는 것보다 백배 천배 나를 기쁘게 허는 것이라고 말이다. 나를 볼라고 여그로 올 것도 읎다. 우계정에서 바로 올라가라고 전해라."

그날 밤. 박근효는 사랑방에서 할아버지 박 진사와 함께 잤다. 박 진사는 박근효가 들려주는 우계정과 대원사 이야기에 흥미 있어 하더니 곧 코를 골았다. 박근효도 오랜 만에 듣는 박 진사의 코 고는 소리를 자장가 삼아 잠이 들었다. 조양 집 사랑방은 우계정과 달리 포근했다. 방바닥은 아랫목 윗목 할 것 없이 골고루 따뜻했다. 노비들이 초저녁부터 군불을 지폈던 것이다.

아버지 박 진사의 뜻에 따라 박광전은 마지못해 전주로 올라갔다.

전주 가는 길은 초시를 응시하러 갔던 길이기 때문에 길잡이를 앞세우지 않고 갔다. 경기전은 전라감영 바로 옆 동쪽에 있었다. 외삼문과 붉은 홍살문을 지나니 내삼문이 나타났다. 경기전 정전은 내삼문 안쪽에 정자(丁字) 형태로 지어져 있었다. 정전 좌우로 익랑과 월랑이라는 회랑이 있어 정전을 더욱 위엄 있고 돋보이게 했다. 정전을 지키던 구실아치 군사가 박광전에게 다가왔다.

"정전에는 아무나 들어갈 수 없소."

"수문장을 델꼬 오게. 참봉이 왔다고 전허게."

"아이고, 참봉 나리. 수문장님을 모시고 오겄습니다요."

바로 늙은 수문장이 헐레벌떡 달려왔다.

"그대가 수문장인가?"

"예, 참봉 나리."

"정전 문을 열게. 태조 임금님께 인사를 몬자 드릴라고 허네."

정전 문이 활짝 열렸다. 정전 중앙에 태조 이성계의 어진이 보였다. 가로 5자, 세로 7자 2치 정도 되는 초상화였다. 머리에 익선관을 쓰고 곤룡포를 입은 태조가 용상에 앉아서 박광전을 근엄하게 내려다보는 듯했다. 박광전은 어진 앞으로 가서 공손하게 엎드렸다. 비록 초상화이기는 하지만 태조를 모신다는 것은 영광이었다.

박광전은 절을 한 뒤 정전 밖으로 나왔다. 그때부터 수문장이 경기전의 부속건물들을 안내했다. 박광전이 집무실로 사용할 전사청, 경기전을 지키는 수문장과 군사들이 기거하는 수문장청, 하급관원들이 근무하는 수복청, 구실아치와 노비들이 말을 관리하는 마청, 제사가 있을 때 제관들이 사용하는 동재와 서재, 제기들을 보관하는 제기고, 디

딜방아가 곡식을 찧는 용실, 제사음식을 만들고 보관하는 조과청, 제사 때 사용하는 우물인 어정 등을 하나하나 상세하게 설명했다.

정전 뒤쪽의 후원은 시원하게 넓고 아름다웠다. 잘 생긴 소나무 사이로 노란 국화꽃들이 흐드러지게 피어 있었다. 붉고 노란 열매가 주렁주렁 매달린 감나무와 은행나무는 가을햇볕에 반짝거렸다. 사람들이 무리지어 다니며 구경을 했다. 깔깔거리며 웃는 무리는 화려한 옷차림으로 보아 창기(娼妓)들이 분명했다. 박광전이 수문장에게 물었다.

"양민덜에게 경기전을 자주 개방허는가?"

"일년 내내 외삼문과 내삼문을 열어놓고 있그만요."

"낮에만 개방허는가?"

"아닙니다요. 밤낮으로 개방허고 있그만요."

"알겠네."

박광전은 그날 퇴근하지 않고 전사청에서 숙직했다. 그러자 수문장도 귀가하지 않고 박광전을 보좌했다. 박광전과 수문장은 조과청에서 가져온 사과와 유밀과를 놓고 이런저런 이야기를 나누었다. 그런데 주변이 어둑어둑해지는 초저녁이 되었는데도 후원에서는 여전히 창기들의 노랫소리가 간간히 났다. 박광전이 이맛살을 찌푸리며 말했다.

"무신 소리여?"

"창기덜이 노래 부르고 있습니다요."

"으째서 창기덜이 경기전에 와서까지 노래 부르는 것인가?"

"양민덜이 좋아헌께 신명이 나서 그런가 봅니다요."

"뭔가 잘못된 거 같으네. 여그는 놀이터가 아니네."

"내버려두었드니 인자 놀이터인 줄 아는 것 같그만요."

박광전은 심각하게 생각하지 않는 수문장에게 엄중한 목소리로 말했다.

"경기전 안에는 선왕의 유상(遺像)이 모셔져 있은께 더 이상 더럽힐수 읎네. 낼부터 당장 잡인덜 출입을 금허시게."

"유생덜이 참배오믄 어쩌께 허믄 되겄습니까요?"

"나의 허락을 받고 출입시키게."

"예, 참봉 나리."

다음 날부터 잡인의 출입을 엄금하니 경기전은 이전과 달리 정숙해졌다. 경비를 서는 군사들의 군기도 바로 섰다. 이전에는 숙직 군사들이 밤에 몰래 담을 넘어가 집에서 자고 새벽에 들어오기도 했지만 박광전이 직접 밤에 순찰을 돌자 그런 일들이 사라졌다.

동짓달이 되자, 전라감사는 박광전에게 높은 평점을 주어 조정에 보고했다. 그러자 선조는 박광전에게 과천현 한강 옆에 있는 헌릉 참봉으로 제수했다. 태종과 태종비인 원경왕후 능이 헌릉이었다. 헌릉은 경기전과 달리 일반인들의 출입을 엄금하고 있기 때문인지 깊은 숲속처럼 산짐승들이 자주 눈에 띄었다. 노루가 수시로 능 주변까지 내려와 경중거렸다. 꿩들도 능 주변의 솔숲을 한가롭게 날아다녔다.

박광전은 능졸을 불러 제사지내는 정자각부터 말끔하게 청소시켰다. 능과 주변에 자라는 잡초도 뽑아 없애도록 지시했다. 하루는 박광전이 망태 속에 망초를 담고 있는 능졸에게 물었다.

"으디다 쓸라고 그러느냐?"

"망초 잎도 반찬이 됩니다요."

"반찬거리 장만은 아녀자 몫이 아닌가?"

"거동을 못하시는 노모 한 분을 모시고 살고 있구먼요."

"쯧쯧."

정자각 마룻바닥을 반질반질 윤이 나도록 청소를 하여 눈에 띄었던 능졸이었다. 박광전은 우두머리 능졸을 불러 자신이 녹봉으로 받은 쌀을 가져오게 한 뒤 그 능졸에게 주었다. 그러자 우두머리 능졸이 가지 않고 머뭇거렸다.

"으째서 가지 않고 그런가?"

"사실은 참봉 나리께 여쭐 말씀이 있습니다요."

"말해 보게."

"과천현감 나리께서 능졸들을 시켜 사냥을 해왔습니다요. 사냥한 고기는 참봉 나리와 나누었습죠. 그런데 새로 부임하신 참봉 나리께서 그런 일을 어떻게 생각하실지 몰라 저희들이 사냥을 못하고 있습니다요."

과천현감이 전임 헌릉 참봉과 짜고 능졸들에게 사냥을 시켜 포획한 고기를 나누어 왔다는 우두머리 능졸의 보고였다. 그러나 박광전은 전임자처럼 그럴 생각이 조금도 없었다.

"능침은 사냥하는 곳이 아니네. 크든 작든 이권이 따른 일에는 더욱 따를 수 없네. 그러니 내가 참봉으로 있는 동안에는 사냥을 금헐 것이네."

박광전의 곧은 태도는 곧 과천현감에게 전해졌고, 괘씸하게 여긴 과천현감은 조정에 악의적으로 박광전의 근무태도를 보고했다. 그러자 조정회의에서 과천현감을 옹호하는 대신이 말했다.

"향기로운 풀과 악취 나는 풀을 한 그릇에 섞을 수는 없는 일이오.

그러니 박광전을 외직으로 보내야 하오."

조정회의에서 공박한 말이 박광전에게도 들려왔다. 박광전은 마음이 편치 않았다. 홍섬을 찾아가 하소연해볼까 하고도 생각했다. 그러나 박광전은 벼슬아치가 정승 집 대문을 드나드는 것은 옳지 않다고 여겨 경기도 참봉 때 한 번도 상경한 적이 없었다. 홍섬이 박광전을 만나고자 경기전으로 통인을 보냈는데도 그랬다. 다만 헌릉 참봉이 되고 난 뒤에는 태도를 조금 바꾸었다. 박광전은 한강 너머에 계시는 스승을 찾아가지 않는다는 것은 무례한 일이라고 생각했던 것이다.

결국 박광전은 남산 초입에 있는 홍섬 집을 찾아갔다. 우의정에서 좌의정이 된 홍섬이 타박하듯 말했다.

"이 사람아, 어찌 하여 오지 않았는가?"

"사실인즉 벼슬아치가 정승 집 대문을 드나드는 것은 옳지 않다고 여겨 그랬그만요."

"허허."

"아무 베슬도 읊었다믄 자꼬 찾아뵀을 것이지라우."

"이 사람아, 유사가 상공의 집 대문을 밟지 않는다 함이 어찌 그대와 나 같은 스승과 제자 사이를 이르겠는가?"

"스승님, 시방 참봉 자리도 오래 가지는 않을 것 같그만요."

"사직하려고 그런가?"

"여러 해 동안 떠돌아다니느라 아버지를 잘 모시지 못했그만요. 스승님을 뵀으니 장차 돌아가 아버지 슬하에 있을라고 헙니다요."

"잡지 않겠네. 그대의 성품이 그러하니 어찌 만류하겠는가."

"고맙습니다."

스승 홍섬을 뵌 지 얼마 후 박광전은 사직하고 집으로 돌아와 버렸다. 박광전이 떠날 때 가장 슬퍼한 사람들은 헌릉 능졸들이었다. 능졸들이 노인과 아이들을 이끌고 나와 신원(新院)에서 기다리다가 술을 들고 전별하였다. 박광전에게 곡식을 받았던 능졸은 눈물을 흘리며 엎드려 울었다.

천석정

선조 9년(1576).

박광전이 조양 집으로 내려와 노환으로 누운 아버지 박 진사를 간병하고 있을 때였다. 임계영은 별시문과에 급제하여 진보(현 청송군 진보면)현감으로 나갔다. 조정에 힘이 되어줄 만한 끈이 없는 급제자들은 대부분 외직을 임명받았다. 경상도 진보는 오지 중의 오지였다. 끝없는 산길을 걸어서 고개를 넘고 계곡을 건너야 다다를 수 있는 곳이 진보 관아였다. 그러나 임계영은 선조가 임명한 진보현감을 물리치지 않고 받았다. 내직과 외직을 따지는 것은 신하의 도리가 아니라고 보았기 때문이었다.

"으디나 다 임금님 백성이 아닌가. 가서 내가 잘헐 수 있는 일부터 허믄 되겄제."

임계영은 가뭄에 시달리는 농사꾼들을 위해 저수지를 조성한 경험도 진보 양민들에게 도움이 될 것이라고 믿었다. 관보다는 양민들 입장에 서면 무엇이 시급한 일인지 우선순위가 판단되었던 것이다

"내 나이 서른두 살 때든가? 저수지를 맨들어 마실 앞 천수답 6백 두락을 옥답으로 바꾸지 않았던가. 여그도 사정은 마찬가지겄제."

임계영은 진보관아에 도착한 다음 날부터 관아에 비치한 모든 치부를 점고했다. 아전 중에 색리가 작성한 세금치부를 보면서 창고 곡식을 파악했다. 그리고 군교를 불러 군사치부를 펼쳐놓고 정규관군과 생업에 임하고 있는 토군의 숫자를 대조했다. 또 호방 구실아치를 불러 환갑을 넘긴 노인의 숫자를 파악했다. 때가 되면 관아로 노인을 초청해 잔치를 벌여주기 위해서였다.

마지막으로 이방에게 송사치부를 가져오게 하여 혹시 억울한 양민이 없는지 살폈다. 모든 치부를 가지고 점고하는 데만 반년이 걸렸다. 다행히 전임 현감이 선정을 하여 별다른 허물은 발견할 수 없었다. 송사로 억울함을 당하거나 부당하게 세금을 징수당한 주민도 없었다. 다만 토군의 군사치부에 죽은 양민들까지 잡혀 있어 바로 잡았다. 몇 년 전에 죽은 노인까지 군사치부에 토군으로 명기되어 있었던 것이다.

"군교, 치부에 적힌 토군 숫자가 몇 년 전이나 시방이나 같은디 여그는 불로장생허는 양민덜만 사는 곳인가?"

"아닙니더. 나이 육십을 넘기는 노인이 드뭅니더."

"몇 년 전이나 시방이나 토군 숫자가 같은께 묻는 말이여."

"아이고, 미처 고치지 못했십니더. 다시 조사하믄 토군 숫자가 많이 줄어들낍니더."

"메칠 안으로 바로 잡아놓고 보고하게."

"예, 현감 나리."

임계영은 진보에서도 천수답이 있는 산자락 계곡에 작은 저수지나 보 조성사업을 틈틈이 했다. 극심한 가뭄이 들더라도 농사꾼 양민들이 진보를 떠나지 않게 하기 위해서였다. 그러자 이웃 현의 양민들이 하나 둘 진보로 모여들었으므로 인구가 늘었다. 이웃의 현감들이 자기 현의 양민들을 빼간다고 오해할 정도였다.

어느새 진보현감에 부임한 지 3년이 지나고 있었다. 이윽고 이웃 현 감들이 사헌부에 문서를 올려 임계영을 탄핵할 것이라는 소문이 돌았 다. 임계영은 죄가 있건 없건 자신의 이름이 사헌부까지 올라가 회자 되는 것이 언짢았다. 선정을 베풀어 치적을 남겼는데도 누명을 씌우려 고 하는 현감들과 다투고 싶지 않았다. 임계영은 그런 소문을 들은 지 두 달 만에 사직하고 고향으로 돌아와 버렸다.

귀산촌으로 돌아온 임계영은 일찍이 스물다섯 살 때 돌아가신 아버 지 유택부터 찾아갔다. 스물여섯 살 때 돌아가신 어머니 유택은 아버 지 유택 옆에 나란히 있었다. 임계영은 노비가 들고 온 술을 올리고 엎 드려 소리 내어 곡을 했다. 집으로 돌아오자 형 임백영이 기다리고 있 었다. 임백영은 동생 임계영이 사직한 이야기를 다 듣더니 고개를 끄 덕거렸다.

"진보 양민덜에게 선정을 했은께 또 나라가 부를 때가 있겄제잉. 선 비란 때를 지다릴 줄도 알아야 써. 으쨌든 잘 내려와부렀그만."

"성, 집안의 기대에 부응허지 못해 미안허네."

"은젠가 또 출사헐 텐께 지달려봐. 글고 죽천 아부지 진사님께서 한 달 전에 돌아가셨어야. 노환으로 미질을 앓다가 별세허셨다고 허드라. 나는 조문을 갔다왔는디 동상도 가봐야제잉."

"아이고, 죽천 성이 을매나 상심허고 있을까, 당장에 조문 갔다가 올 라네."

"그러믄 더 좋고."

임계영은 벗었던 갓과 도포를 다시 입었다. 조문을 하려면 의관을 바르게 갖추어야 했다. 조양촌은 귀산촌에서 아주 먼 거리는 아니었다. 고개를 넘고 개울을 건널 때 한두 번 쉬다가 걸어서 갈 수 있는 거리였다.

마침, 박광전이 마당가 임시사당에서 나오고 있었다. 문상 온 조문객을 배웅하고 있는 참이었다. 박광전이 임계영을 보더니 다시 임시사당으로 들어가 곡을 했다.

"아이고, 아이고."

박광전이 곡을 하는 동안 임계영은 영위 앞에서 2배를 했다. 그러고 나서 박광전과 맞절을 했다. 임계영이 말했다.

"죽천 성, 상심이 아조 크겄그만잉."

"와줘서 고맙네. 근디 진보에서 문상하러 여그까지 온 것이여?"

"아니, 사직해불고 내려왔그만."

"그랬그만잉."

박광전은 더 묻지 않았다. 조문객들이 또 삼삼오오 무리지어 오고 있었다. 보성향교 교생들이었다. 임계영이 일어나면서 말했다.

"성 집에 또 올라네. 한 10년 초야에 묻혀 살아불라고 내려왔네."

"사랑방에서 쪼깜 지달려. 곧 갈랑께."

"그럴까?"

박광전은 보성향교에서 온 조문객을 쉬이 받고 나서 사랑방으로 들어갔다. 임계영이 서성거리고 있다가 말했다.

"진사 어르신께 세배 드리던 일이 생각나부네. 바로 이 방에서 어르신께 절을 했거든."

"삼도 동상이나 나나 오십 줄에 들어서부렀은께 벌써 삼십 년 전의 일이네."

"아이고메, 세월이 쏜 화살맹키로 빠르다고 허드니 고로코름 흘러 부렀그만잉."

"근디 동상은 으째서 사직해부렀어? 향수병 땜시 그런거여?"

"죽천 성, 우리 나이에 뭔 향수병이당가? 쪼깜 맴 상허는 일이 있어 부렀제."

"나도 베슬살이를 쪼깜 해봤지만 맴 같지는 않드라고."

"나만 잘헌다고 되는 것이 아니드랑께. 나를 곡해허고 시기허는 일이 생기드랑께."

박광전은 헌릉 참봉 시절이 생각나 씁쓸하게 웃었다. 헌릉에서 사냥하지 못하게 했더니 과천현감이 조정에 모함하여 기어코 조정회의에서 박광전을 두고 공박이 오고갔던 것이다. 생각할수록 기가 찬 사건이었다. 한 대신이 "향기로운 풀과 악취 나는 풀을 한 그릇에 섞을 수는 없는 일이오."라고 말하여 과천현감은 향기로운 풀이 되고 박광전은 악취 나는 풀이 돼버렸던 것이다.

"나도 헌릉 참봉 때 맴이 편치 못헌 일이 있었다네. 능에서 사냥을 못허게 했드니 과천현감이 나를 모함허드라고."

"죽천 성, 그래도 알아주는 사람은 공자 왈, 맹자 왈 허는 베슬아치덜이 아니라 착헌 무지렁이 양민덜이드그만. 내가 진보를 떠날 때 양민덜이 몰려나와 만고삐를 붙든 채 길을 마고 울드랑께."

"나 역시 헌릉을 떠날 때 술을 들고 와서 전별헌 사람들은 능지기 능졸덜이었다네."

울돌이가 조문객이 또 왔다고 알리자, 박광전과 임계영은 사랑방에서 헤어졌다. 임계영은 귀산촌으로 올라오면서 다시 한 번 더 초야에 묻혀 살기로 결심했다. 조정에서 자신을 알아주는 대신이 없으면 변방 외직으로만 돌다가 늙고 초라한 벼슬아치가 될 게 뻔하고, 거기다가 진보에서 그랬듯 선정을 하고서도 모함을 받아 시비에 휘말릴 수 있기 때문이었다. 조문하고 돌아온 임계영은 형 임백영에게 자신의 심정을 솔직하게 고백했다.

"성, 내 나이 오십인디 인자 출사허는 것은 포기허고 살아불라네."

"아따, 칠십이 넘어서도 임금님이 부르시믄 출사허는 대감이 있드라. 그에 비해 오십이믄 젊은 축이여. 하하하."

"성, 웃자고 헌 소리가 아니네. 우리 같은 한미헌 집안의 사람덜에게는 베슬아치 생활도 빛 좋은 개살구드랑께."

"동상 시방 무신 소리허냐. 돌아가신 아부지가 진사이셨고, 동상은 별시문과 급제자인 데다 나 역시 아부지 뒤를 이어 진사 급제자 아닌가. 우리 집이 이만헌디도 한미허다고 허믄 도대체 누가 명문가인 것이냐."

"성은 우물 안 깨구락지여. 나가 보믄 다덜 멫 대가 삼정승(三政丞) 집 자손이고, 대유(大儒)의 현손덜이드랑께."

"에린 시절에는 나보다 대차더니 은제부터 동상이 요로코름 의기소침해져부렀어. 유약헌 내가 동상을 보고 부러워했던 것은 차돌멩이같은 동상의 강단이었는디 말이여."

"성, 정말이여?"

"동상이 아니믄 누가 우리 마실에 저수지를 맨들었겄어. 동상이나 된께 항우장사멩키로 밀어부쳐부렀제. 어처께 보믄 동상은 무인 기질이 쪼깜 있등마. 진보에서 사직허고 내려와분 것만 봐도 그러제. 부딪치믄 부러져부는 성격이제. 구부러지는 성격이 아니란 말여."

"인자부터는 심신도 단련헐 겸 활도 쏘고 말도 타고 헐 생각인디 성이 어처께 내 맴을 간파해부렀는지 모르겄네."

"은젠가는 아부지가 보던 손오병서를 동상도 읽을 것이라고 생각했그만. 아부지는 천문 병법 산학(算學) 풍수까지 통달허신 분이었는디 동상이 아부지를 많이 닮았거든."

임계영은 형 임백영에게 알린 뒤 귀산촌 뒤 갈마봉 산자락에 작은 정자를 지었다. 독서당 겸 심신을 단련하는 도장이었다. 정자 옆에 석간수가 솟구치는 명천이 있어 이름을 천석정(泉石亭)이라고 지었다.

천석정 서쪽에는 거북이 모양의 기암이 자리 잡고 있었다. 귀산촌이란 마을이름이 생긴 것도 거북이바위에서 유래했다고 촌로들이 말했다. 박광전이 아버지 박 진사의 삼년상을 모시는 동안 임계영은 거북이바위 밑에서 병서에 나온 대로 무술을 연마했다. 무술은 스승 없이 혼자서 습득하는 독학이었다. 활쏘기는 글을 배우는 제자들도 함께 했다. 어떤 제자는 활쏘기를 호기심으로 시작했다가 임계영보다 더 잘 쏘았다. 제자가 물었다.

"선상님, 으째서 지덜에게 오전에는 글을 갈쳐주시고, 오후에는 거북이바위 밑으로 나와 활쏘기를 갈쳐주시는게라우?"

"첨에는 심신단련으로 시작했다만 가만히 생각해 보니 여러 가지로 유용허구나. 은젠가 보성바다로 왜구덜이 들어와 노략질했을 때 으쨌느냐? 우리가 활이라도 쏠 줄 알았다믄 그냥 당허기만 했겄냐?"

"왜구덜이 또 올게라우?"

"반다시 또 올 것이다. 우리나라가 왜구덜이 사는 땅보다 물산이 풍부헌께 또 도적질하러 올 것이다."

"긍께 선상님은 앞을 보시고 무술을 연마허고 겨시그만이라우."

"나만 고로코름 생각허는 것이 아니라 송천 선상님의 제자덜은 다 같은 생각을 허고 있드라."

"송천 선상님은 누구신게라우?"

"나주 박산마실에 사시는 분인디 죽천의 스승이다. 명나라 성절사로 댕겨오신 뒤 임금님께서 황해감사를 제수하셨는디 칭병허고 박산으로 낙향허신 문무를 겸수헌 큰 어른이시다."

임계영이 뒤늦게 송천 양응정의 예견에 동조한 것은 박광전을 만나 양응정의 학풍을 알면서부터였다. 박광전은 문무를 강조하는 양응정의 학풍보다는 오직 도학만을 탐구하라는 이황의 학풍 쪽으로 기우는 듯했지만 임계영은 그 반대였던 것이다. 임계영은 이황보다는 양응정의 학풍에 더 공감하고 칼과 활을 가까이하기 시작했음이었다.

임계영의 그러한 마음의 변화는 거창하지 않고 소박했다. 서른두 살에 마을 농사꾼들을 위해 저수지를 만들었듯 무술 역시도 왜구가 쳐들어오면 보성 양민들을 보호하기 위한 방비차원이었던 것이다.

하루는 아버지 삼년상을 마친 박광전이 천석정으로 올라왔다. 임계영은 박광전을 위로했다.

"죽천 성, 고상 많았제잉. 삼년을 꼬박 상복입고 조석으로 영우 드나듬시로 곡을 헌 선비는 아마도 성뿐일 것이네."

"삼도 동상은 나보다 효심이 더했제. 부모님 돌아가셨을 때 시묘살

210

이 3년씩 6년을 풍찬노숙헌 동상이 아닌가. 긍께 정철 전라감사가 쌀과 비단을 보내주었겄제."

천석정 기둥에는 활과 목검이 걸려 있었다. 박광전이 그것들을 보고 의아한 표정으로 물었다.

"동상, 이것덜이 뭣이여?"

"글 읽다가 따분해지믄 심신을 단련허기도 허그만."

"동상 성격으로 보믄 생뚱맞은 것은 아니제."

"아따, 성도 한때는 말타고 활쏘고 그랬제."

"송천 선상님 댁에 댕길 적에 그랬제, 옛날 일이여. 병서를 멀리 헌지도 꽤 돼부렀그만."

"심신도 단련허고 왜구덜이 또 은제 쳐들어올지 모른께 방비헐라고 제자덜도 같이 연마허고 있는디 요즘에는 제법 숫자가 많아졌당께."

"삼도 동상의 생각은 은제나 대승적이라 나보다는 남을 몬자 생각헌단 말여."

박광전은 임계영을 보면서 잊어버렸던 두 번째 스승 양응정을 생각했다. 박산마을로 낙향했다는 소식을 접했으면서도 삼년상 중이었으므로 찾아가 뵙지 못한 것이 문득 머리를 무겁게 했다. 박광전이 이맛살을 찌푸리고 있자, 임계영이 화제를 돌렸다.

"죽천 성, 우리나라에선 관동팔경, 중국에선 소상팔경을 얘기허는디 여그 귀산에도 팔경이 그만잉."

"삼도 동상, 그것이 뭣인디?"

"한 번 읊조려 볼텐께 들어보소. 동쪽에 월출봉이 있어 월색이 풍경을 빛나게 헌께 일경이요, 날아가는 봉이 죽실(竹實, 대나무씨)을 찾은 듯

봉두산이 솟아 있은께 이경이요, 남으로는 등용바다가 있어 고깃배 불빛이 밤하늘을 밝혀준께 삼경이요, 오봉금산은 기치창검을 병풍 두른 듯헌께 사경이요, 서쪽으로는 경방산에 아침 햇살이 비쳐 백조가 일자진을 친 것 같은께 오경이요, 창고봉은 노적처럼 둥근 모양을 보여준께 육경이라. 북쪽에 자리 잡은 존제산은 청청이 장성처럼 둘러쳐 있은께 칠경이요, 갈마봉엔 초동들의 피리소리가 그치지 않고 상공에 울려 퍼진께 팔경이라, 자 이만하면 가히 무릉도원이 여그가 아니겠소?”

"아따, 동상은 떡장수맹키로 갖다붙이는 재주가 아조 좋그만. 우리가 살고 있는 여그가 아름다운 것도 사실이여불고.”

자신이 살고 있는 땅을 사랑하는 임계영 나름의 팔경이었다. 비로소 박광전은 왜구 무리를 용납하지 못하겠다는 임계영의 진실한 마음을 알고 공감했다.

광해군 사부(師傅)

　　박광전은 아버지 삼년상 동안 집 안의 임시사당과 산소 밖을 떠난 적이 단 한 번도 없었다. 자식으로서 상례를 지키고자 효를 다했다. 우계정을 다시 찾은 것은 삼년상을 마치고 나서였다. 여러 어린 학동들이 찾아와 박광전에게 글을 배우고 싶어 했다. 그때마다 박광전은 독서를 권하되 《소학》을 먼저 읽도록 하였다. 《소학》이 모든 경서의 바탕이라고 판단했던 것이다. 《소학》을 읽지 않으면 사상누각처럼 배운 학문이 허물어져버리기 때문이었다. 그런 이유로 우계정에서 공부하려면 어느 학동이든 《소학》을 통독하고 와야만 입실자격이 주어졌다. 한 어린 학생이 우계정에 왔을 때도 그랬다. 박광전이 물었다.

　　"으디서 왔는고?"

　　"보성 우산리에서 온 안방준이라고 헙니다요."

　　"멫 살인고?"

　　"야달(여덟) 살이어라우."

　　"글을 배울 나이가 돼야부렀구나. 《소학》은 보았느냐?"

　　"마실 서당에서 〈외편〉은 아직 못 보고 〈내편〉은 다 읽었그만요."

《소학》 내편을 읽었다는 것은 거기까지 외웠다는 뜻이었다. 그러니까 외편은 아직 외우지 못했다는 솔직한 말이었다. 외편을 외우지 않았다면 박광전의 문하생이 되기는 일렀다. 박광전은 8세의 안방준을 바로 보내기가 미안했던지 말을 더 시켰다.

"그럼, 한 가지 묻겠다. 〈내편〉의 입교편(入敎篇) 첫 문장을 외어보그라."

"예, 산상님."

어린 안방준은 무릎을 꿇은 채 《소학》 내편 첫 문장을 큰소리로 술술 외웠다.

자사자(子思子)가 말하기를 "하늘이 사람에게 명령한 것을 성(性)이라 이르고, 성에 따르는 것을 도(道)라 이르며, 도를 닦는 것을 가르침(敎)이라 이른다."라고 하였다.

하늘의 밝은 명령을 법칙으로 하고, 성인의 법도를 좇아 이 편(篇)을 지어, 스승 된 자로 하여금 가르칠 바를 알게 하며 제자 된 자로 하여금 배울 바를 알게 한다.

子思子曰 天命之謂性 率性之謂道 修道之謂敎

則天明 遵聖法 述此篇 俾爲師者 知所以敎 而弟子 知所以學

박광전의 얼굴에 미소가 가득 퍼졌다. 최근에 찾아온 학동을 보고 이처럼 흡족해 한 적은 없었다. 박광전이 자상하게 글의 뜻을 설명해 주었다.

"주자(朱子)는 이 글에서 자사의 말을 인용하여 가르침의 유래를 밝히고, 스승 된 자와 배우는 자 자에게 바른 방향을 제시하는 것이 입교편을 쓰는 까닭이라고 말했느니라."

"예, 선상님, 영념허겄습니다요."

"그러면 내편 가운데 니가 가장 좋아하는 문장을 외와보그라."

"예, 선상님."

맹자께서 말씀하시기를, "벗과 사귈 때에는 나이 많은 것을 내세우지 않으며, 존 귀한 세도를 내세우지 않으며, 형제가 많은 것을 내세우지 않고 벗을 삼는 것이니, 벗을 삼는다는 것은 상대의 덕성(德性)을 벗하는 것이니라. 그러니 자신이 남다르다 는 점을 개재시키지 말아야 한다."라고 하셨다.

孟子曰 不挾長 不挾貴 不挾兄弟而友 友也者 友其德也 不可以有挾也.

박광전은 몹시 만족하여 입을 다물 줄 몰랐다. 모처럼 영민한 학동 을 만났기 때문이었다. 그러나 자신이 세운 우계정 입실방침은 지켜야 했다. 아쉽지만 박광전은 어린 안방준을 돌려보내면서 말했다.

"니를 잊지 않겄느니라. 《소학》〈외편〉까지 읽고 나를 찾아오믄 나 는 니를 반갑게 제자로 맞아줄 것이니라."

"선상님, 1년이 걸릴지 2년이 걸릴지 모르겄으나 반다시 《소학》〈외 편〉은 물론 《논어》까지 외와 바치겄습니다요."

"니는 이미 스승한테 배울 바를 알고 있는 것 같구나."

어린 안방준은 짧은 시간이었지만 박광전에게 강한 인상을 남기고 떠났다. 박광전은 보성 우산리에서 왔다는 안방준이 장차 자신의 이름 을 스스로 드높이는 선비가 될 것이라고 예감했다.

어린 안방준이 우계정에 왔다 간 다음 해 가을이었다. 박광전으로서는 생소한 동빙고 별좌를 제수 받았다. 동빙고와 서빙고는 예조에서 관리, 감독하는 기관이었다. 아마도 예조판서가 추천하여 선조가 정5품의 별좌에 임명했을 터였다. 정5품의 지위보다는 얼음을 캐고 관리하고 배분하는 일이 박광전에게는 생뚱맞았다.

동빙고에서는 얼음 1만 244정(丁), 서빙고에 13만 4,974정을 보관했다. 동빙고는 빙고 1동으로 음력 3월 1일부터 가을 상강(霜降)까지 왕실의 제사에 필요한 얼음을 공급했으며, 빙고 8동을 운영한 서빙고의 얼음은 왕실과 고급 관리, 의금부 전옥서 죄수들까지 나누어주었다. 또 창덕궁 안에 별도로 내빙고를 두어 궁궐의 얼음 수요를 맡았다. 임금의 하사품 중에 한여름에는 얼음이 최고 인기품목이었다. 그래서 임금은 늙은 신하들과 특별하게 공이 있는 사람에게 빙표를 하사했다. 석빙고로 빙표를 들고 가면 별좌의 감독 아래 얼음을 내주었던 것이다. 어느 해인가는 한여름에 도둑이 들어 얼음을 도둑맞은 적도 있었으므로 삼복이 되면 파견 나온 군사들이 석빙고 경계를 더욱 강화했다.

좋은 얼음을 얻고자 저자도(뚝섬)까지 가서 한강의 얼음을 채취하였다. 얼음 채취는 매년 1월 소한(小寒)과 대한(大寒) 사이에 주로 이루어졌고, 얼음이 4치(12센티) 이상 얼었을 때 대형 톱으로 잘라내었다.

이 일은 오위도총부 소속의 군사들과 한강변 양민들이 나라의 부역으로 담당했다. 양민의 우마차 역시 별좌의 권한으로 사대문 밖의 마을에서 차출했다. 한양에 역병이 돌았을 때는 소들이 죽었으므로 우마차를 운영하기가 쉽지 않았다. 얼음 채취는 쉬운 일이 아니어서 역군들이 빙판에 미끄러져 찰과상, 골절상을 입는 경우가 많았다. 따라서 겨울만 되면 빙고 부역을 피해 달아나는 군사와 강변 양민들이 생겨났다. 이 때문에 세종은 얼음을 캐고 저장하는 빙고 역군들에게 술 830병, 어물 1,650마리를 하사하여 역군의 사기를 올려주기도 했다. 또 의원을 보내 얼음 캐는 역군의 동상을 치료했다.

캐낸 얼음은 가로 20(70-80센티미터)여 치, 세로 30(1미터)여 치 이상이 되도록 대형 톱으로 썬 뒤에 우마차를 이용해 석빙고로 옮겼다. 석빙고에 도착한 얼음은 볏짚과 쌀겨 등으로 포장하여 층층이 쌓았다.

그런데 친지들이 박광전의 출사를 만류했다. 동빙고 별좌 자리는 고생만 하고 비난을 들을 수밖에 없는 벼슬이라는 것이었다. 삼복더위에 얼음을 받은 신하는 박광전에게 호의적이겠지만 그렇지 못한 이는 섭섭하다고 할 것이기 때문이었다.

박광전 역시 망설이지 않았다. 임금에게 예를 표하고자 대궐로 나아가 사직하고 우계정으로 곧장 돌아왔다. 우계정은 폭설로 뒤덮여 눈 세상으로 변해 있었다.

'아이고메, 온 시상이 설백백(雪白白) 설백백이로구나!'

"선상님, 말씀대로 돌아오시는그만요."

제자들이 빗자루를 들고 쌓인 눈을 쓸 채비를 했다. 그러자 박광전이 말렸다.

"오늘은 눈을 쓸지 말그라. 눈도 뜻이 있어 내린 것이 아니겠느냐."

"그라믄 칙간 가는 길허고 대원사 가는 길만 쓸겠습니다요."

"여그도 사람 사는 곳인께 최소한으로 댕길 디는 쓸어야제. 그러 거라."

흰 눈은 마음이 어수선했던 박광전을 가만히 위로했고, 도학자 본연 의 모습으로 되돌아가게 해주었다. 그러나 선조는 박광전을 그대로 놓 아주지 않았다. 이번에는 시강원 왕자사부(王子師傅)를 제수하였다. 왕 자사부는 세자시강원(世子侍講院)에서 세자에게 경서(經書)와 사기(史記) 를 가르치던 정1품의 관직이었다. 세자와·세손의 스승으로서 특히 도 의(道義)를 중요시하였다. 대개의 경우 사부는 영의정이, 부사(副師)는 좌, 우의정 중의 한 사람이 겸임하였다. 그러나 예외적으로 관직과 품 계에 상관없이 덕행이 뛰어난 데다 충직하고 도가 있는 선비도 왕자사 부가 될 수 있었다.

박광전이 바로 그런 경우였다. 박광전에게는 더없이 영광스러운 자 리였다. 박광전은 우계정 강학을 고참 제자들에게 맡기고 한양으로 올 라갔다. 한양에 있는 동안에도 편지를 주고받으며 강학을 계속하기로 했다.

박광전은 시강원 왕자사부, 남명 조식의 제자인 허락은 부사로서 소 임을 보기 시작했다. 박광전은 왕자 광해군에게 글을 정밀하고 명확하 게 이해시키면서 도의와 덕성을 함양하는 데 주안점을 두었다. 반면에 부사 허락은 광해군에게 경서와 사기를 가르쳤다. 승지로부터 박광전 이 열성적으로 광해군을 가르친다는 보고를 받은 선조는 몹시 흐뭇하 여 광해군을 따로 불러 당부했다.

"글 읽는 것만 집중하면 뜻을 명확히 알지 못하게 되느니라. 마땅히 도학선비 박사부의 강의를 따라야 하느니라."

"예, 아바마마. 명심하겠습니다."

얼마 후에는 선조가 박광전을 별궁으로 불러 사은서에서 빚은 술을 하사했다. 그러나 박광전은 은잔에 담긴 술을 반만 마시고 마룻바닥에 엎드렸다. 옆에 있던 우두머리 내시인 장번내시가 아뢨다.

"전하, 박사부는 술을 즐기지 않는 선비이옵니다."

"드문 일이구나."

"예, 전하."

얼마 뒤, 선조는 광해군을 불러 물었다.

"박사부는 술을 마시지 못하느냐?"

"천성적으로 마시지 못합니다."

선조는 드문 경우라고 여기며 고개를 갸웃거리다가 대취해서 실수한 대신들이 연상되어 생각을 바꾸어 말했다.

"잘 듣거라. 술로 인하여 덕을 잃는 사람이 많으니 마시지 못하는 것도 또한 잘된 일이 아니냐?"

"언젠가 저도 술에 취해 고성을 지르고 아름답지 못한 행동을 하는 선비를 보았사옵니다. 술이 사람을 돌변케 하는 것 같았습니다."

"잘 보았다. 술이 약이 되기도 하지만 독이 되기도 하느니라."

이후 선조는 박광전에게 술을 대신해서 자색과 홍색 명주를 각각 한 단씩 하사하였다. 명민한 광해군과 선조가 인정하는 박광전은 신뢰를 쌓아갔다. 광해군은 박광전에게 궁궐에서 일어난 일을 미주알고주알 전하기도 했다. 광해군은 사심 없이 선의로 한 얘기였지만 박광전은 불편할 수밖에 없었다. 그날도 광해군이 궁중의 일을 한바탕 쏟아내려고 했다. 이번에는 박광전이 결기 있게 말했다.

"마땅히 정성을 다해 효도하고, 공손히 자식의 직분을 다하는 이야기는 언제든지 말씀하십시오, 허나 이 외에 궁중의 일을 신은 더 이상 들을 수 없습니다."

광해군이 머쓱한 표정을 지었다. 자신의 이야기를 들어주는 사람은 오직 박광전 사부라고 생각했는데, 무안을 당해서였다. 광해군은 약간 실의에 빠진 표정으로 박광전에게 절하고 물러갔다.

어느 날인가는 박광전의 귀에 의롭지 못한 이야기가 들려왔다. 광해군의 어머니 공빈 김씨의 친정 사택 부근에 절이 하나 있는데, 그곳에 금표(禁標, 출입을 금지하는 말뚝)를 세워놓고 갖은 횡포를 부리는데도 관아에서 어찌지 못한다는 이야기였다. 박광전이 강의를 시작하기 전에 광해군에게 말했다.

"절은 왕자의 사유물이 아닙니다. 어찌하여 절 입구에 금표를 세워 승려들의 출입을 막습니까? 이는 비록 작은 일이지만 의리를 해침은 실로 큽니다."

광해군으로서는 금시초문이었으므로 놀라지 않을 수 없었다.

"내가 아는 바가 아닙니다."

"금표에 대한 이야기가 궁중에 자자합니다."

"알아본 뒤 시정하도록 하겠습니다."

광해군은 즉시 가까운 사람을 외가로 보내 알아보았다. 과연 외가 마을의 절 입구에 금표를 세워놓고 외가 친족들이 절 소유의 땅에서 이익을 취하고 있었다. 즉시 광해군은 왕실 명의로 유지를 내려 금표를 뽑아버리도록 조치했다. 박광전은 이밖에도 광해군의 덕성을 기르는데 매진했다.

하루는 광해군이 머리를 주옥으로 장식하고 강의에 임했다. 진작부터 지적하려고 했지만 왕자들의 전통이었으므로 참아왔던 문제였다. 박광전은 더 인내하지 못했다.

"부녀자도 그렇게 함이 옳지 않은데 하물며 남자가 이런 사치스런 물건을 쓴단 말입니까?"

"아무 생각 없이 머리에 주옥을 달고 다녔습니다."

"어찌하겠습니까?"

"부모(傅姆, 유모)에게 풀어내도록 하겠습니다."

광해군은 강의가 끝난 뒤 부모(유모)를 찾아가 주옥을 머리에서 풀어버리도록 부탁했다.

"상서롭지 않으니 주옥을 풀어버리시오."

유모는 의아해했다.

"상서롭지 않다고 해서 떨쳐버림은 선대 조정에서 예로부터 해온 일인데 갑자기 폐할 수 있겠습니까?"

"사부의 말씀이 있었는데 내가 어찌 감히 따르지 않겠는가? 부모(유모)가 해주지 않는다면 내가 하겠소."

광해군은 그 자리에서 스스로 주옥을 풀어버렸다. 이때가 선조16년 (1583) 박광전의 나이 58세 때의 일이었다. 11세의 안방준이《소학》내편과 외편을 다 외우고 우계정으로 와서 입실한 때이기도 했다.

그해 여름 시강원 왕자사부 임기가 만료되자 선조는 박광전에게 사헌부 감찰을 제수했다. 사헌부 감찰은 정6품의 벼슬로 날마다 임금과 독대하고 조정의 여러 기관을 감찰하여 기강을 바로세우고 풍속을 바로잡는 요직이었다. 이 역시 박광전의 성정에는 맞지 않는 자리였다.

박광전은 자리를 고사했다. 그러자 선조는 겨울이 돼서야 박광전에게 함열현감을 제수했다.

시민여상(視民如傷)

　　새벽부터 눈이 나붓나붓 내리고 있었다. 이른 아침에는 삭풍이 삼각
산을 넘어왔다. 눈은 삭풍에 섞이어 눈보라로 변했다. 눈보라가 몰아
치자 낙엽을 떨어뜨려버린 나목의 빈 나뭇가지들이 거풋거렸다. 박광
전은 이른 아침에 광해군이 묵고 있는 사저로 갔다. 함열로 떠나는 날
이었다. 마침 광해군은 사저에 있었다. 눈보라의 기세가 거세지자 별궁
활터에서 습사를 하려다가 사저로 돌아와 버렸다. 눈보라 치는 날에는
명중률도 낮았고, 무엇보다 손이 곱아서 활을 다루기가 어려웠던 것이
다. 박광전이 광해군의 사저 밖에서 인사했다.
　　"광해대감님, 신은 인자 길을 떠날라고 헙니다."
　　"사부께서 눈보라가 치는 날에 꼭 떠나야겠습니까?"
　　"전하의 명을 받았은께 지체해서는 안 됩니다."
　　광해군이 아쉬워서 수심에 잠긴 표정을 지었다. 그러더니 한마디
했다.
　　"사부가 떠나시는데 사저 있을 수만은 없습니다. 한강까지라도 전
송하겠습니다."
　　"광해대감님은 사사로운 일로 성 밖을 드나들 수 읎습니다."

"그래요? 사부 말씀을 따르겠습니다."

"어느 때가 될지는 모르겠으나 신은 다시 뵙기를 기다리겠습니다."

"하필 궂은 날이어서 마음이 심란합니다. 과천역에는 나를 잘 아는 찰방이 있으니 내 지시라고 한 뒤 말을 빌려 타고 내려가십시오."

"부임지로 가는 길을 보살펴 주시니 고마울 뿐입니다."

"마음 같아서는 함께 가고 싶지만 사부께서 성 밖을 나서지 못하게 하니 별 수 없습니다."

박광전과 광해군은 그 자리에서 이별했다. 광해군은 이별주를 한 잔 마시고 싶었지만 박광전이 술을 싫어했으므로 두 손을 맞잡고 흔든 뒤 헤어졌다. 박광전은 저자도(뚝섬)까지는 걸어서 갔다가 한강을 건넌 뒤 에는 과천역에서 말을 빌려 탈 생각을 했다. 광해군이 과천역 찰방을 안다고 하니 말을 빌려 타는 데는 어려움이 없을 터였다. 승정원에서 발행한 임금의 교지를 내민다고 해서 아무 때나 말을 빌려주는 것은 아니었던 것이다.

사흘 후.

박광전은 탈 없이 함열 관아에 도착했다. 겨울을 나면서는 아전들이 기록해 놓은 문서를 보거나 세금치부나 군사치부, 송사치부 등을 점검 했다. 전임 현감의 선정 덕분에 작은 허물들이 더러 보였지만 큰 문제 점은 없었다. 박광전이 주안점을 둔 점검은 양민들의 억울함을 살피는 것이었다. 송사치부는 비교적 깨끗했다. 좀도둑의 신고가 있기는 했지 만 살인 같은 사건은 최근 몇 년 동안 단 한 건도 없었다.

이는 전임 현감이 양민들을 잘 다스린 공도 크지만 무엇보다 현감을 보좌한 세습아전들의 수고도 인정해 주어야 했다. 박광전은 구실아치 세습아전들에게 술과 쌀을 주어 포상했다.

"앞으로도 나는 그대덜 수고를 모른 체 허지 않을 것인께 더욱 분발해야 써."

"현감 나리님께서 지덜 고상을 알아주신께 일헐 맛이 더 나그만요."

늙은 이방이 아전들을 대표해서 말했다. 이후 세습아전이나 젊은 서객(書客) 등은 사심 없이 박광전을 보좌했다. 박광전은 입춘 날 관아의 현감 방에서 벼루에 먹을 갈았다. 묵향이 코끝을 스치자 붓을 들었다. 장지에 네 글자를 써서 방벽에 붙였다.

〈시민여상(視民如傷)〉

함열 양민들을 자애롭게 다스리겠다는 다짐이었다. 시민여상이란 다친 사람을 보살피듯이 백성들을 사랑하고 가엽게 여긴다는 뜻으로 《춘추좌전(春秋左傳)》 애공(哀公) 원년조에, '나라의 흥성은 백성 대하기를 다친 사람을 보는 것처럼 하는 데 있으니 이게 복이 되고, 나라의 쇠망은 백성을 흙이나 쓰레기 같은 하찮은 것으로 여기는 데 있으니 이게 재앙이 된다(國之興也 視民如傷 是其福也 其亡也 以民爲土芥 是其禍也)'라는 문장에서 유래한 말이었다.

봄에 주로 하는 공무는 몸소 관내를 순방하면서 농사와 잠업을 권장하는 일이었다. 농사와 잠업은 시기가 중요하기 때문이었다. 논밭으로 들어가 직접 일손을 도와주지는 못했지만 일하는 양민들을 위로하고 격려했다. 그러자 양민들이 박광전을 부모 대하듯 가깝게 다가오곤 했다.

삼복더위가 기승을 부리는 농한기에는 향교에 나가 교생들에게 도의(道義)를 가르쳤다. 훈도와 교수가 애를 썼지만 교생들의 입학이 뜸했던 향교가 갑자기 북적거렸다. 한꺼번에 수십 명의 교생들이 몰려들어 강당에 다 들어가지 못하고 툇마루와 처마 밑에서 박광전의 강의를 들었다. 장난기가 많은 교생이 강학 분위기를 흐트러뜨리는 일이 종종 있었지만 박광전은 화난 표정을 얼굴에 나타내지 않았다. 뿐만 아니라 박광전은 명민하고 품행이 방정한 교생을 보았을 때도 기쁜 표정을 감추었다. 이처럼 교생들을 대할 때는 일거수일투족을 무겁게 하여 믿음을 주었다.

가을에는 세금을 법에 맞게 거두되 가혹하게 물리는 일이 없었다. 세금을 관장하는 아전 색리에게 신신당부를 했던 것이다. 관아의 씀씀이를 그때그때 기록하고 절약하니 창고를 점고해 보면 늘 곡식이 가득 차 있었다. 그렇다고 창고의 자물쇠를 잠가놓은 것만은 아니었다. 호방에게 지시했다.

"병들어 농사짓지 못헌 양민덜을 파악허게."

"예, 현감 나리."

얼마 후, 호방이 수소문하고 마을을 돌아다니며 조사해 온 치부를 박광전에게 올렸다. 그러자 박광전이 창고를 열어 병든 양민들을 굶지 않게 해주었다. 관아의 노비들이 밤에 담을 넘어가 마작놀이를 하는 등 행동이 문란한 것을 발견하고는 엄하게 다스렸다. 일찍이 조양집에서는 노비가 비록 실수를 하더라도 허물을 묻지 않았지만, 관아에서는 질서를 바로잡기 위해 매를 들었다. 그러자 관아노비뿐만 아니라

내아 부엌의 구실아치들까지도 조심했다.

겨울이 되자 광해군이 박광전에게 편지와 납약(臘藥)과 붓, 먹 등을 보내왔다. 납약이란 임금이 가까운 신하들에게 나누어주는 약을 말하는데, 해마다 섣달에 내의원에서 소합원, 안신원, 청심원 등을 지어 임금에게 바쳤던 것이다. 병약한 박광전은 납약을 요긴하게 복용했다. 광해군이 여러 선물 중에서 납약을 보낸 것은 유달리 몸이 약한 박광전의 체력을 잘 알고 있었기 때문이었다.

박광전은 광해군이 보낸 붓과 먹을 사용해 왕자사부 시절이 그립다는 내용과 광해군의 독서를 궁금해 하는 답서를 써서 한양으로 올라가는 관아의 통인에게 주었다. 박광전은 납약을 복용한 덕분인지 다음해 한 해는 고뿔 한 번 걸리지 않았다. 을유년(선조18년, 1585)을 무탈하게 보내는 동안 기억에 남은 만한 일이 있다면 해동명필이었던 선조 위남공의 필적을 운 좋게 얻은 행운이었다. 위남 박희중(朴熙中)은 영암군수를 지내다가 세종 3년(1422)에 회례사로 일본에 가서 왜구들의 노략질을 따지고, 피로인(被擄人, 왜구에게 끌려간 포로)을 쇄환하는 일에 실효를 거두었으며, 이 공으로 정3품의 예문관 직제학(藝文館 直提學)에 올랐던 인물이었다.

박광전이 61세 되던 해에는 임해군(광해군 동복형)도 박광전의 몸이 약하다는 것을 뒤늦게 알고 환약(丸藥)을 함열 관아로 보내왔다. 박광전은 기쁘면서도 한편으로 병약한 자신을 탓했다.

"몸 간수를 못헌께 왕자대감님덜이 수고룹그만 대원사 주지는 몸땡이에 병 옮기를 바라지 말고, 병을 양약으로 삼아 살라고 했는디 그게 쉽지 않그만."

병이 없으면 탐욕이 생기기 쉬우므로 '병 없기를 바라지 말라'고 했을 터이고, 탐욕이란 부질없는 욕심일 것이었다. 우계정 위에 있는 대원사의 주지가 말했을 때 박광전은 바로 이해했던 기억이 났다.

어느새 함열 현감 자리도 임기가 다 돼가고 있었다. 그때 뜻하지 않는 사건이 발생했다. 전라감사가 감영의 미모가 출중한 계집종에게 현혹되어 그녀가 말만 하면 다 들어주었다. 여러 군에서도 그 계집종에게 뇌물을 보내왔다. 전주부윤도 그 계집종에게 적잖은 뇌물을 주었다.

그런데 그런 사실이 어사에게 알려졌다. 어사는 박광전의 성균관 동기였다. 감사와 부윤은 박광전이 계집종과 얽힌 추문을 알려주었을 것이라고 의심했다. 결국 감사와 부윤은 모함하는 장계를 올려 박광전을 파직케 하였다. 박광전은 차제에 부실해지는 몸을 회복하고자 아무런 변명도 하지 않고 받아들였다.

박광전은 공문서를 받아든 날 당일에 떠나려고 행장을 꾸렸다. 조양집에 가는 동안만 먹을 양식을 챙기고 그 밖에는 손을 대지 않았다. 창고에는 곡식이 치부에 적히지 않은 잉여분이 수천 석에 이르렀다. 이방이 말했다.

"이를 처분하시지 않으믄 아마도 허튼 곳으로 돌아가불게 될 것입니다요. 청컨대 감사에게 보고허시어 국고에 저장시켜야 허겠그만요."

그러나 박광전은 후임 현감을 믿었다.

"후임 현감이 어찌 감히 멋대로 사용하겠는가? 또 이방의 말처럼 한다믄 내 공을 자랑허는 것이 된다네. 이전에 양자징(梁子澂) 군이 거창으로 부임헐 때 내가 전송허는 시를 지어 주기를 '백성들 흩어진 마음을 부르니, 화답하는 자 그 은혜를 따르네. 말고삐 당겨 어사에게 알리면, 칭송의 덕이 큰 비석에 새겨지리. 이를 보는 자 곧 이마에 땀이 나고, 몸이 움츠려 병 걸린 듯하리라.' 해부렀는디, 내가 어쩌게 감히 이 말을 잊어불겠는가? 늘 시속(時俗)을 살펴보믄 쬐깐헌 은혜를 꾸며서 교묘허게 높은 명예를 구허든디, 이는 모두 자신을 속이는 무리덜이 아닌가. 내가 누구를 속이겠는가? 그런디 내 맘을 속이겠는가?"

우계정으로 돌아온 박광전은 나날을 모처럼 편안하고 즐겁게 지냈다. 안방준 같은 제자를 가르치는 강학 자체가 더없이 좋았던 것이다. 얼마 후 임계영 형제를 만나서는 회포를 풀기도 했다. 그러나 마음이 편안한 날만 있는 것은 아니었다. 보성은 바다를 끼고 있기 때문에 왜구들의 침입이 잦았다.

더욱이 선조 20년(1587) 2월 흥양 손죽도에 18척의 왜구 선단이 몰려와 벌인 왜변은 큰 충격을 주었다. 왜구의 무리가 이전과 달리 대규모였기 때문이었다. 손죽도와 선산도(현 완도군 청산도)는 왜구들의 노략질로 쑥대밭이 되었다. 손죽도에서는 녹도만호 이대원이 용감하게 싸우다가 순절했다.

보성군수가 보성의 재야선비들을 열선루로 불러 왜구들의 침입에 대비하자고 호소했다. 박광전과 임계영은 퇴각한 왜구들이 다시 나타난다면 반드시 힘을 모으겠다고 군수를 안심시켰다. 실제로 임계영은 제자들에게 글과 무술을 함께 가르치고 있었으므로 힘이 될 수 있었다. 박광전도 일찍이 양응정 문하에서 활쏘기아 병서를 읽힌 적이 있어 무술이 생소한 것은 아니었다. 군수를 만나고 돌아오는 길에 박광전이 말했다.

"붓을 놓고 칼을 들 시기가 다가오는 것 같은디 동상 생각은 으쩐가?"

"죽천 성, 나는 진작에 예감했당께. 왜구덜이 명종임금님 을묘년 때 남해안에서 분탕질을 크게 허드니 요번 손죽도에서 또 변을 일으킨 것을 보믄 아마도 미구에 겁나게 큰 왜군이 몰려올 것이 틀림읎당께."

"동상 말이 옳네. 에렸을 때 본 건디 말이시, 쬐간헌 파도가 두어 번 오다가 집채만헌 파도가 몰려오드라고. 그런 이치로 보믄 분명허네."

그런데 박광전은 선조의 부름을 받고 또 출사했다. 시국이 심상치 않으니 자신의 생각대로만 살 수는 없었다. 장원서의 장원(掌苑)을 임명받고 즉시 집을 나섰다. 그러나 한양으로 가는 도중에 벼슬이 바뀌었다. 선조는 박광전에게 내린 벼슬이 잘못된 것인 줄 알고 바로 시정하여 회덕현감(현 대전 대덕구)을 제수하였던 것이다.

회덕은 보성과 한양의 중간쯤에 위치한 현이었다. 박광전은 역참에서 빌린 말을 타고 나흘 만에 회덕에 도착했다. 회덕 관아는 이전에 부임했던 함열 관아와 분위기가 달랐다. 왕실 종친이 그악스럽게 세도를 부리고 있었다. 회덕의 어느 양민과 왕실 종친 간에 노비 문제로 송사를 벌여 왔는데, 양민의 손을 들어주려던 관원이 11명이나 바뀌었다는 것이었다. 바로 전 현감도 왕실 종친의 눈치를 보며 재판을 차일피일 끌다가 다른 현으로 부임해 가버렸다고 늙은 이방이 하소연했다.

송사치부를 들여다본 박광전은 왕실 종친이 양민의 노비를 빼앗아 간 것을 확인하고는 바로 재판을 열어 양민에게 승소판결을 내렸다. 양민은 자신의 노비를 빼앗겼다고 억울해 하고, 왕실 종친은 노비가 스스로 자신에게 왔다고 억지를 부린 송사였던 것이다.

"관아의 군교는 듣거라. 왕실 종친 집으로 간 노비를 원래의 주인에게 데려다주도록 하라."

"예, 현감 나리."

관아의 군사를 훈련시키는 다부진 군교였다. 군교는 군사 두 사람을 앞세우고 왕실 종친 집으로 가서 노비를 불러내 원래 주인에게 돌려주었다. 노비는 입이 있지만 왕실 종친이 두려워서 마음속의 말을 못한 채 관아의 처분만 바라고 있었다.

그러자 왕실 종친은 사헌부에 자신의 권세를 믿고 박광전이 안하무인으로 공무를 집행한다고 모함했다. 사헌부 감찰은 왕실 종친 앞에서 가져온 문안을 보더니 그 자리에서 곡직(曲直)을 가렸다.

"이 문안을 보니 시비가 분명합니다. 나는 감찰로서 임금님에게 박광전을 포상하라고 건의하겠습니다. 양민의 억울함을 풀어주었으니 재판을 잘한 것이 아닙니까?"

"감찰이 승급할 수 있도록 도와주려고 했는데 생각을 바꿔야겠소."

"나는 그런 도움을 받고자 이 자리에서 일하는 사람이 아니니 돌아가십시오."

왕실 종친은 기가 꺾인 채 사헌부를 나와서 이후부터는 입을 다물었다. 박광전은 강직한 성품을 꺾지 않고 회덕에서 3년을 보냈다. 흉년이 든 기축년 가을에 재상어사(災傷御使) 우준민이 회덕에도 내려와 감사를 했다. 재해로 인하여 곡식의 피해상황을 실제로 조사하고 감정하는 임무를 맡은 어사를 재상어사라고 했다. 그런데 양민들의 농사 피해상황을 어사가 건성으로 했다. 박광전이 참지 못하고 재상어사와 고성을 지르며 다투었다. 재상어사가 분을 이기지 못하고 선조에게 박광전의 파직을 건의했다. 결국 박광전은 또 조양 집으로 가기 위해 짐을 꾸렸다. 이에 회덕 사람 강부(姜符)가 시를 지어 박광전의 떠남을 아쉬워했다.

> 맑은 절개가 백옥대(白玉臺, 관사)에 성하니
>
> 어찌 조, 등(曹, 鄧: 산동성 제후국들) 같은 소국의 채목이랴
>
> 주공과 공자가 서로 전수하지 않았는데
>
> 시례(詩禮)와 거문고 소리 크게 열렸네
>
> 회계(회덕을 상징)에서 삼년도 채우지 못했건만
>
> 어사는 어찌하여 구월에 왔는가
>
> 작수(酌水, 물을 떠놓고 이별)할 때에 끼친 사랑 다시 알았는데
>
> 찬바람 부는 벼슬길이 마음을 어지럽히네.

박광전은 보성으로 돌아왔지만 고향은 예전 같지 않았다. 흉흉한 소문이 떠돌았다. 해안에 살던 어민들과 바닷가에서 해초를 뜯고 사는 보자기 무리가 유랑민이 되어 어디론가 떠나고 있었다. 유랑민의 긴 줄이 들판에 보였다가는 사라지곤 했다. 왜구들이 또 쳐들어온다는 소문 때문에 붙박이로 살던 곳을 떠나는 무리들이었다.

전라좌수영

한여름 중복 날이었다. 불볕더위가 나뭇잎을 축축 늘어지게 기승을 부렸다. 박광전은 우계정 강학을 잠시 멈추고 조양 집으로 돌아와 있었다. 조양 집으로 친지들이 하나 둘 찾아와 수년 만에 이야기꽃을 피웠다. 마당이 끓는 솥단지처럼 뜨거우니 앞뒤로 트인 마루는 다른 곳보다 시원했다. 뒤는 대숲이었다. 마당과 마루 간의 기온 차이 때문에 대숲바람이 돌았다. 친지들과 모처럼 보양식 삼계탕을 놓고 둘러앉아 먹으니 제법 강호(江湖)의 멋이 느껴졌다.

친지들은 하나 둘 오후 늦게야 물러갔다. 아무리 오랜 만이라도 한 끼 이상을 신세지지 않는 것이 친지들 간에 법도였다.

그런데 그때 두루마기 차림의 낯선 늙은이가 찾아왔다. 허연 수염 때문에 60대 중반으로 보였다. 박광전과 나이가 비슷한 셈이었다. 삼복더위에도 불구하고 정갈한 두루마기 차림이 예사롭게 보이지 않았다. 낯선 늙은이가 말했다.

"한 번 인사 오려고 했는데 기회를 놓쳤습니다. 댁에 와 계신다는 소식을 듣고 늦은 시각에 염치없이 왔습니다."

"어서 올라와부씨요. 저녁 무렵이라고는 허지만 날씨가 무자게 덥

그만요."

"맞아주시니 감사합니다."

낯선 늙은이는 경기도 말씨를 쓰고 있었다. 그러니 보성 사람이 아
닌 것만은 분명했다. 두 사람은 마루에서 맞절을 했다. 그가 먼저 자신
의 신분을 밝혔다.

"이욱이라고 합니다. 원래는 경기도 광주에서 살다가 귀산촌 아래
대곡촌 사초마을에 정착한 지 수년이 지났습니다. 진즉 뵀어야 했는데
원래 돌아다니기를 좋아하지 않는 성정 탓에 늦었습니다."

"아이고, 지가 임금님 명으로 객지를 수년을 돌아댕겼은께 그러셨
겠지라우. 근디 보성으로 내려오신 특별헌 이유라도 있는게라우?"

"본래 은둔, 은거하는 것이 성정에 맞아 여기저기 찾다가 대곡촌 사
초마을에서 뼈를 묻기로 했지요."

"사초마실이 으디인게라우?"

"귀산촌 밑인데 원래 있었던 마을이 아니지요. 저를 따르는 친지들
이 몇 가족 따라와 마을로 구색이 갖춰졌을 뿐입니다."

그제야 박광전이 자신의 이름을 말했다.

"지는 박광전이그만요."

"존함을 익히 들어 알고 있습니다. 저는 경주 이가, 이욱이라고 합니
다. 글은 좀 읽었습니다만 벼슬에 뜻이 없어 보성 사초마을까지 내려
왔습니다."

토방 밑 처마그늘에는 20대 중후반의 청년 두 사람이 서 있었다. 이
욱을 따라온 청년들이었다. 이욱이 통성명을 하고 난 뒤 청년들을 보
고 말했다.

"인사 드려라. 왕자사부를 지내신 큰 어른이시다."

"예."

"손자덜이그만요."

"친손자는 아닙니다. 제가 먼저 내려와 터를 잡았고 친지들이 뒤따라 올 때 내려온 총생입니다."

두 청년이 마루로 올라와 박광전에게 큰절을 했다. 이에 박광전이 덕담을 했다.

"보성으로 와서 살아준께 고맙네잉."

"저는 이봉수라고 합니다. 경기도 광주에서 살다가 선친을 따라왔습니다."

"선친이라고 말허는 것을 본께 부친께서는 여그서 돌아가셨는가?"

"예, 사초마을 뒷산에 모셨습니다."

"조부님은 어떤 분이신가?"

"이(李)자, 도(都)자이십니다. 큰 벼슬을 지내시고 경기도 광주에서 돌아가셨습니다."

옆에 있던 청년도 말했다.

"저는 이방직이라고 합니다. 제 조부님도 이자, 도자이십니다. 봉수 형하고는 사촌 간입니다."

"큰 손을 보니 활을 잘 쏘겄는디 병법을 쪼깜 아는가?"

"봉수 형이나 저는 별시무과에 급제한 적이 있습니다."

"으짠지 손이 솥뚜껑멩키로 쿰마. 무과급제자덜이라서 그랬그만."

두 사람 모두 경기도 광주에 살 때 별시무과에 급제한 사람들이었다. 이봉수는 10여 년 전인 선조13년 별시무과를 응시해 44명 중에 35

위 후순위로 합격한 탓에 벼슬을 바로 받지 못하고 기다리다가 사초마을로 내려왔고, 이방직도 사정은 엇비슷하였다. 박광전이 말했다.

"자네덜 앞으로 계획은 뭣인가?"

이봉수가 먼저 말했다.

"아버님 3년 시묘도 끝났으니 이제는 집을 떠나 전라좌수영으로 가서 군관이 되려고 합니다."

"저도 형을 따라가려고 합니다."

"좋은 생각이네. 마침 전라좌수영에는 올 2월부터 이순신 장군이 좌수사로 내려왔다고 허등마. 유성룡 대감이 천거헌 인물인께 보통은 아닐 것이네."

유성룡이 남해안 방비차원에서 충성심이 강한 문신과 무신들을 천거해 내려보냈는데, 동래성의 송상현 부사, 다대진의 윤흥신, 전라좌수영의 이순신 등이었던 것이다. 이욱이 일어나자 박광전이 만류했다.

"저녁을 드시고 가시씨요. 접빈(接賓)을 잘허는 것도 유자의 도리지라우."

"아닙니다. 초면인데 저녁까지 하는 것은 결례입니다."

"그러시다믄 벨 수 읊그만요."

박광전은 사립문까지 나와 헤어지는 것을 아쉬워했다. 집을 나온 이욱과 두 형제는 사초마을로 바로 돌아왔다. 이봉수는 이순신이 전라좌수사로 내려와 있다는 박광전의 말에 귀가 솔깃해졌다. 그렇지 않아도 전라좌수영을 찾아가려고 했는데, 유성룡이 천거했다는 인물은 도대체 어떤 위인인지 자못 궁금했던 것이다. 이봉수가 말했다.

"방직아, 우리 집에서 저녁 먹고 가거라."

"나에게 할 얘기 있는가?"

"전라좌수영에 이순신 수사께서 온 모양인데 궁금하지 않냐? 더구나 유성룡 대감이 천거했다고 하니까 더 그런다."

"형, 내일이라도 여수로 갈까?"

"아버님 산소에 가서 인사드리고 가려면 모레가 좋겠다. 방직이 생각은 어때?"

"모레가 좋아. 부모님께 따뜻한 음식이라도 잘 올리고 가는 것이 마음이 편하겠네요."

그날 밤 두 형제는 경기도 광주에서 살 때 이야기로 날을 새웠다. 특히 사촌 형제들 가운데 두 사람은 유별났던 것이다. 조부 이도는 이조판서를 지낸 문신이었다. 사촌, 육촌형제들 대부분 문과를 준비하기 위해 이름난 스승을 찾아다니는데, 이봉수와 이방직은 그러지 않았다. 틈만 나면 병서를 읽고 집 부근의 산으로 들어가 몰래 무예를 익혔다. 그러니 조부가 좋아할 리 없었다. 집안행사가 있을 때면 두 사람은 밖으로 나돌았다. 두 사람은 친조부보다 조부형제인 이욱 할아버지를 더 따랐다. 이욱은 과거를 급제했지만 벼슬에는 흥미가 없었다. 사서를 읽고 외는 것을 낙으로 삼아 살 뿐 출사에는 관심이 전혀 없었다. 이도 어른이 집안을 일으켰다고 친지들끼리 자랑할 때마다 은둔처사가 되기를 원하는 이욱은 슬그머니 자리를 뜨곤 했다. 이봉수와 이방직은 도학자 할아버지 이욱을 친조부보다 더 따랐고 의지했다. 친조부는 이봉수와 이방직을 볼 때마다 문과공부를 하지 않는다고 늘 야단을 쳤던 것이다.

어느 날 이욱은 은둔하기 좋은 보성으로 내려와 귀산촌 밑에 터를 잡았다. 경기도 광주에서부터 이욱을 따라서 내려온 친지들은 집성촌을 일궜는데 사초마을이라고 불렀다. 이봉수의 아버지도 이욱을 흠모하여 가족을 이끌고 사초마을로 왔지만 아들이 출사하는 것을 보지 못한 채 지병으로 눈을 감고 말았다.

"우리 할아버지 뜻을 받들지 못했으니 우리는 불효자여. 허나 성정에 맞지 않는 문과공부를 하라고 강요하시니 부담스러운 것도 사실이었어."

"형, 나도 그랬어. 광주하면 할아버지한테 야단맞은 것만 기억이 나네. 문과공부하지 않는 우리보고 별종이라고 하신 말씀 기억나?"

"사촌형제들 모두 문과공부를 하는데 우리만 병법에 빠졌으니 별종은 맞아. 그래도 보한당 할아버지께서는 우리를 편하게 감싸주셨어. 타고난 성품대로 사는 것이 하늘의 도라고 말이여."

보한당(保閑堂)은 이욱의 호였다. 실제로 이욱은 도학자라기보다 산중고찰의 노승 같았다. 과거에 급제했지만 출사를 포기했고, 일기나 서찰은 물론이거니와 글씨 한 줄 남기는 것조차 허망한 일이라며 경계했다. 이욱은 올 때도 빈손으로 왔으니 갈 때도 흔적 없이 빈손으로 가겠다며 자식 친지들에게 늘 말하곤 했다.

"방직아, 나는 요즘 보한당 할아버지께서 말씀하신 하늘의 도가 무엇인지 생각하곤 해. 할아버지께서는 성품대로 사는 것이 하늘의 도라고 말씀하셨는데, 그 말씀에 용기가 나. 모레 사촌마을을 떠난다고 해도 후회하지 않을 것 같아."

"형은 다른 형제, 조카들보다 머리가 단연 뛰어나 할아버지께서 더 기대를 했을 것이네."

"그런 면이 있긴 했었지."

사실이었다. 이봉수는 형제들 중에서 암기력이 뛰어났고, 특히 숫자를 계산하는 산학(算學)에 밝았다. 머리로 계산하는 일은 형제 중에서 이봉수를 이길 자가 없었던 것이다. 그러니 조부 이도가 답답해하지 않을 수 없었다. 문과공부를 하면 과거장원급제는 의심의 여지가 없다고 말했던 조부였던 것이다. 그런데도 이봉수의 관심은 화약은 무엇을 가지고 어떤 비율로 배합하여 만드는지, 축대는 어떻게 쌓아야 하중을 견디는지 등등 산학에 더 흥미가 있었던 것이다.

"형, 우리가 떠날 때가 된 것 같네. 무관은 특히 상관 복이 있어야 한다고 말하더라고. 유성룡 대감이 천거한 이순신 수사라면 기꺼이 모셔 보고 싶어지네."

"방직이와 내가 의기투합하면 어느 땐가는 나라에 공을 세울 날이 있겠지."

"형이 방금 한 말을 들으니까 가슴이 막 뛰네."

두 형제는 자정이 넘어서야 잠자리에 들었다. 이봉수가 아침에 일어났을 때는 벌써 이방직은 슬그머니 사라지고 없었다. 아마도 집으로 가서 마당을 쓸거나 농사일을 거들고 있을 터였다.

두 형제가 전라좌수영으로 떠난 지 얼마 후.

새로 부임해 온 보성군수 김득광이 유지들에게 보성관아 열선루에서 희합을 갖자고 공지했다. 보성이 선비아 가 문중주장들이 병서에 누워 있는 사람 말고는 다 모였다. 양민들도 열선루로 모여들었다. 단순한 회합이 아니었다. 군수가 지역 주민들에게 협조를 구하는 자리였다.

전라좌수영의 오관은 순천도호부, 낙안군, 보성군, 광양현, 흥양현 등이었다. 또 오포는 돌산의 방답진, 흥양의 여도진, 사도진, 녹도진, 발진포 등이었다. 보성군도 오관 중의 하나였으므로 보성군수는 이순신의 지휘를 받았다.

보성군에도 전라좌수영의 공문이 자주 내려왔다. 수군을 징발하거나, 판옥선을 보수하는데 쓰이는 널빤지 등을 언제까지 보내라는 등등의 공문이었다. 그러니 군수는 유지들의 협조가 절실할 수밖에 없었다. 열선루에는 왕자사부를 역임한 박광전, 진보현감을 지낸 임계영, 문과급제자 이욱, 스무 살에 고향 봉능촌을 떠난 전 성주목사 선거이, 권율막하의 군관이 된 무과급제자 정홍수, 참으로 오랜 만에 고향에 들른 훈련원 부정 전방삭과 훈련원 판관 최대성 등이 모였다. 보성군수 김득광은 전 왕자사부 박광전을 상석으로 안내하는 등 예우를 깍듯이 했다. 양민들은 열선루 마당에 서서 까치발을 했다. 이윽고 보성군수 김득광이 말했다.

"여러분께 급히 보고할 일이 있어 모셨습니다. 며칠 전에 취임인사차 좌수영에 다녀온 일이 있습니다. 좌수사 대감의 말씀을 듣고서 미구에 사변이 있겠구나 하고 판단했습니다. 좌수사 대감께서는 황진 동복현감이 찾아와 들려준 이야기를 말씀해주셨습니다. 동복현감은 무관 자격으로 황윤길 정사를 호위하고 왜국을 다녀왔지요. 그런데 황윤길 정사, 허성 서장관, 황진 동복현감은 임금님께 나아가 김성일 부사와 달리 왜군이 곧 침략해 올 것이라고 아뢨다고 합니다. 좌수사 대감도 왜구들이 남해안을 노략질한 을묘왜변, 정해왜변을 볼 때 이제는 왜구가 아니라 왜군이 반드시 침략할 것으로 생각하셨습니다. 정세가 이러하니 좌수영에서는 계속 수군을 징발해 보내줄 것과 군량미를 보내달라고 할 수밖에 없습니다. 나라를 지키고자 하는 일이니 마음을 모아야 하지 않겠습니까?"

좌수영에서 오관 오포에 요구하는 것은 수군 징발과 군량미나 군수 물자뿐만이 아니었다. 때로는 전선을 건조하기 위해 목수들도 보내달라고 했다. 사실인즉 목수를 보내달라고 하는 것은 거북선 건조 때문이었다. 보성군수 김득광은 이순신 좌수사에게 들은 대로 정세를 이야기 한 뒤 모인 사람들에게 협조를 구했다. 그러자 박광전이 일어나서 말했다.

"나이 들고 병들어 직접 나서지 못한 것을 한탄헐 뿐이오. 군수께서 원허시면 우리집 곡석창고 문을 기꺼이 열겠소."

"전선 건조에 쓰인다면 문중에 통문을 돌려 백미 1백석을 보내겠소."

박광전에 이어 나서서 말한 사람은 성주목사를 파직당하고 조양 봉능촌에 와서 잠시 쉬고 있던 선거이였다. 너무 일찍 출사한 바람에 선거이와 친한 보성유지는 드물었다. 이순신의 장인 방진이 병조판서 이준경의 천거로 보성군수를 임명받아 와 있는 동안 처가살이하던 이순신과 동갑내기로서 만났던 선거이이기도 했다. 박광전보다 스무 살 정도 아래인 선거이가 백미 1백석을 말하자, 여기저기서 데리고 있는 가노를 수군으로 보내겠다고 나섰다.

겨울이 지나고 3월 하순쯤이었다. 이순신 좌수사 막하에서 군관이 된 이봉수와 이방직이 이틀 간 특별휴가를 받아 사초마을에 왔다. 두 형제는 사초마을에 사는 친지 어른들을 찾아뵌 뒤 각자 휴가를 보냈다. 이봉수는 아버지 산소에 성묘를 했고, 이방직은 다랑이 논으로 나가 모심기를 하는 등 부모의 농사일을 거들어주었다. 이봉수는 성묘한 날 오후에 박광전을 찾아갔다. 박광전이 반갑게 맞았다.

"어서 오게. 반년만에 왔그만."

"좌수사 대감께서 미구에 큰일이 있으니 집에 다녀오라고 했습니다."

"큰일이라니. 왜군이 쳐들어와불기라도 헌단 말인가?"

"우리 군관들은 그렇게 알고 철저하게 방비하고 있습니다."

"자네는 그동안에 뭣을 했는가?"

"사변이 나면 제일 중요한 것이 연대(煙臺) 역할입니다. 다른 지역으로 급보를 알려야 하기 때문입니다. 그래서 저는 군사들을 데리고 좌수영 북쪽 봉우리에 있는 허물어진 연대를 정비했습니다. 다시 튼튼하게 쌓았습니다. 좌수사 대감께서 크게 만족하셨습니다. 하루 종일 연대를 보시다가 저녁에야 성으로 내려가시어 해자 구덩이를 순시하셨습니다."

"사변이 나면 신호를 보낼 수 있는 것은 불과 연기뿐이여. 연대를 손보는 것을 보니 큰일에 대비해 방비를 하고 있그만."

"봉수대라고 하는 연대 정비는 아주 중요한 방비입니다."

"또 먼 일을 했는가?"

"전선을 건조하는데 감독했습니다."

이봉수가 말하는 전선이란 조선수군의 주력선인 판옥선이었다. 비밀리에 작업하고 있는 거북선 건조는 나대용 군관이 감독했다. 이봉수는 한 달 뒤쯤 선소에서 건조한 거북선을 바다에 띄워 화포 시범사격도 할 계획으로 있지만 말하지 않았다. 군관끼리만 알고 있는 비밀이었다.

거북선 화포사격

군관 이봉수는 새벽에 눈을 떴다. 선조 25년 4월 12일 새벽이었다. 순찰을 도는 숙직군관의 발걸음 소리가 들려왔다. 이봉수는 누운 채 자박거리는 발걸음 소리를 듣다가 일어났다. 오늘은 거북선 화포사격 시범을 보이는 날이었다. 지난 3월 27일에 화포사격 훈련을 비밀리에 한 번 했고, 어제는 거북선에 돛을 달고 두산도를 한 바퀴 돌며 항해를 시험해보았으니 오늘은 상반기 마지막 훈련을 하는 날이었다. 특히 오늘은 오관 오포의 수장과 양민들이 모인 자리에서 화포 시범사격을 하므로 다른 날의 훈련과 목적이 달랐다. 오관 오포의 수장과 군관, 수졸 그리고 양민들에게 거북선의 위용을 보여주고 화포사격을 함으로써 사기를 진작시키는 것이 훈련의 가장 큰 목적이었다.

해가 힘차게 솟구치자, 하늘이 바다처럼 넓고 아득하게 열렸다. 파도의 포말 같은 새털구름이 몇 점 떠 있다가 곧 사라졌다. 청명한 날을 택일하여 화포사격을 실시한다는 것은 행운이었다. 내아에서 아침을 낙지죽 한 사발로 해결한 이순신은 걱정과 긴장 그리고 안도감을 번갈아 느끼면서 동헌으로 나갔다. 참모 군관들과 화포사격 준비를 최종점검하기 위해서였다. 조방장 정걸, 우후 이몽구, 조선장 나대용, 군관 송희립, 유기종, 이봉수, 이방직, 정철, 정대수, 황득중 등이 미리 동헌으로 와 이순신을 기다리고 있었다.

이순신은 토방에 선 채로 말했다.

"화포사격은 사시(巳時)를 지난 정조 때 할 겨. 군관덜은 자기 임무는 잘 숙지허구 있으야 써. 알겄는가?"

"예."

"나대용 조선장은 시방 거북선을 굴강으로 웬겨와야 할 겨."

"본영선소 거북선을 진수가 용이한 두산도 진에다가 임시로 놔두었는디 고로코롬 허겄습니다요."

"여기 있지 말구 얼릉 실시혀."

이순신은 이봉수에게도 지시했다.

"이 군관은 철쇄가 단단허게 매졌는지 확인혀."

"철쇄와 기둥들을 또 확인하겠습니다."

"군관덜은 알으야 혀. 누가 뭣이래두 대용은 거북선을 맹글었구 봉수는 철쇄를 횡설헌 공이 있는 겨. 그러니께 오늘 훈련의 초석을 놓은 사람덜이란 말이여."

이순신은 유기종에게 거북선 임시 선장을 맡도록 명했다.

"유 군관은 굴강 행사가 끝나믄 즉시 소포로 거북선을 옮겨 철쇄에 고정시키도록 협선에 타고 있는 이봉수 군관과 협조혀야 혀."

거북선이 밀물이나 썰물에 밀리지 않으면서 한 지점에서 화포사격을 지속하려면 밧줄로 철쇄와 기둥에 고정시켜야 했다. 그래야만 화포사격의 위력을 극대화할 수 있고, 사람들 또한 오랫동안 지켜볼 수 있기 때문이었다.

정걸과 이몽구는 행사가 끝날 때까지 이순신을 보좌할 뿐 특별한 임무를 맡지는 않았다. 그것은 경장과 부수사격인 우후에 대한 예우였다. 그리고 송희립은 늘 변함없이 참모장 역할의 참좌군관, 황득중은 군령을 전하는 선전군관을 맡았다. 잠시 후 이순신은 남문을 지키는 수문장 진무의 보고를 받았다.

"오관 수령과 오포 장수덜이 모다 진해루에 와 있습니다요."

"알겄다. 쪼끔 뒤에 갈 겨."

임무를 받은 군관들이 각자의 위치로 떠나고 나자, 이순신은 정걸과 이몽구를 동헌방으로 불러들였다. 내아 여종 부엌데기가 발효차를 들여왔다. 이순신은 차를 천천히 마셨다. 그러나 정걸과 이몽구는 뜨거운 발효차를 술 마시듯 단숨에 마시려다가 사발을 놓았다.

"워메, 뜨거운 거. 목구녁 익어불겄네잉. 이공께서 오늘 훈련에 겁나게 신경 쓰는 거 같은디 뭔 일이 있는게라우?"

"중요헌 거 따루 있겄슈? 방비지유."

정걸이 맞장구를 쳤다.

"이공께서 거북선을 건조헌 것도 때를 대비해서 밀어붙인 거지라우?"

"물론이지유. 오늘 오관 오포 양민덜을 모아놓구 거북선을 보게 허는 것두 다 이유가 있지유."

"사또의 깊은 마음을 이제야 알겠십니더."

"거북선은 의지헐 데 읎는 백성덜에게 두려움을 읎애 주구 말이여, 적덜이 온다 해두 우리 수군덜을 믿고 피난 가지 않겄지유."

이순신은 송희립에게 전라순찰사의 군관 남한을 진해루로 함께 오도록 지시했다. 남한은 어제 감영으로 떠나려다가 이순신의 만류로 객사에 남았던 것이다. 이순신은 식어버린 발효차를 한 사발 더 마신 뒤 말했다.

"본영선소뿐만 아니라 방답진 선소에서 건조헌 거북선도 감영에 다 보고혔구먼."

"인자는 거북선으로 훈련해도 아모 문제없다, 그 말씸 아입니꺼?"

"기여. 참관허는 남 군관이 자세허게 다 보고헐 겨."

정걸이 눈을 지그시 감으며 말했다.

"보고가 좌의정 유성룡대감헌티까정은 올라갔겄지만 그 이상은 아니 것지라우. 지 짐작인디 지금까지 아무 소리가 읎는 것을 보믄 그래라우."

이몽구가 믿기지 않는 듯 물었다.

"조방장님, 판옥선을 수리해도 병조에 보고헌다, 아입니꺼. 보고가 상감마마께 안됐다는 것은 말이 안 됩니더. 더구나 거북선은 쪼맨한 전선이 아니라 수많은 인력과 장비를 동원해서 별조한 배가 아입니꺼."

이순신이 인력과 장비라는 말에 고개를 끄덕이며 말했다.

"선거이 동지가 문중에서 백미 1백석을 거두어 보내왔었지유. 목수 덜헌테 사례허는디 큰 보탬이 됐지유."

정걸이 이몽구를 타박했다.

"우후는 눈치코치도 읎그만. 그렇게 더 보고를 못헐 것이라는 말이 제. 신립이나 이일 같은 자자덜만 해도 육군이 최고라고 생각혀서 수군 알기를 거지 발싸개멩키로 우습게 보는 거 아적까지 몰라부렀소? 고 작자덜허고 한 통속인 대신덜이 수군이 뭣 쪼깜 헌다는디 협조허겄난 말이오.”

이순신이 말했다.

“우덜이 거북선을 맹글어두 유대감이 겨시니께 조용헌 것이여. 조방장님 얘기대루 신립 장군 등이 알았다믄 뭔 소리가 났을 겨. 상감마마께서 아셨다구 혀두 우덜 편이 돼주실 리 만무허고 말이여.”

사실, 거북선 건조는 살얼음 위를 걷는 것만큼이나 위험한 일이었다. 이순신은 수군을 하대하는 조정 대신과 장수들의 인식을 잘 알고 있었으므로 거북선 건조의 기밀이 새어 나갈까봐 날마다 긴장하며 보냈던 것이다. 정걸이 씁쓸하게 말했다.

“적이 바깥에만 있는 것이 아니그만요.”

“아녀유, 반다시 그런 것만은 아녀유. 이광 순찰사나 유성룡 대감 같은 분덜이 있으니께 우덜 충정을 알아준 거다, 이 말이여유.”

“그래도 오늘 거북선이 대명천지에 드러나는 날인디 으떤 놈이 시비를 걸어 문제가 된다믄 으째야 쓰겄소?”

“우덜찌리 몰래 훈련허는 것이 아니구 순찰사 군관 남한이 참관허니께 괴안찮을 거구먼유.”

이순신도 일말의 불안한 마음이 들었지만 곧 털어버렸다. 대의를 위해 죽는다면 후회할 일이 없을 터였다. 젊은 시절, 장인 방진이 보성군수를 지낼 때 보성에서 처가살이를 하면서 무장이 되겠다고 다짐했던 일이 엊그제처럼 생생하게 떠올랐다. 그때 이순신은 한양의 벼슬아치로 임금을 모시는 신하가 되기보다는 의지할 데 없는 백성들의 신하가 되겠다고 맹세했던 것이다.

이순신은 거북선이야말로 남해안 백성들을 지켜줄 비밀전선이 될 것이라고 믿었다. 머잖아 침범해 올 왜적들을 격퇴하고자 건조한 배가 바로 거북선인 것이었다. 그러니까 오늘은 단순히 거북선에서 화포사격만 하는 날이 아니라 젊은 시절 자신에게 맹세한 그 약속을 스스로에게 확인하는 날이기도 했다.

동헌 밖은 아침 햇살로 눈부셨다. 남문인 진해루 누각에는 오관 오포의 수장들이 다 집합하여 이순신을 기다리고 있었다. 우측에는 오관의 광양현감 어영담, 흥양현감 배흥립, 순천부사 권준, 보성군수 김득광, 낙안군수 신호, 좌측에는 오포의 방답첨사 이순신(李純信), 사도첨사 김완, 녹도만호 정운, 그리고 말석에는 종9품의 여도권관 황옥천이 자리 잡고 앉아 두 눈을 두리번거리고 있었다. 이순신은 진해루를 오르다 말고 성 밖의 선창을 바라보았다. 선창에는 이미 오관 오포의 양민들이 빼꼭히 들어차 있었고, 굴강에는 용과 거북이 합쳐진 기이한 모양의 거북선이 섬처럼 도도하게 떠 있었다. 거북선을 보고 감탄하는 양민들의 웅성거리는 소리가 진해루까지 들려왔다. 붉고 노란 깃발을 든 기수들도 오관 오포에서 모두 차출된 듯 선창에서 굴강까지 장사진을 이루고 있었다.

이순신이 누각에 들어서자 좌우로 정렬하여 앉아 있던 수장들이 일제히 일어나 고개를 숙였다. 정운의 목소리가 가장 컸다.

"사또, 강녕하신게라우!"

이순신이 굴강 쪽을 바라보며 정좌하자 뒤따라서 정걸과 오관 오포의 수장들이 앉았다. 그러나 송희립과 향득중은 이순신 등 뒤에 선 채로 보좌했다. 이윽고 이순신이 들고 있던 날창을 놓으며 무겁게 입을 열었다.

"굴강에 떠 있는 저 바다구신멩키루 생긴 것이 귀선(龜船), 우덜 심으로만 비밀리에 멩근 거북선이라는 전선인 겨. 한 척으로 적선 백 척을 무찌를 티니께 천하무적 전선이 아니겄는감. 철갑을 둘렀으니께 적덜이 불화살을 날려두 소용읎을 겨. 적진을 뚫구 휘젓구 다녀서 왜선덜을 박살낼 것이구먼. 바야흐로 오늘은 그대덜이 직접 거북선 함포사격의 위력을 직접 확인허는 날인 겨."

녹도만호 정운이 큰 눈을 치뜨고 물었다.

"적덜 전선을 박살내부는 돌격선이그만요."

"기여."

"화포루다가 몬참 박살내구 공격허믄 백전백승입니다요."

송희립이 이순신의 말에 덧붙였다. 그러자 정운이 이순신을 빤히 쳐다보면서 말했다.

"칼 잘 쓰는 왜놈덜이 백병전에 능해분다 해도 거북선 화포공격에는 속수무책일 수밖에 읎겄는디요?"

좌우에 앉아 있던 수장과 장수들이 누가 먼저랄 것도 없이 박수를 쳤다. 정걸도 한마디 했다.

"이 영감탱이가 다 지켜봤소. 거북선 진수나 화포사격, 돛을 달고 항해까지 다 해봤지만 아순 것은 하나도 읎었소. 이제 남은 것은 무엇이겄소?"

좌중에서 사도첨사 김완이 소리쳤다.

"당장이라도 왜놈덜 귀때기를 잘라가꼬 왕소금을 뿌리고 싶습니더."

"여러 장수덜 생각은 으쩌요?"

"여부가 있겠습니까요. 지덜 맴도 똑같지라우."

어느새 아침 해가 진해루 처마까지 떠올라 햇살이 누각 깊숙이 들었다. 햇살에 드러난 무장들의 얼굴은 구릿빛이었고 깊게 패인 주름살은 선명했다. 정걸의 흰 수염과 흰 머리칼이 유난히 빛났다.

선창으로 내려가는 길에는 용과 화염이 그려진 노란 대장기와 물 수(水)자가 쓰인 흰 수군기를 든 기수 뒤로 취타수들이 피리와 북을 들고 있었다. 취타수들은 각자 장구와 징, 북과 자바라처럼 두드리는 악기들과 피리, 놋쇠 대롱처럼 생긴 나발, 소라고둥으로 만든 나각(螺角) 같은 입에 대고 부는 악기들을 들고 있었다.

이순신이 먼저 말에 오르자, 뒤이어 정걸, 송희립, 황득중 그리고 오관 오포의 수장들 순으로 기마행렬이 만들어졌다. 그제야 깃발을 든 기수들과 취타수들이 낮고 느린 곡을 연주하며 길잡이처럼 앞장서서 선창으로 나아갔다. 무명저고리와 무명바지 차림의 양민들이 구경하느라 서로 몰려들어 기수들을 막았다. 기마행렬이 잠시 멈추었지만 곧 취타수의 피리소리와 북소리에 길이 트였다. 굴강 앞에는 화포장과 격군들이 두 줄로 서서 기마일행을 맞이했다.

이순신이 말에서 내려 굴강으로 건너갔다. 그러더니 화포장 앞에서 걸음을 멈추었다. 이언세와 김개동도 그들 무리에 끼어 있었다. 이순신은 두 사람의 어깨를 차례로 두드리며 말했다.

"기분이 어떤 겨?"

"사또, 꿈인지 생신지 참말로 모르겄당께요."

이윽고 이순신이 거북선에 승선하여 굴강과 선창에 모인 양민들을 향해 소리쳤다.

"거북선을 건조헌 까닭은 오직 하나, 적을 박살내고자 건조헌 겨. 싸워서 이겨야만 백성덜 목숨과 논밭과 바다를 지킬 수 있지 않겄는감. 용과 거북을 합친 거북선이 바다의 적과 도적떼를 진압허는 배니께 해신이다, 이 말이여. 양민덜은 시방 내 말을 알아듣겄는가!"

그때 거북선 용머리의 입에서 화약과 쑥을 태우는 연기가 나왔다. 용머리 입은 큰 굴뚝처럼 풀풀 매캐한 연기를 뿜어냈다. 순식간에 굴강은 전쟁터처럼 연기로 뒤덮여버렸다. 그런 뒤 연기기둥이 용 한 마리가 승천하듯 용트림하며 하늘로 올랐다. 선창과 굴강에 모인 양민들이 함성을 질렀다.

오관 오포의 수장들과 거북선의 화포장 및 격군들이 다 승선한 뒤에는 거북선 등에 달린 두 개의 돛이 펴졌다. 어느새 노란 대장선 깃발이 올랐다. 이순신이 거북선에 탔다는 표시였다. 거북선 등 위로 요수와 무상들이 돛과 닻줄을 만지고 있었다. 거북선은 천천히 굴강을 빠져나와 소포 쪽으로 움직였다. 연기는 소포 쪽 바다에도 안개처럼 번졌다.

그제야 양민들은 바닷가 오솔길을 따라 거북선이 이동하는 소포 쪽으로 걸었다. 소포 쪽 바닷가에도 광양과 순천부에서 온 양민들이 왜가리 떼처럼 하얗게 듬성듬성 무리지어 있었다. 거북선을 타지 못한 기수들과 취타수들도 소포로 향했다. 거북선은 철쇄가 횡설된 지점의 물목에서 용머리를 두산도 바다 쪽으로 향한 뒤 멈추었다. 거북선의 무상 수졸들은 물목의 해저 뻘에 닻을 먼저 박았다. 요수 수졸은 돛을 내렸다. 거북선을 철쇄에 고정시키기 위해 협선에 오른 수졸들이 민첩하게 움직였다. 협선에서는 이봉수 군관이 수졸들을 지휘했다. 거북선

선미의 좌현과 우현, 선두까지 세 개의 밧줄을 팽팽하게 풀어 철쇄에 묶는 작전이었다. 한 번 훈련한 바 있었으므로 실수 없이 작업은 금세 끝났다. 이제는 만조를 지나 남해도 바다 쪽에서 밀물이 들어온다 해도 거북선은 밀리지 않을 터였다.

이봉수가 협선에서 거북선 고정작전이 끝났다는 표시로 허공에 소리 내며 날아가는 효시를 세 번 쏘아 올렸다. 그러자 이순신은 송희립과 황득중을 시켜 화포장들에게 정위치를 명했다. 용머리에도 작은 총통인 현자포를 장착시켰다. 사격지점은 동쪽 남해도 바다였다. 마지막으로 이순신은 거북선 3층으로 올라가 천자총통 옆에 선 화포장들을 격려했다.

"적을 박살낸다는 마음으로 쏴야 허는 겨."

"예, 사또."

이언세와 김개동도 천자총통 옆에 서 있었다. 이순신은 그들의 어깨를 두드려주고는 다시 송희립을 불러 취타수에게 북과 징을 치도록 명했다. 그러자마자 용머리 입에서 현자총통이 폭음을 내며 불을 뿜었다. 순식간에 거북선 안에 매캐한 화약 냄새가 가득 찼다. 이번에는 이언세가 천자총통을 쏘았다. 폭음의 크기가 현자총통과 비교가 안될 정도로 컸다. 천둥이 치고 산이 무너지는 듯한 폭음이 소포 바다를 덮었다. 소포 바닷가에 서 있던 양민들이 움찔하며 뒷걸음쳤다. 조무래기들은 겁을 내며 도망쳤다. 그러자 또 다시 천자총통이 불을 토해냈다. 용머리 입에서는 더 이상 푸를 쏘지 않고 궁강에서처럼 연기를 피워 올렸다. 연기가 소포 바다를 가득 뒤덮었다. 연기 속에서도 폭음은 고막을 찢을 듯 연달아 울렸다. 천자총통을 돌아가며 쏘아대는 화포 시범사격이었다. 이봉수와 이방직은 해안에 선 수졸들과 함께 마치 왜적을 격퇴한 것처럼 함성을 질렀다.

왜군 침략

이순신 수군이 거북선 화포 시범사격을 한 다음 날이었다. 선조 25년 4월 13일 새벽이었다. 대마도 완노우라 항에 희미한 여명이 깔렸다. 선봉군 대장은 고니시 유키나가였다. 제1군 선봉군은 구십 척의 왜선에 이미 승선해 있었다. 이윽고 고니시가 대장선에 승선하자 구십 척의 왜선들이 서서히 북서쪽으로 움직였다. 대장선의 기다란 붉은 깃발이 올라갔다. 붉은 비단 깃발 상단의 노란색 둥근 원 안에는 열십(十)자가 또렷했다. 하느님의 가호를 믿는 기독교군의 문양이었다. 구십 척의 왜선에 승선한 선봉군 별동대는 고니시가 직접 심사하여 선발한 군사들이었다. 기독교 신자들만 뽑은 대부분 큐슈 지방의 왜군들이었다. 그들의 깃발과 전투복은 다른 왜군과 달랐다. 날빛이 좀 더 환해지자 깃발의 문양이 선명하게 드러났다. 그들의 깃발에도 대장선처럼 열십자가 그려져 있었다. 군사들의 전투복에도 마찬가지였다.

선봉군 별동대 왜선들은 거침없이 북서쪽으로 항해했다. 그러다가 오후 신시가 되어서는 절영도 남쪽으로 방향을 틀었다. 왜수군은 가배량에 있는 경상우수영을 공격하고 별동대 육군은 절영도를 돌아 부산포구로 상륙하여 부산진성을 공략하기 위해서였다. 절영도 봉래산 망대의 수군들은 처음에는 왜군의 별동대 구십 척을 대마도주 소요시토시가 보내는 세견선으로 착각했다. 응봉봉수대나 가덕도 천성보 봉수대의 봉군들도 마찬가지였다. 세견선으로 보았다가 뒤따라오는 왜군 함대를 보고는 별장을 보내 가덕진 첨사 전응린과 천성보 만호 황정에게 알렸고, 그들은 다시 경상우수사 원균에게 보고했다. 봉수대에서 연기를 만들어 올리지 못하고 별장을 통해서 급보만 전하고 말았는데, 이는 왜선의 거대한 함대를 보고 넋이 나갈 정도로 당황했기 때문이었다.

그때, 절영도에는 부산진 첨사 정발이 사냥을 나와 있었다. 바람이 불지 않았으므로 사냥하기에 알맞은 날씨였다. 삼십구 세로 체격이 우람한 정발은 활터에서 과녁을 맞히는 습사보다는 움직이는 산짐승 사냥을 더욱 즐겼다. 절영도는 크지도 작지도 않은 섬인데 마을을 이루고 사는 양민들은 없었다. 군마를 방목하는 목장으로 경상좌수영에서 부리는 말먹이꾼 노비들이 뭍을 오가며 사는 섬이었다. 절영도 보와 망대를 지키는 수졸들 중 일부와 말먹이꾼들이 지난달처럼 몰이꾼으로 나섰다. 수졸들에게는 산짐승몰이 역시 체력단련과 공격훈련의 한 방법이었다. 수졸들이 고함치며 산짐승들을 부산진이 보이는 해변 쪽으로 몰았다.

"와아! 와아!"

정발은 몰이꾼들이 봉래산 정상 쪽에서 쫓는 노루나 산토끼를 기다렸다가 활을 쏘곤 했다. 산짐승들은 앞다리가 뒷다리보다 짧아 산을 오르는 데는 거침없이 달렸지만 몰이꾼들에게 해변 쪽으로 쫓기게 되면 산비탈에서 뒹굴거나 갈팡질팡했다. 그런데 그날 정발이 쏜

화살은 여느 때와 달리 빗나가곤 했다. 사냥에 집중하고 있었으므로 정발은 망대의 늙은 권관이 달려와 다급하게 하는 보고도 귓등으로 흘렸다.

"첨사 나리, 절영도 남쪽으로 세견선이 오고 있십니데이."

"세견선이 끊어진 지 오래 됐는데 무슨 말인가?"

"그동안 오지 못했던 세견선이 한꺼번에 오는기 아입니꺼?"

"몇 척이나 된다고 그러느냐?"

"구십 척은 돼 보입니데이."

그제야 정발은 놀라면서 되물었다.

"뭐라고!"

"몰운대와 절영도 사이로 배들이 갈치 떼처럼 오고 있다, 아입니꺼."

"그렇다면 세견선이 아니다."

"왜선이란 말입니꺼?"

"세견선이 어찌 구십 척이나 되겠는가. 절영도 뒤로 숨어 돌아오는 것은 틀림없는 왜선이다."

정발은 서둘러 협선을 탔다. 조금 더 지체하면 왜선 별동대에 포위될 수도 있었다. 부산진성으로 빨리 돌아가 성을 지키는 것이 지금으로서는 최선의 작전이었다. 정발은 힘센 격군들을 채근하여 부산진 굴강에 도착했다. 영문을 모르고 정발을 맞이하는 굴강의 전선 군관이 말했다.

"첨사 나리, 왜 사냥을 하다 말고 오십니꺼?"

"굴강에 있는 세 척의 판옥선과 협선, 포작선들을 모두 불태울 준비를 하라."

"나리, 무슨 말씀입니꺼?"

"어서 굴강 밖으로 배들을 내보낸 뒤 자침시킬 준비를 하라."

"왜적이 쳐들어오기라도 합니꺼?"

"두 식경 후면 왜적이 부산포에 이를 것이다. 그러니 전선을 왜놈에게 넘겨주어서는 안 된다. 배들을 불태워 왜적의 상륙을 지연시켜야 한다."

군관이 눈을 휘둥그레 치떴다. 어느새 절영도와 초량목 사이의 바다가 왜선들로 시커멓게 뒤덮여 있었다.

"우리 전선을 왜놈들에게 절대로 넘겨주어서는 안 된다. 왜놈들이 도착하기 전에 모조리 불태워야 한다. 배들이 불타는 동안에는 왜놈들이 바로 서문 쪽으로는 상륙하지 못할 것이다."

정발은 굴강 군관에게 지시하고는 바로 군관이 내어준 말을 타고 달렸다. 잠시 후 정발의 지시를 받은 군관은 수졸들을 시켜서 배들을 굴강 밖으로 내보낸 뒤 불을 질렀다. 1차 방어선이 된 판옥선과 협선, 포작선들이 불길에 휩싸였다. 화기가 선창까지 훅훅 끼쳤다. 연기가 바다를 덮고 하늘로 퍼졌다. 말을 타고 달리는 정발 뒤로 굴강의 수졸들이 뒤따라 달려오고 있었다. 이윽고 정발은 바다와 가까운 서문을 통해 성으로 돌아왔다. 숨도 쉬지 못할 만큼 다급하게 지시한 뒤 말을 타고 내달렸으므로 입술은 탔고 입안에 쓰디쓴 침이 고였다.

정발은 군관들에게 첫 번째 지시를 내렸다. 성 안을 방어할 군사는 육백여 명, 성 밖에 사는 양민이 사백여 명으로 모두 천여 명이었다.

"군관들은 듣거라. 각자 위치로 돌아가 성을 방어하라. 왜적이 성 가까이 오거든 한 놈도 살아서 돌아가지 못하게 하라. 화살을 아끼지 말

라. 성 안으로 넘어오거든 모두 목을 베라."

"예, 첨사 나리."

"전령 진무는 지금 바로 좌수영으로 달려가 박홍 수사께 알려라. 편지를 쓸 시간이 없다. 두모포, 다대포, 서평포, 해운포, 동래성 부사께도 알려라. 특히 다대포 아미산 응봉봉수 별장에게는 지체 없이 봉수대 연기를 올리도록 하라."

정발의 명이 떨어지자마자 군령기를 든 전령 진무들은 쏜살같이 말을 타고 성문으로 나갔고, 이어서 수문장 진무와 수졸들은 동서남북의 성문을 닫았다. 전령 진무들은 군마가 일으키는 흙먼지 속으로 사라졌다. 창과 활을 든 장졸들은 성 위로 올라가 방어대형으로 이열 횡대를 만들었고, 화포장들은 총통 옆에 섰다. 또한 수졸들은 창과 활을 들었다. 성 안팎에 사는 양민들도 평소 훈련 때 했던 것처럼 일사불란하게 움직였다. 사내들은 성 위로 석탄(石彈)이라 부르는 돌멩이를 날랐고, 아녀자들은 성 밑의 임시 아궁이에 솥단지를 걸고 물을 끓였다. 남문과 서문 앞에는 왜적들이 접근하지 못하게 나무기둥 장애물과 날카로운 마름쇠를 깔았다.

성을 한 바퀴 돌아본 정발은 객사로 돌아와 궐패를 향해 4배를 올렸다. 절을 하고 나서는 이를 악물고 중얼거렸다.

'전하, 신 정발은 왜적과 일전을 앞두고 있사옵니다. 사력을 다할 것이고 힘이 부치면 귀신이 되어서라도 수성하겠나이다. 왜적의 침범 기미가 있으매 아무도 원치 않는 부산진을 신 정발은 기꺼운 마음으로 내려와 방비를 해왔사옵니다. 이제야 전하와 백성을 위해 싸울 때가 됐사오니 신 정발은 기어이 왜적을 쳐부수고 성을 지켜낼 것이옵

니다.'

이어서 정발은 홀어머니를 떠올렸다. 경기도 연천 태생인 그가 선조 12년(1579) 26세 때 문과를 버리고 급제가 쉬운 무과에 응시한 것은 홀어머니를 기쁘게 해드리기 위해서였다. 무과에 급제한 그는 선전청의 선전관이 되었다가 해남현감, 북정원수 종사관, 거제현령, 비변사 낭요, 위원군수, 훈련원 부정, 사복시 부정이 되었다가 절충장군으로 품계가 오른 뒤 부산진 첨사로 내려오기 전에야 연천을 찾았는데, 고향 집에는 홀어머니와 부인 임씨, 그리고 열네 살 된 아들이 살고 있었기 때문이었다.

홀어머니를 뵌 정발은 마음의 짐을 덜고 부산진성으로 내려갈 수 있었다. 부인 임씨에게 홀어머니 봉양을 부탁한 뒤 열네 살 된 아들 정흔(鄭昕)을 데리고 떠났다. 그런데 부산진에 부임한 정발은 한양에서 막연하게 이야기 듣던 것과 달리 실제로 전운을 실감했다. 마음이 심란해지면 군관들과 함께 과녁에 활을 쏘다가도 절영도로 나가 군사훈련 겸 사냥을 했다. 물론 밤낮을 가리지 않고 성을 보수하고 전력과 무기를 점고하는 등 방비에 진력을 다했다. 사월 초사흗날에는 망해루에서 잔치를 열었다. 홀어머니와 부인 임씨가 아들을 보내달라고 간청하여 정흔을 떠나보내는 자리였다.

"오늘 이 잔치의 뜻을 알겠느냐?"

"모르겠습니다."

"너를 보내는 잔치다."

"아버님, 저는 떠나지 않겠습니다. 곁에서 아버님을 돕는 것이 자식의 도리입니다."

"할머님이 부르시는데 거역하는 것이냐?"

"위중한 이곳을 두고 어찌 떠나라고 하십니까?"

"만약 서두르지 않는다면 기필코 화를 면치 못할 것이다. 오늘로 빨리 떠나도록 하라."

"아버님을 홀로 두고 여기를 떠날 수 없습니다."

"부자가 함께 죽는다는 것은 무익한 일이다. 너는 돌아가서 할머님과 네 어머니를 봉양하도록 하라."

정발은 막무가내로 고집피우는 아들 정흔을 말에 태워 보내도록 자근노미(者斤老未; 작은놈)에게 지시했다. 말먹이꾼 자근노미는 정발의 연천 고향집까지 길잡이로 나섰다가 그곳의 안부까지 살피고 올 관노였다. 자근노미는 정발이 가장 신임하는 말을 잘 타는 관노였다. 사흘이 걸리는 거리도 자근노미가 말을 타면 하루 반이면 다녀올 정도로 말을 잘 다뤘던 것이다.

어머니 안부를 초조하게 기다리던 정발은 어젯밤에 도착한 자근노미를 만나 고향 집이 무사하다는 소식을 듣고는 천지신명이 자신을 돕고 있다고 믿었다. 자근노미가 만약 하루나 이틀 늦게 도착했다면 홀어머니와 아내의 소식을 듣지 못했을 것이기 때문이었다.

칠백여 척의 왜선이 부산진 앞바다에 나타난 것은 아들 정흔이 떠난지 정확하게 열흘 만이었다. 객사를 나온 정발은 내아에 들러 노비에게 검은 전포(戰袍)를 가져오도록 했다.

"내가 검은 전포를 입는 것은 죽더라두 귀신이나 저승사자가 되어 왜놈들을 물리치고 이 성을 지키기 위해서니라."

검은 전포로 갈아입은 정발은 또 다시 성을 돌며 장졸들의 사기를 북돋았다.

"왜적들은 해전에 강하지만 육전에는 약하다."

"왜놈들은 절대로 우리 석성을 넘지 못할 것이다. 우리 부산진성은 다른 고을의 성보다 두 배나 높다!"

성 밖에는 민가가 성을 따라 다닥다닥 붙어 있었다. 민가는 이미 텅비어 있었다. 양민들이 모두 성 안으로 들어와 장졸들과 합세하고 있기 때문이었다. 정발은 젊은 참좌군관에게 말했다.

"봐라, 왜적이 공격을 늦추고 있다. 전선이 불에 타는 것은 안타깝지만 1차 방어선이 돼주고 있기 때문에 우리는 방어할 시간을 벌고 있는 것이다. 2차 방어선은 성 밖의 민가가 될 것이다. 왜놈들이 성에 접근할 때까지 기다렸다가 불을 놓아야 한다."

"첨사 나리, 저것들이 다 왜선이란 말입니꺼!"

"후방이 두려우니 왜적 일부는 하선하여 절영도로 들어갔을 것이다. 절영도를 두고 바로 부산포로 상륙하지는 못할 것이다."

고니시가 이끄는 제 1군 가운데 고니시의 일부 군사는 절영도에 상륙했지만 대부분은 부산포 바다를 뒤덮고 있는 왜선들에 승선한 채 공격명령을 기다리고 있었다. 절영도 수군들은 정발의 지시대로 이미 봉래산 산자락으로 숨어들어 때를 보았다가 다대포로 갈 준비를 하고 있었다. 몇 척의 협선들을 해안 바위 절벽 밑에 숨겨놓고 있었던 것이다. 고니시의 지시를 받아 절영도에 먼저 상륙한 마쓰라 시게노부가 화를 냈다. 이미 보의 진지가 텅 비어 있는 데다 절영도의 조선수군이 모두 사라지고 없었던 것이다.

"조선수군들은 겁쟁이다. 우리가 무서워 도망쳐 버린 것이다."

"어디에 숨었느냐, 나와라. 항복하면 살려줄 것이다!"

마쓰라 시게노부가 악을 써대는 것은 가장 먼저 공을 세우고 싶었는데 수포로 돌아갔기 때문이었다. 절영도 보의 늙은 권관이 휘하의 수졸들에게 산자락에 은폐해 있으라고 지시한 것은 현명했다. 왜군이 두려워서 숨은 것은 아니었다. 왜선들을 정탐하여 왜군의 작전과 규모를 정확하게 파악한 뒤 다대진 첨사 윤흥신 휘하로 합류하기 위해서였다. 절영도 수졸들은 마쓰라 시게노부가 보낸 척후병들에게 주먹으로 감자를 먹였다.

"문디 빙신들아! 감자나 확 무꼬 디져뻬라."

왜군 척후병들은 절영도의 산길을 잘 몰랐으므로 두리번거리다가는 정탐하는 흉내만 내고는 돌아가 버렸다. 왜군 척후병에게 감자를 먹이던 절영도 수졸 한 명이 늙은 권관에게 나직이 속삭였다.

"권관님, 저기 혼자 뒤떨어져 있는 쬐맨헌 놈을 잡아오겠십니더."

"건드리면 화가 될 수 있는기라. 그러니 이번에는 참자."

"알겠십니더."

"왜선들이 벌써 부산포에 가득 찼데이."

기다란 붉은 깃발을 단 왜선들이 부산진성 서문 앞의 굴강과 관방까지 다가가 있었다. 절영도 수졸들 눈에는 보이지 않지만 왜군의 붉은 깃발 상단의 노란 원에는 열십자가 그려져 있었다.

전선에 불을 질러 만든 1차 방어선은 정발의 작전대로 성공했다. 왜군의 공격 속도가 늦춰진 까닭이었다. 왜군들은 부산진성 서문 쪽으로 곧장 들이닥치지 못하고 부산포 동쪽 소바위(牛巖) 쪽으로 우회하여 상륙하고 있었다. 제1군 소속으로 소 요시토시가 이끄는 왜군 오천 명이

었다. 말을 탄 왜군기수들의 흰 깃발에도 열십자가 선명했다. 열십자는
척후병들이 입고 있는 전투복인 전포(戰袍)에도 그려져 있었다.

격문

왜군이 부산진과 다대진, 동래성을 함락시켰다는 소식은 보성관아에도 4월 20일에 급보로 전해졌다. 보성관아는 바로 보성향교 교생들에게 알렸다. 급보를 받은 보성군수 김득광은 전라좌수영의 방비는 철통같기 때문에 왜군이 전라도로는 오지 못할 것이라고 안심시켰다. 선거이는 몇 달 전에 거제현령을 제수 받아 떠났고, 최대성은 이순신 막하로 자원해서 간 뒤였다. 보성출신 정홍수도 권율 막하로 돌아갔다. 보성에 남은 원로급 선비는 박광전과 임계영 정도였다.

김득광 말처럼 전라도는 안전했다. 반면에 경상도와 충청도는 대규모 왜군의 침략으로 피해가 컸다. 순변사 이일이 군사 6천 명으로 상주에서 1차 방어선을 폈지만 중과부적으로 무너졌고, 삼도순변사 신립이 군사 8천 명으로 충주에서 선봉타격대인 기마부대를 급조해 2차 방어선을 폈지만 날씨마저 도와주지 않았다. 비가 계속 내리었으므로 충주 벌판은 군마가 움직이지 못할 만큼 수렁이 돼버렸던 것이다.

가슴이 철렁 내려앉는 비보가 끊이지 않았다. 그때마다 박광전은 문을 걸어 잠근 방 안에서 통곡하거나 한숨을 토해냈다. 선조는 파천하기 위해 분조를 염두에 두고 29일 마지못해 광해군을 세자로 삼았다.

그런 뒤 파천할 때 어가를 호위할 근왕병을 모병하기 위해 임해군은 함경도로, 순화군은 강원도로 보냈다. 결국 선조는 의주로 피신하기 위해 어가를 호종할 우두머리로 윤두수를 임명했다.

4월 30일. 결국 선조는 전포(戰袍) 차림으로 장대비가 쏟아지는 새벽인데도 파천 길에 올랐다. 돈화문(서대문)을 빠져나왔지만 거리는 지척을 분간 할 수 없을 만큼 캄캄했다. 비가 내리는 탓에 길잡이로 나선 군사들이 횃불을 들 수도 없었다. 왜군 첨병들이 한강을 도강하고 있으니 파천 길은 한시가 급했다. 불행하게도 선조로서는 궁궐을 내준 치욕적인 날이었다.

박광전이 식음을 전폐하자, 아들 박근효가 방문 밖에서 울었다.

"아부지, 진지는 드셔야지라우. 병 나시믄 큰일 난당께요."

"약골로 태어나 이만치 살았으믄 많이 살았다."

"뭔 말씸인게라우. 몸이 성허셔야 지와 함께 왜놈덜과 싸우지라우."

박광전은 왜놈들과 싸우자는 아들 박근효의 말에 정신이 번쩍 들었다. 방문을 열고 나온 박광전이 말했다.

"니 말이 맞다."

"아부지, 임금님이 도성을 떠나셨다는디 사실인게라우?"

"나라를 지키려믄 몸을 보존허셔야 헌께 그러셨을 것이다."

"지는 생각이 달라라우."

"니 생각은 뭣이냐?"

"임금님께서는 도성에 남아 장졸덜과 함께 싸우시고 광해대감님이 도성을 나가시어 후일을 도모허는 것이 도리가 아닐게라우?"

"니 생각도 일리가 있다만."

"고로코름 분투허신 임금님이라믄 역사에 이름이 남을 거 같은
디요."

박광전은 아들 박근효의 생각이 순수하다고 생각했다. 그랬다면 임
금과 한양 백성이 하나가 되어 왜군을 격퇴하고 도성을 지켰을지도 몰
랐다. 어쨌든 선조가 평양도 버리고 의주로 파천 길에 올랐다는 소식
은 전라도 각 고을에도 전해졌다. 전라감사 이광이 선조를 호위할 근
왕군을 모병하기 위해 각 고을에서 장정들을 징발했다. 농사일로 일손
이 부족한데 힘깨나 쓰는 장정들은 모두 근왕군으로 차출되어 전주감
영으로 올라갔다. 이광은 5월 19일에 전라도 4만 명의 군사와 경상감
사 김수가 거느린 1백 명의 군사를 거느리고 충청도로 올라갔다. 이윽
고 충청감사 윤선각의 군사 8,9천 명이 합세했다. 삼도의 군사가 합류
했으므로 삼도근왕군으로 이름을 바꾸고, 이광 전라감사를 총대장으
로 추대했다. 이광 막하에는 전라도 방어사 곽영, 광주 목사 권율, 동복
현감 황진, 여진족 격퇴에 공을 세웠던 백광언, 이지시 장수 등이 포진
했다. 삼도근왕군은 6월 3일에 수원에 도착하여 작전을 펴기 시작했
다. 그러나 삼도근왕군은 지휘체계의 혼란과 훈련받지 못한 군사 전력
으로 용인전투에서 왜군에게 참패하고 말았다.

박광전은 박근효를 통해서 급보를 들을 때마다 비통해했다. 병약한
데다 심병(心病)이 더해져 심신은 극도로 피폐해졌다. 삼도근왕군이 용
인에서 참패했다는 비보를 듣고는 한동안 큰 충격에서 헤어나지 못했
다. 김천일과 고경명이 보낸 격문을 보고는 당장 떨쳐나서고 싶지만
병든 몸이 말을 안 들었다. 약재를 달이는 일은 부엌때기 순년이가 맡

앉다. 박근효가 약사발을 들고 방으로 들어와 말했다.

"아부지, 건지황탕이그만요. 기력회복에 좋은게 드시지라우."

"예전에 퇴계 선상님헌테 건지황을 보낸 생각이 나는구나."

"인자 아부지도 몸 생각허셔야 해라우."

"격문을 보고 알았다만 나주의병군은 출병했다냐?"

사마시를 합격한 뒤 보성향교를 자주 나다니는 박근효였다. 그러다 보니 몸이 편치 않은 아버지 박광전보다 바깥소식에 밝았다. 그래서 최근에는 박근효가 아버지 박광전에게 외부소식을 전해주곤 했다.

"나주의병군이 6월 3일 나주 금성관에서 의병 3백 명을 모아 도성을 수복할라고 떠났다고 허그만요."

"김천일 의병장은 수원부사를 지내신 분인디 성품이 대쪽 같다고 허드구나. 도성을 수복해서 임금님을 다시 모실라고 헌께 나주근왕의 병이라고 불러야 헐 것이다."

"전라도에서 일어난 최초 근왕의병이그만요."

"전라도가 아니라 우리 조선 최초 근왕의병이다."

"지 생각에는 보성도 인자 의병이 모일 거 같아라우."

"삼도근왕군으로 징발됐다가 돌아온 장정들이 다시 모인다믄 보성 의병군도 생길 것이다."

"아부지는 몸이 불편허신께 나서지는 못허시드라도 지는 나설 라요."

"니 생각이 장허구나. 내 몸을 보존허지 못헌 내가 한스럽다. 근디 고경명 의병장의 담양회맹군 출병이 김천일 나주 근왕의병군보다 쪼깜 늦었지야?"

"늦을 수밖에 읎지라우. 담양회맹군은 전라도 여러 고을에서 의병덜을 많이 모으니라고 시일이 걸렸은께라우. 보성에서도 담양으로 멫십 명이 올라갔그만요."

고경명이 맹주로 추대 받은 담양회맹군은 전라도 20여 개 고을에서 6천여 명이 모인 의병연합군이었다. 그러나 김천일 나주의병군이 수원 독성산성에서 전과를 올린 것과 달리 담양회맹군은 7월 10일 금산 전투에서 고경명이 순절하는 등 왜군에게 밀리고 말았다. 화순에서 모인 의병들은 금산에 도착하기 전에 고경명의 순절 소식을 듣고는 고향으로 돌아와 버렸다.

그날 밤.

박근효는 임계영이 머물고 있는 천석정으로 올라갔다. 임계영이 박근효를 보자마자 박광전의 안부부터 물었다.

"성님 몸이 불편허시다는 말을 듣고 있는디 요새는 으쩐가?"

"임금님이 도성을 떠나셨다는 소식을 들으시고 난 뒤부터 영 안 좋그만요."

"드시는 것은 으쩐가?"

"건지황탕을 자신 뒤부터는 그래도 진지를 쪼깜씩 뜨시는그만요."

"아이고메, 다행이네. 성님이 건강허셔야 이 난국에 우리덜이 갈피를 잡을 것이 아닌가. 낼은 꼭 문병을 가야 쓰겄네."

"문병 오시믄 아부지께서 기운을 더 내실 거그만요."

"성님께서 내게 허신 말씸이 있는가?"

임계영은 박근효가 밤중에 찾아온 것으로 보아 무슨 전언(傳言)이 있을 것 같아 말했다.

"보성의병군을 거병해야 헐 것인디 삼도공은 으떤 생각을 허고 있는지 알아보라고 했그만요."

"죽천 성님 생각도 나허고 똑같을 것이네. 나헌테 보성의병군은 은제 거병허냐고 쫓아와 묻는 사람덜이 많다네."

"아부지께서 허락했는디 지도 나서서 싸울 것이그만요."

"자네가 내 밑으로 와준다믄 천군만마를 얻어분 것이나 다름없는 일이네."

임계영이 박근효의 손을 꽉 잡았다. 박근효는 자신의 손을 잡는 임계영이 보성의병군 거병을 이미 결심했다는 느낌을 받았다. 박근효가 말했다.

"잘 됐그만요. 낼 장흥에서 외삼춘이 온다고 했응께요."

박근효의 외삼촌은 장흥 향교에서 신망이 두터운 진사 문위세였다.

"낼은 문병 자리이니 의병 이야기를 길게 할 수는 없을 것이네. 조만간에 모두 보성관아 열선루에서 모여 뜻을 모아볼라고 허네."

"지도 참석할랍니다."

"알았네."

임계영이 벼루 옆에 놓인 종이 한 장을 박근효에게 내밀었다.

"무신 글인게라우?"

"보성, 장흥, 능성 향교에 보낼 격문인디 한 번 읽어보게."

박근효는 임계영이 건넨 격문을 읽어 내려갔다.

〈오호라! 나라에서 믿는바 오직 삼남지방인데 경상, 충청은 이미 적의 소굴이 되고 호남이 겨우 한 귀퉁이를 보전하여 군량의 공급과 병졸의 징발을 모두 이곳에 의지하니 다시 일어날 기틀이 실로 여기에 있다 하겠노라(중략).

적이 오는 길목의 방어가 소홀해 호서지방의 적이 호남을 석권할 기세이니 진실로 통곡할 일이로다. 지금이야말로 의사(義士)들이 일어서야 할 때가 아니겠는가? 적이 들어와 살육을 일삼으면 우리 불쌍한 생령(生靈, 백성의 목숨)들의 몸 둘 곳이 어디겠으며 처자식들은 또한 어떻게 될 것인가? 영남의 참상은 우리가 이미 들어서 아는 바이다(중략).

적세(賊勢)가 창궐하여 집이 불타 없어지고, 처자가 욕을 본 뒤에야 의사가 일어선들 때는 이미 늦다. 우리가 앞장서서 창의를 부르짖는 까닭은 첫째, 의사들의 뜻을 격동케 하자는 것이요, 둘째, 용부(勇夫)의 기를 떨쳐 백성들의 바라는 바를 이룩하자는 것이니 격문이 이르거든 즉시 일어서서 이달(7월) 20일 보성 관문(官門)으로 모일지어다. 한번 기회를 잃으면 후회가 막급할 것이요, 주인이 욕을 당하고 있는데도 구하지 아니하면 어찌 사람이라 하리오(하략)〉

임계영이 말했다.

"격문을 아직 향교에 보내지 않았네. 죽천 성님허고 중형(仲兄)허고 상의헌 뒤에 보낼라고 허네."

임계영의 중형이란 순창군수로 나가 있는 임백영이었다. 임백영과 박광전은 이웃 마을에 살면서 무슨 일이든 의기투합해 왔던 선우(善友)였다. 그러니 박광전과 임계영 형제는 스무 살이 넘어서는 삼형제나 다름없이 서로 의지하고 마음을 나누는 사이라고 할 수 있었다.

"아부지께 말씸 드리겄습니다."

박근효는 임계영의 석천정을 나섰다. 보름달이 떠 있는 까닭에 산길
은 밝았다. 피를 토하는 듯 울어대는 소쩍새 울음소리가 박근효를 뒤
따라오는 것 같아 문득문득 목덜미가 서늘해지곤 했다. 박근효는 잰걸
음으로 집에 돌아와 불이 켜진 사랑방으로 갔다.

"아부지, 겨신게라우?"

"니를 지다리고 있다. 들어오그라."

박광전은 앉은뱅이책상에 앉아 무언가 글을 쓰고 있었다. 먹을 간
벼루에서 묵향이 번졌다. 붓에는 먹물이 듬뿍 묻어 있었다.

"삼도공이 뭣이라고 허드냐?"

"보성의병군의 거병을 구상허시고 겨셨습니다."

"내 짐작이 맞그만."

"삼도공께서 쓰신 격문을 지에게 보여주셨어라우. 살육을 자행허고
있는 왜적을 무찌르기 위해 이달 20일까지 보성 관문에 모이자는 격문
이드그만요."

"허허, 이심전심이구나. 능성현령이 물어 와서 20일이 무운장구의
길일(吉日)이라고 조언을 했으니 말이다. 근디 삼도공이 거병 날짜를
20일로 정했다고 허니 이심전심이 아니고 뭣이냐? 나도 진작에 격문
을 써 놓았느니라."

"삼도공께서 낼 문병 오시겄다고 했그만요."

"문병이 아니라 1차 회의허는 자리가 되겄구나. 니 외삼촌도 온다고
허니 말이다."

"아부지, 지도 나설게라우."

"내가 나서야 허는디 몸이 부실해서 걱정이다. 긍께 장남인 니라도 내 대신 싸워야제. 내 생각인디 삼도공과 관아 사이를 연락허는 참모관을 맡으믄 으쩌겄냐?"

"참모관이든 전령이든 뭣이든 시키는대로 헐라요."

"오냐! 그렇다믄 내가 쓴 격문을 한 번 읽어보그라."

"예, 아부지."

박근효는 임계영의 격문을 읽고 의분과 전의가 솟구쳤는데, 또 다시 아버지 박광전의 격문을 본다고 생각하니 마음이 숙연해졌다. 두 종류의 격문이 보성과 장흥에 뿌려진다면 이광의 삼도근왕군이나 고경명의 담양회맹군에서 싸우다가 고향으로 돌아온 산졸(散卒)들이 이번에는 보성 관문으로 모여들 것만 같았다. 박근효는 기름불 아래서 격문을 가까이 하고 읽었다.

〈임진년 7월 모(謀)일에 전 현감 박광전과 임계영 등은 능성현령 김민복과 함께 삼가 재배하고 여러 고을의 사우(士友)들에게 글을 드리노라.

아! 나라가 믿어서 걱정하지 않았던 것은 하삼도(下三道)가 있었기 때문인데, 경상도와 충청도는 이미 궤멸되어 왜적의 소굴이 되었고, 호남만이 겨우 한 모퉁이를 보전하여 군량의 수송과 정예병의 징발이 모두 이 한 도만을 의지하고 있도다(중략).

따라서 적이 들어오는 길목을 방어할 준비가 매우 소홀한에 호서(湖西)의 왜적이 이미 본도의 경계를 침범하여 석권하는 형세가 장차 이루어질 것이니, 저들을 이겨 수복하는 희망을 어찌 믿을 수 있겠는가? 나라의 일이 몹시 위태로워 참으로 통곡할 지경이니, 지금이 바로 의사들이 분발해야 할 때이로다(중략).

우리 도내에는 필시 누락한 장정과 도망친 군졸이 있을 것이니, 만약 식견 있는 선비들을 시켜 서로 불러 모아 권장하고 격려하며 힘을 합해 떨쳐 일어나, 스스로 일군(一軍)을 만들어 왜적이 향하는 곳을 감시하여 요충지를 굳게 지키게 한다면. 위로는 왕의 군사를 성원할 수 있을 것이요, 아래로는 한 지역의 생령(生靈)을 보호할 수 있을 것이로다. 이 기회에 힘껏 도모하여 영남사람처럼 되지 말지어다(중략).

격문이 도착한 날에 즉시 뜻 있는 사람들과 함께 온 고을에 알리고 깨우쳐서, 군사들을 기록해 가지고 이달 20일에 보성 관문 앞으로 모일 것을 호소하노라. 한 번 기회를 잃게 되면 후회한들 무슨 소용이 있겠는가? 임금님이 치욕을 당했는데도 구원하지 않는다면 어찌 사람이라 하겠는가? 처음과 끝을 생각하여 의병 일으킬 것을 여러분 모두 도모하기를 바라오.〉

박근효는 격문을 다 읽고 나서 마음이 격동되어 눈물을 흘렸다. 아버지 박광전의 뜨거운 충심(忠心)에 감격했다. 병든 몸이지만 혼만은 개결한 아버지인 것이었다.

전라좌의병군

　능성현은 전라좌우도 사이에 끼어 있는 땅이었다. 따라서 능성현의 장정들은 전라좌수영이나 전라우수영으로 차출돼 수군이 되기도 했다. 그런가 하면 광주관아로 징발돼 육군이 되는 사람도 있었다. 의병도 마찬가지였다. 관의 징발이나 자신의 의사에 따라 움직였다. 그런 까닭에 능성 땅에는 군역에서 면제를 받은 늙은이와 모자라거나 병을 앓는 장정들만 남아 있는 형편이었다.

　1백여 명의 의병을 어렵게 모은 능성현령 김익복은 전라좌도 의병장 임계영 휘하로 들어가기로 결심했다. 이번에 능성관아로 모여든 의병들은 대부분 나이 든 사삿집 종들이었다. 젊고 건장한 장정들은 용인전투나 금산전투에서 돌아온 산졸들이었다.

　김익복은 짙은 안개가 걷히기를 기다렸다. 영산강 지류인 지석강이 밤새 강 밖으로 뿜어낸 안개였다. 불볕더위가 이어지는 며칠 동안 지석강은 밤마다 안개를 토해냈다. 안개는 예성산과 연주산 사이에 있는 능성의 너른 땅을 덮곤 했다.

　관아 마당에서 밤을 새운 의병들이 축축한 나뭇가지를 주워 불을 피웠다. 관아의 아전들에게 붙들리어 의병이 된 사삿집 종들이었다. 그들은 의병이 됐지만 관아의 방에 들지 못하고 노숙을 했다. 곁불을 쬐는 관군 출신도 있었다. 전주감영에서 병들어 귀가했거나 경상도와 충청도에서 도망쳐 온 관군의 군졸들이었다.

전주성에서 문지기를 했다는 군졸이 모닥불에 땔나무 가지를 던졌다. 밤안개에 떨었던 또 다른 의병들이 모닥불 주위로 몰려들었다. 순찰을 돌던 군교가 문지기 출신의 사내에게 주의를 주고 갔다.

"여그 불 쬘라고 온 거 아닌께 더 피우지는 말게."

"쬐끔만 쬐고 꺼불라요."

그때 말 한 마리가 능성관아로 쏜살같이 달려왔다. 말발굽 소리가 관아 정문에서 급하게 멈추었다. 말고삐를 세게 잡아당기는지 말이 비명을 지르듯 소리를 냈다. 말에 탄 사내는 호(虎)자 장표를 새긴 깃발을 들고 있었다. 관아 정문에 서 있던 수문장이 가로막자 그가 눈을 부릅뜨고 소리쳤다.

"현령 나리를 만나러 왔응께 비켜라!"

"니가 누군디 현령 나리를 만난다는 것이냐?"

"난 임계영 의병장님 참모관이다."

"보성서 왔다는 말이여?"

"의병장님 편지를 가지고 왔응께 문을 열어라."

그제야 늙은 수문장이 문을 열어 주었다. 말을 타고 달려온 사내는 임계영 의병장의 참모관 박근효였다. 박광전의 아들로 작년에 사마시에 합격한 유생이었다. 말이 머리를 흔들며 한동안 진저리치더니 순해졌다. 안개가 걷히기를 기다리며 동헌 마당에서 서성이던 김익복이 박근효를 맞았다.

김익복은 즉시 박근효가 전해준 편지를 읽었다. 편지의 내용인즉 김익복이 능성관아를 비우기 어렵다면 모병한 의병을 박근효에게 인계하라는 것이었다. 그러나 김익복은 자신이 모병한 의병들을 데리고 보성관아까지 함께 행군할 생각이었다. 부장으로 임명한 유여완이 있지만 처음부터 그에게 지휘권을 넘기고 싶지는 않았다. 능성의병들의 사기가 떨어질 수도 있었다. 김익복은 젊은 박근효에게 말했다.

"고을 수장이 잠시라도 관아를 비울 수는 읎는 일이네. 맹주님 생각도 일리가 있어부네. 허나 능성의병덜은 나를 보고 모인 사람덜이잖은가. 보성까지 따라가 밥 한 끼 묵는 것을 보고 와야 맴이 놓일 거 같어부네."

"의병장님께서는 선의로 말씸허신 것인께 맴대로 하시지라우."

"오해허는 것이 아니네. 고을 수장으로서 능성의병덜허고 쪼깐만이라도 함께 고락을 나누고 잡아서 그러네."

"여그서 은제 떠나실랍니까요?"

"의병덜이 보성관아에 다 모였는가?"

"문위세 의병장님이 이끄는 장흥의병덜은 이미 와 있습니다요."

"알겠네."

때마침 짙은 안개가 서서히 옅어지고 있었다. 화순으로 흘러가는 지석강이 흐릿하게 보이고 영벽정이 드러나 보였다. 이윽고 김익복이 말 등에 올라 소리쳤다.

"능성의병덜은 듣거라. 우리덜은 왜놈덜을 토멸하기 위해 스스로 모인 충의지사니라. 충의를 위해서는 목심을 바치기로 헌 의병덜이다. 시방 보성관아로 출발할 것인디 떠나기에 앞서 물을 것이 하나 있다.

시방도 늦지 않응께 말하라. 몸이 아픈 사람이나 집으로 돌아가고 잡은 사람이 있으믄 나오라. 나는 느그 마음대로 해줄 것이다."

그러나 대열에서 이탈하고자 하는 의병은 한 사람도 없었다. 죽창을 든 채 모두 꿈쩍도 안 했다. 충(忠)자와 의(義)자가 써진 깃발을 든 의병 전령들이 두리번거려 보았지만 의병들의 태도는 한결같았다. 김익복이 다시 한 번 더 소리쳤다.

"읎는가!"

"예!"

이윽고 능성의병 1백여 명은 보성을 향해 출발했다. 향도가 된 박근효가 선두에 서서 나아갔다. 그 뒤로 기수들이 따랐고 김익복은 능성의병을 이끌었다. 부장 유여완은 대오 끝에서 참퇴장 역할을 했다. 참퇴장이란 이탈자를 벌하는 장수였다. 안개는 이양 인물역을 지날 때쯤 완전히 걷혔다. 머리에 흰 띠를 동여맨 능성의병들은 계당산 고갯길을 바라보며 걸었다. 계당산 고갯길만 넘으면 거기서부터는 보성 땅이었다.

김익복은 계당산 고갯길을 넘어가기 전에 휴식을 명했다. 의병들은 웃통을 벗은 채 계곡물에 뛰어들어 땀을 씻었고, 말먹이꾼들은 말들에게 개울가 산자락에 웃자란 부드러운 풀을 먹였다. 김익복은 의병들이 휴식을 취하는 동안 박근효에게 전라좌의병의 작전에 대해서 물었다.

"보성에서 으디로 갈 계획인가?"

"의병장님께서 일단 남원으로 갈 것이라고 했습니다요."

"전라도 성 가운데 남원성이 제일 중요허지."

"남원성을 가보신 적이 있으신게라우?"

"내 고향이 남원이라네."

전주는 조선왕조의 본향인데다 전라도를 관할하는 감영이 있으므로 중요한 고을이었다. 아직까지 조선 관군이 전주성을 수성하고 있다는 것은 임금이나 의주 행재소 대신들에게는 큰 위안이었다. 한양이 수도라면 전주는 왕도였다. 그러므로 왕도 전주는 조선의 자존심이기도 했던 것이다. 그런 이유가 있었으므로 전라좌의병군이 남원으로 올라가서 차후 작전을 편다는 것은 당연한 수순이었다. 남원성은 전주를 방어하는 길목으로서 1차 요해지였다. 경상도를 거의 점령한 왜군은 전주를 호시탐탐 노리고 있었던 것이다.

"남원은 은제 당도할 예정인가?"

"마음이야 빨리 가고 잡지만 군량미 땜시 늦어불 거 같그만요."

"의병 모병도 쉬운 일이 아니지만 군량미가 더 큰 문제여."

의병군은 관군과 달리 군량미를 자체 조달한 뒤에야 작전이 가능했다. 관군처럼 비축해 둔 군량미가 없었다. 의병군은 군량미가 부족하면 작전지역으로 조금도 전진할 수 없었다. 그래서 그 지역에서 가장 존경받고 능력 있는 인사에게 군량미를 조달하고 운반하는 책임을 맡겼다. 전라좌의병의 양향관을 박광전과 문위세로 지명한 것도 바로 그러한 이유였다.

"보성의병이 은제 남원에 도착할지는 알 수 읎겄그만."

"지 생각도 그러그만이라우."

"군량미가 지대로 받쳐주믄 남원을 빨리 갈 것이고, 그렇지 않으믄 예상보다 지연될 수도 있겄네, 그려."

"일각이 여삼춘디 지지부진허믄 안돼겄지라우."

"앞으로는 모병도 큰일이네. 다른 고을은 으쩐지 모르겄네만 능성은 마실덜이 텅텅 비었네. 젊은 장정덜은 하나도 안 보이고 모다 늙은이덜과 노비덜 뿐이란 마시."

"이러다간 의병이 모다 사삿집 노비덜로 채워질지도 모르겄그만이라우."

"피난을 으디로 갔는지 마실에 사람덜이 읎어져부렀네."

"짚은 산으로 들어가부렀을께라우?"

"조사 나갈 아전도 도망쳐불고 읎는디 어처께 자세히 알겄는가."

더위를 식힌 능성의병은 다시 행군을 시작했다. 김익복은 계당산 고갯길에서는 말에서 내려 걸었다. 늙은 말이 힘들어 했다. 말이 뱃속의 것을 일부러 비워내듯 똥을 싸댔다. 박근효도 말에서 내렸다. 그가 탄 말 역시 코를 벌름거리며 침을 질질 흘려댔다.

인물역 찰방이 김익복에게 말을 주기는 했지만 가려서 보냈다. 왕실 목장에서 가져온 젊고 싱싱한 말은 공무에만 이용했고 늙거나 병든 말을 관아에 보내주곤 했던 것이다. 인물역의 살찐 말들은 임금의 허락을 받고 난 뒤 흥양 목장에서 가져온 수말이었다.

계당산을 넘어서자마자 산들바람이 불었다. 비릿한 냄새로 보아 봇재를 넘어온 바닷바람 같기도 했다. 김익복이 탄 말은 다시 기운을 냈고, 의병들의 발걸음도 빨라졌다. 두어 식경쯤 더 걸었을 때는 성민들이 희끗희끗 보였다.

"무신 사람덜인가?"

"성민덜이 북문 밖까지 나와 있는 것 같습니다요."

"사역을 하는가?"

"지도 가차이 가봐야 알겠습니다요."

잠시 후에는 꽹과리 소리와 징 소리가 났다. 좀 더 가깝게 다가가서야 능성의병들의 입이 벌어졌다. 보성 농악꾼들이 북문 밖으로 나와 능성의병들을 환영하고 있었다. 성민들은 북문에서 남문까지 줄을 서서 박수를 쳤다. 보성은 남문이 정문이었다. 남문으로 들어가는 양쪽은 토성처럼 동산이 있고, 관아 뒤쪽은 산이 막고 있어 성 안은 솥단지처럼 좁았다.

농성의병이 남문을 들어서자 성 안은 의병들로 더욱 북적거렸다. 7백 명의 의병들이 보성 관아에 들어차기는 처음 있는 일이었다. 객사 앞 한가운데에는 전라좌의병장으로 추대 받은 임계영이 전복(戰服) 차림으로 서 있고, 그의 좌우로는 박광전, 김익복, 문위세, 정사제, 임제, 소상진, 문원개, 문영개, 백민수, 문형개, 문홍개, 문희개, 임영개, 염세경, 양간, 이충량, 김홍업, 선경룡, 김언립, 황윤기 등 지도부 전원이 도열하고 있었다. 몸이 불편한 박광전은 서 있지 못하고 동헌에서 가지고 나온 호상에 앉아 있었다. 노환을 심하게 앓고 있는 양간은 얼굴만 잠깐 내밀고는 집으로 돌아간 뒤 아들 양자하를 보냈다.

장흥 의병을 이끌고 온 문위세의 부장은 강진 태생의 이충량이었다. 그가 나직하게 말했다.

"전라좌의병군 지도부에 의병장님 가족이 다 나와부렀습니다요."

"우리 장흥과 문가덜이 모다 나를 따라주었으니 고마운 일이네."

"의병장님 매형, 사위도 있그만이라우."

"으디 나만 그런가. 죽천 왕자사부님 가족도 눈에 띄네."

전라좌의병 참모관이 된 박근효, 박근제는 박광전의 차남이었다. 그런가 하면 박광전의 제자 안방준도 연락참모 즉 의병장 전령으로 임계영 뒤에 서 있었다. 임계영의 친족 중에는 그의 조카 임제가 지도부에 이름을 올리고 있었고, 장흥에서 온 문중사람 임영개가 눈에 띄었다. 김익복이 자신을 대신할 부장 유여완에게 당부했다.

"능성의병을 자네가 잘 보살피게. 나는 능성으로 돌아가 공무를 봐야 허네."

"걱정 마시지라우. 지가 심껏 애쓰겠습니다요."

이윽고 임계영이 벗었던 투구를 쓰고 난 뒤 소리쳤다. 투구가 커서인지 두 눈이 보일락 말락 했다. 임계영의 목소리는 65세의 고령답지 않게 쩌렁쩌렁 울렸다. 그의 목소리에는 충절과 전의가 짙게 묻어 있었다.

"여그 앉아 겨시는 죽천 왕자사부님의 격문에 동감하지 않을 수 읎소. 나는 본시 활 쏘고 말 달리는 재주가 읎고 병법도 알지 못하니 이해를 구해불겄소. 의병을 지휘하여 적을 물리치는데 어찌 어려움이 읎겄소? 허나 내가 의병장이 된 까닭은 오직 충의지사의 맴을 격려허고 여기 모인 용사들의 사기를 북돋기 위해서요.

남원성으로 가는 동안 예상되는 우리 의병의 가장 큰 난관은 관군과 달리 군량일 거요. 그러나 그런 난관이 있다고 해서 여그서 멈출 수는 읎소. 지성이면 하늘이 감동헐 거요. 하늘의 마음이 곧 백성의 마음이 아니겄소. 왜적을 무찔러 백성을 지키겄다는 마음이 절절허다믄 군량은 저절로 하늘이 내릴 것이오. 의병덜이여, 임계영을 따르시오!"

"예!"

장흥, 능성, 보성의 3개 의병군인 전라좌의병군은 임계영 의병장의 진심어린 호소에 전의가 솟구쳤다. 그러나 조직체계는 아직 완전하지 못했다. 3개 의병군이 따로따로 움직이려는 기미를 보였다. 임계영 밑에서 3개 의병군을 장악할 만한 좌우부장이 없기 때문이었다. 그렇다고 출진을 지체할 수는 없었다. 이미 전라우의병군 의병장 최경회와 남원에서 회동하여 다음 작전을 펴기로 약속돼 있었다. 임계영은 말에 올라 탄 뒤 엄한 목소리로 명을 내렸다.

"전라좌의병군은 즉시 낙안으로 출발하라."

기수들은 전라좌의병군의 상징인 호(虎)자 장표가 새겨진 깃발을 들고 있었다. 명을 받은 세 부장들이 서로 먼저 남문을 먼저 빠져나가려고 수하의 의병군을 지시했다. 순식간에 대오가 흐트러졌다. 임계영은 군사를 다뤄본 경험이 없었으므로 당황했다. 부장들에게 행군대오와 순서를 하달해야 하는데 그것을 놓쳤던 것이다. 보성관아에 남은 김익복이 자신도 모르게 혀를 찼다.

"쯧쯧. 세 개 의병군을 하나로 묶어내는 장수가 없네 그려."

그러나 다행히 남문을 통과한 뒤에는 장흥의병이 선두를, 그리고 보성의병, 능성의병 순으로 행군의 질서를 잡았다. 그제야 임계영은 말고삐를 잡아당겨 앞으로 나아가 박근효를 통해 명을 하달했다.

"인자부터는 장흥, 보성, 능성 의병은 하나네. 내 휘하에서 하나로 움직여야 허네. 내 명에 반하는 사람은 반다시 처법할 것이네."

종사관 정사제와 참모관 박근효는 부장들을 찾아다니며 임계영의 지시를 전달했다. 그제야 행군 대오는 흐트러지지 않고 남문이 보이지

않을 때까지도 질서를 유지했다. 살구나무 같은 유실수 밑이나 오이
밭을 지나면서도 민폐를 끼치지 않았다. 불볕더위에 시달렸지만 함부
로 대오를 이탈한 의병은 한 명도 없었다.

재회와 작별

선조가 의주 행궁에 있을 때였다. 장흥의병군을 이끌고 와서 전라좌의병군에 합류시켰던 문위세가 박광전을 찾아왔다. 문위세는 전라좌의병군에 참여했지만 출병하지는 않았다. 전라좌의병군에 의병장 두 사람이 활동하면 통솔에 장애가 되기 때문이었다. 문위세는 후방에서 군량을 모으는 모속관(募粟官)을 선택했다. 의병장 임계영에게 군권을 몰아주기 위해서였다. 문위세가 말했다.

"매형, 의곡(義穀)은 생각보다 잘 모아지고 있그만이라우."

"보성, 장흥 사람덜 기질은 에러울 때 힘을 더 합치드라고."

"모아진 의곡은 보성 관아로 일단 옮겨불라요."

"보성 군수에게 잘 말허고 옮겨. 보성군수는 좌수영 군량미로 가져 갈라고 헐지 모른께 말이여."

"의곡을 내논 사람덜 뜻을 존중해야지라우. 보성군수에게 잘 말헐 게라우. 근디 몸은 좀 으떤게라우?"

"찬비람이 니는 기실이 된께 쪼깜 나은 거 같그만."

"몸이 좋아질 때 더 조심해부쑈잉."

"알았네, 나는 전주에 갔다가 올라고 허네."

"혼자서 갈라고라우."

"보성읍성 사는 은봉을 델꼬 갈라고 허네."

은봉은 박광전의 제자 안방준의 호였다. 박광전은 우계정의 제자들 가운데서 안방준을 특별하게 아꼈다.

"전주에 뭔 일이 있는게라우?"

"동궁과 도체찰사가 와 겨시네."

동궁은 광해군이었고 도체찰사는 정철이었다. 왕세자 광해군은 분조(分朝)를 이끌며 의병들을 격려하고 양민들의 사기를 북돋우기 위해 지방을 돌고 있었다. 또한 정철은 군사 징발이라든지 전라감영의 군무를 점고하기 위해 파견 나와 있었다.

박광전은 도체찰사 정철에게 제자 안방준을 보내 자신이 생각하는 군무를 품의하도록 할 생각이었다. 두 번째 스승 양응정 문하에 있을 때 병서를 배웠던 것이 크게 도움이 되었다. 양응정은 붓과 칼을 다룰 줄 알아야만 대장부라며 틈틈이 병서 읽기를 권장했던 것이다. 더욱이 정철도 양응정의 제자였으므로 자신의 군무건의를 공감해 줄 것만 같았다. 박광전은 세 번째 스승인 퇴계 이황의 학문적 깊이에 대해서는 조금도 의심해 보지 않았지만 두 번째 스승 양응정의 임란을 대비한 선견지명에는 자다가도 벌떡 일어날 만큼 놀라지 않을 수 없었다.

이틀 후.

가을바람이 차갑게 부는 날이었다. 박광전은 안방준을 앞세우고 전주로 갔다. 전주 가는 길은 예전에 사마시를 보러 갔던 적이 있었으므로 낯설지 않았다. 역참에서 빌린 말을 타고 가다가 정읍에서 하룻밤

잔 뒤 바로 전주성에 입성했다. 왜군이 평양까지 올라가 있는데도 전주성은 이정란 수성장의 지휘 아래 동요 없이 무사했다. 권율이 전주로 들어오는 길목인 이치에서 왜군을 격퇴했고, 웅치에서는 나주 판관 이복남 등이 왜군을 방어했고, 이순신 좌수사가 바다를 틀어막고 있으며, 황진 등이 남원성에서 수성을 철통같이 하고 있기 때문이었다.

박광전은 전주성에 입성하자마자 안방준을 도체찰사 정철에게 보냈다. 자신은 왕세자 광해군을 친견하기 위해 임시로 설치한 행영(行營)에서 대기했다. 행영은 전주성 객사였다. 그런데 광해군은 태종 때 축성한 위봉산성으로 의병들을 격려하기 위해 나가고 없었다.

안방준은 전라감사가 머무는 감영에서 도체찰사 정철을 만났다. 안방준이 말했다.

"대감님, 지는 보성읍성 사는 안방준이라고 허는그만요. 근디 지 선상님 심부름 왔어라우."

"자네 선생님이 누구신가?"

"죽천 박광전 선상님이시그만요."

"아, 죽천공이시구먼."

정철은 한양 출신이지만 어린 시절 할아버지 산소가 있는 담양에서 과거에 급제할 때까지 10여 간 살았던 적이 있었으므로 전라도 말을 잘 알아들었다.

"무슨 심부름으로 왔는가?"

"요것을 선허라고 했어라우."

정철은 안방준이 내민 봉투를 받더니 바로 개봉해 읽었다. 군무에 대한 대책을 제안하는 일종의 품의서였다. 그런데 정철의 표정이 밝아졌다. 품의서를 다 읽고 난 정철이 말했다.

"죽천공께 전하시게. 글을 읽으면서 송천 선생님이 떠올랐다고 말이네."

송천은 양응정의 호였다.

"송천 선생님께서 하셨던 말씀과 같으니 그렇지 않겠는가. 송천 선생님께서는 우리 군사가 적으니 수성전이 유리하므로 평소에 군사를 잘 훈련시키고, 특히 수군의 중요성을 강조하셨다네. 조정의 모든 대신들이 육군을 우대하고 수군을 홀대하곤 했는데 송천 선생님은 수군이 강해야 왜적이 발호하지 못한다고 하셨지. 죽천공이 보낸 글도 송천 선생님의 주장과 대동소이하네. 그러니 송천 선생님이 생각나지 않겠는가?"

조정 대신들이 수군을 홀대하는 데는 이유가 있었다. 왜구들의 배 타는 기술을 당하기 어렵기 때문에 조선은 수군보다 육군을 양성해야 한다고 주장해 왔고, 그런 편견 때문에 수군 장수보다 육군 장수를 우대했던 것이다. 임란이 발발하자 선조는 대신들의 의견을 받아들여 경상우수영의 전선들을 바다에 자침시키고 왜왕의 군사를 육지로 불러들여 싸우라고 지시한 것도 그러한 인식에서 나온 것이었다. 그러나 양응정의 생각은 달랐다. 수군양성과 전선 건조를 주장했다. 조선이 해전을 대비하지 않으니 왜적이 더 발호한다고 보았던 것이다.

"죽천공은 어디에 계신가?"

"세자 저하를 뵈려고 행영에 계십니다."

"저하께서 위봉산성에 가셨는데 내일 오실지도 모르겠네."

"그럼, 지는 죽천 선상님이 겨신 디로 물러가겠습니요."

"그러시게. 동문 선배님이 되시니 바로 가서 뵈어야 하는데 나는 오늘 전주성의 군사들을 점고해야 한다네. 그렇게 전하시게."

"예, 대감님."

안방준이 광해군 행영에 돌아오자 박광전이 물었다.

"체찰사 대감님은 잘 만났는가?"

"행영으로 달려오고 짚으시나 오늘 전주성 군사점고가 있다고 허시드그만요."

"체찰사 직무가 직접 군사를 점고허고 전라감사를 감독허는 것인디 오죽 바쁘시겠는가."

"저하께서는 오늘이나 낼 오신다고 헙니다."

"그라믄 경기전으로 가서 태조 임금님께 인사를 드리세."

경기전 참봉을 지낸 적이 있는 박광전은 태조 어진을 참배하지 않을 수 없었다. 경기전은 행영에서 아주 가까운 거리에 있었다. 광해군 일행이 온다면 즉시 달려갈 수 있는 거리였다. 박광전과 안방준은 경기전으로 들어가 태조 어진 앞에서 4배를 했다. 그런 뒤 무릎을 꿇고 머리를 숙였다. 박광전은 마음속으로 조선 땅에서 살육을 자행하고 있는 왜적을 하루빨리 토멸시켜 달라고 빌었다. 안방준은 의주 행궁에 계신 임금님께서 무사히 도성으로 돌아오시기를 기도했다.

박광전은 경기전을 나와 뒤편 숲으로 가 보았다. 벌써 낙엽이 떨어져 된하늬바람에 이리저리 뒹굴고 있었다. 자신이 참봉으로 오기 전까지는 유원지처럼 젊은 남녀들이 소풍 나와 깔깔 웃고 띠드는 소리가 났으나 지금은 자신의 재임시절처럼 정숙했다. 자신이 참봉으로 부임해서 유원지로 변해 있는 경기전 주위를 엄하다싶을 정도로 단속하고 정비해서 분위기를 바꾸어놓았던 것이다.

"선상님, 저기 누가 오는그만요."

행영에서 보았던 군사 하나가 다가오고 있었다. 군사가 말했다.

"저하께서 오셨어라우. 아까 지달리신 분 맞지라우?"

"아이고, 고맙네."

박광전은 군사를 따라서 잰걸음으로 갔다. 과연 행영 문 밖에는 광해군이 박광전을 기다리고 있었다. 박광전은 행영 대방으로 들어가 광해군과 맞절을 했다. 굳이 광해군이 맞절을 한 것은 박광전이 사부였기 때문이었다. 그러나 안방준은 광해군에게 큰절을 했다. 광해군이 말했다.

"사부님, 오랜만이오."

"저하, 나라에 사변이 나 을매나 고초가 많으신게라우."

"황해도에 있다가 경기도, 전라도로 내려오니 마음에 위로가 되오. 백성들이 나라를 구하고자 목숨을 아끼지 않는 것을 보니 충절의 나라에서 살고 있다는 것이 새삼 느껴지오."

"저하, 시사(時事)에 대해 말씀드리고자 하는 것을 10여 조 적어 가지고 왔그만요."

"알았소. 차분한 시간에 읽어보겠소."

박광전이 봉투를 건네자 광해군이 기쁘게 받았다. 광해군이 위봉산성에서 행영에 도착했다는 보고를 받았는지 전라감사 이광이 왔다.

"저하, 위봉산성에서 돌아오셨다고 해서 왔습니다."

"감사, 잘 오셨소. 이 분은 나의 사부를 지냈던 죽천공이오. 나에게 은혜가 있는 분이니 여기에 머무는 동안 음식물을 주되 특별히 우대해

주시오."

"예, 저하."

박광전은 광해군만 만나고 바로 보성으로 돌아오려고 했으나 그러지 못했다. 전시 중이므로 관아에 피해를 주지 않으려고 했지만 광해군이 만류해서 그랬다. 할 수 없이 박광전은 안방준과 함께 전주감영에서 3일을 보내다가 광해군과 헤어졌다. 떠날 때 광해군이 술을 하사했다.

"사부님께서 술을 즐겨 하지 않는다는 것을 기억하고 있소만 작별할 때 술만 한 것이 또 어디 있겠소. 그러니 마시지는 않더라도 받으시오."

"저하, 저하께서 주신 정을 잊지 않겠습니다."

박광전은 광해군이 준 술을 가지고 내려오다가 안방준에게 주었다. 안방준이 백자 술병을 받았다가 손사래를 치며 박광전에게 돌려주었다.

"선상님, 왕세자 저하께서 정으로 주신다고 했는디 지가 어처께 받겠습니까요. 긍께 드시지는 않더라도 선상님 댁에 놓아두시는 것이 도리에 맞을 겁니다요."

"허허, 그런가?"

"아이고메, 그러고 말고라우."

박광전과 안방준은 보성읍성에서 다음 날 만나기로 하고 헤어졌다. 박광전은 보성향교를 들렀다가 조양 집으로 돌아왔다. 조양 집은 시골이었지만 분주했다. 임시로 의병청을 설치했기 때문이었다. 모속관 문위세가 상주했고, 전령인 안방준은 전라좌의병장 임계영과 박광전 사이를 오가며 서로의 상황을 전했다. 전주성으로 가서 왕세자 광해군과 도체찰사 정철을 만났다는 소식도 안방준에 의해 남원으로 가 있는 임계영에게 전해질 것이었다.

광해군의 지시를 받았거나 도체찰사 정철이 건의했는지도 모를 일이었다. 박광전은 전주성을 다녀온 지 얼마 후 정3품의 군자감정(軍資監正)을 제수 받았다. 그러나 박광전은 "헛되이 국은(國恩)을 받아 3품에 이르니 마음이 실로 편치 못합니다."라는 내용의 상소를 올려 벼슬을 받지 않았다.

그러자 선조는 박광전에게 익위사 익위(翊衛)를 제수하였다. 익위란 세자를 보좌하는 벼슬이었다. 광해군의 사부를 했던 적도 있고 해서 박광전은 이번에는 거절하지 않고 익위 벼슬을 받았다. 이때 광해군은 전주성에 설치한 무군사(撫軍司)로 내려와 있었다. 그러나 박광전은 노환으로 몸이 불편하여 가지 못하고 상소문만 올렸다.

<계사년 12월 모일에 전 회덕현감 박광전은 몸을 깨끗이 하고 백 번 절하면서 왕세자 저하께 말씀드립니다. 삼가 생각건대, 국가의 운수가 중도에 막혀 흉악한 왜적들이 함부로 날뛰어 삼경(三京)을 지키지 못하고 임금님의 수레가 서쪽 의주로 피난하니, 이는 실로 천고에 없던 변란입니다. 다행히 하늘과 같은 황은(皇恩, 명나라 황제 은혜)을 입어 신(神)의 위엄으로 오랑캐를 막아 추악한 전쟁은 잠시 그치고 왜적은 한쪽 모퉁이로 퇴각하였으니, 이 또한 천고에 없던 경사입니다.

요사이 임금님이 탄 수레가 도성으로 돌아오고 학가(鶴駕, 왕세자)는 남쪽으로 내려와 우리 군대의 위풍을 빛내고 우리 백성의 마음을 진정

시켜, 유민으로 하여금 다시 도성 관아의 위엄 있는 거동을 보게 하니, 무릇 혈기가 있는 사람이라면 누군들 '우리 임금님의 아들답다'고 노래하며 추앙하지 않겠습니까? 사람들의 마음은 분기(奮起)할 것을 생각하고 장수와 병사들은 기운이 솟아, 뒤엎어진 기틀이 이미 반전되어 회복의 형세가 장차 이루어지니, 모든 이의 기쁨과 경사를 어찌 말로 표현하겠습니까?(중략)

임진년 6월부터 오늘에 이르기까지 20여 개월 동안 선비들의 집에도 재력이 이미 바닥이 나서, 현재 남아 있는 숫자를 계산해 보니 겨우 한 달을 지탱할 정도입니다. 군량이 없는 의병군은 오래지 않아 스스로 궤멸할 것입니다. 그러나 이미 상부에 보고하고 의병을 움직이기 때문에 형편상 멋대로 해산하기도 어려워 실로 어찌할 줄 모르는 처지에 놓여 있습니다.

그러니 군사와 군량을 익호군(翼虎軍, 김덕령 의병군)에 합치는 것이 시의적절할 것 같습니다. 만일 그렇게 할 수 없다면 좌의병을 계속 지원하는 고을이 다섯 군데에 불과하고, 계의병(繼義兵, 최경장 의병군)까지 계속 지원하려면 한 도가 힘을 합해야 합니다. 그런데 계의병이 이미 해체되었으니 이 부대 가운데 보성 출신자와 장흥 출신자를 좌의병에 배속시켜 우맥(雨麥, 돌풍 같은 상황) 전에 군량을 보충한다면 아마도 스스로의 궤멸은 막을 수 있을 것입니다. 청컨대, 무군사로 내려 보내 논의하여 처리해 주십시오. 삼가 죽음을 무릅쓰고 올립니다.>

박광전은 70세가 된 선조 28년(1595) 봄 70세에 익위를 다시 제수 받았다. 도성에 들어갔지만 광해군을 만나지는 못했다. 광해군은 지방의 행영을 돌아다니며 관군과 의병들을 격려하면서 다녔기 때문이었다. 그런 와중에도 광해군은 박광전이 도성에 들어와 있다는 소식을 전해 듣고 궁인을 두세 차례 보내서 위로했다. 그해 여름 박광전에게 신창 현감을 제수하였으나 부임하지 않았고, 다시 익위를 임명하려 했지만 박광전은 늙고 병들었음을 들어 귀향하기를 청했다.

그러자 광해군이 도성으로 들어와 정의(情義)를 간곡하게 표하면서 《대학연의》와 《소학》을 하사했다. 그러자 박광전이 절을 하면서 말했다.

"저하, 신은 늙어서 곧 죽을 것이니 원컨대 학문을 강론하고 덕을 닦아서 완전한 덕을 이루소서."

"알았으니 사부님의 몸을 잘 보존하시오."

조양 집으로 돌아온 박광전은 방 하나를 깨끗이 치우고 《주역》의 궤를 보면서 나라의 운세를 살펴보았다. 운세에는 왜적들의 '칼숲'을 물리치려면 이삼 년을 더 힘써 싸워야 했다.

임계영의 진중일기

　2차 진주성전투가 끝난 다음해였다. 선조 28년 2월에 전라좌의병군은 섬진강변에서 기상천외한 작전을 펼쳤다. 2월의 거센 강바람과 모래를 이용한 전술이었다. 의병군들은 강에 모래더미를 쌓아놓고 거적을 덮었다. 그런 뒤 왜군을 유인했다. 왜군이 다가오자 임계영은 매복해 있던 의병들에게 지시했다.

　"거적때기덜을 벳겨부러라!"

　거적이 벗겨지자 모래알이 거친 강바람을 타고 왜군들에게 흩뿌려졌다. 왜군들이 눈을 뜨지 못하는 사이에 의병들이 달려가 왜군들의 목을 베고 사로잡았다. 강바람과 모래를 이용한 전술이었다. 작년 성주성을 탈환한 이후 섬진강전투는 2차 진주성전투의 패배로 사기가 극도로 저하된 의병들에게 전의를 다시 고취시켰다. 그런데 선조는 각 도의 의병군을 하나로 통합하라는 지시를 내렸다.

　"임계영은 전라좌의병군 군졸을 김덕령의 익호군에 넘겨주어라."

　전주로 내려와 있던 왕세자 광해군이 작년 12월 박광전의 상소문을 받고 난 뒤 "장흥, 보성에 있는 군량 전부를 (좌수영에 주지 말고) 전라좌의병에게 주도록 하라."는 명을 내렸을 때만 해도 의병들이 각오를 새롭게 다졌지만 불과 4달 만에 상황이 정반대로 바뀌었다. 군량미와 군사 지원이 원활하지 않기 때문에 내려진 조정의 궁여지책이었다.

왜군의 호남 진입을 막고자 전라좌의병군이 하동으로 진을 옮긴 뒤, 2월 섬진강전투에서 전과를 올렸지만 그 기쁨은 오래가지 않았다. 6월 초가 되자, 전라좌의병군은 이합집산의 기로에 섰다. 전라좌의병군은 둘로 나뉘었다. 일부 의병들은 임계영의 지시대로 익호군으로 가겠다 고 했고, 또 일부는 다른 의병장을 따라서 왜군과 일전을 벌이겠다며 갈라졌다. 임계영은 양쪽의 의사를 다 존중했다. 어느 쪽이든 나라를 위해 목숨을 바치겠다는 것이기 때문이었다.

자신의 입지가 좁아진 임계영은 할 수 없이 하동을 떠나 고향 보성 으로 돌아왔다. 보성읍성에서 거병한 지 햇수로 3년 만이었다. 선조는 임계영이 귀향했음을 뒤늦게 보고받고는 그해 9월 양주목사를 제수했 다. 그런 뒤 1년 4개월의 임기를 마치자 정주목사, 장단부사, 해주목사, 그리고 고향이 가까운 곳을 배려하여 순창군수를 제수했다. 순창군수 를 지내는 동안 임계영은 전라좌의병군의 출병과 성주성전투와 선산 전투 전후를 마치 진중일기 쓰듯 기록했다.

임계영의 기록은 선조 25년 8월부터 시작했다. 최경회의 전라우의 병군과 임계영의 전라좌의병군이 합세하여 금산, 무주에 유진하고 있 던 왜군을 영동 방면으로 격퇴한 이후부터였다. 임계영에게 다음과 같 은 요지로 경상우감사 김성일의 편지가 왔던 것이다.

〈김해와 부산을 친 적이 합세하여 깊숙이 내달으니 월성은 함락된 지 오래이고 이제 영호남 경계까지 이르렀소. 군사를 이끌고 나와 면

저 위급한 요충지를 막아주시오.〉

도체찰사 정철도 임계영에게 영남을 구원하러 가라는 명을 내린 터였으므로 전라좌의병군은 영남으로 진을 옮기지 않을 수 없었다. 임계영은 함양을 지나면서 선조에게 상소문을 작성했다.

〈전라좌의병장 신(臣) 임계영은 황공하게도 주상전하께 아룁니다. 뜻하지 않은 흉독(凶毒)이 성상의 밝은 시대에 생겨나 말로 다할 수 없는 욕을 당하시고 어가가 도성을 떠나 오래 계시는데도 어느 한 사람 칼을 짚고 일어서서 적을 대하지 않아, 여러 고을이 바람을 받아 쓰러지고 인심이 흉흉하여 물과 같이 흐릅니다.(중략) 요행을 바라고 살기보다 차라리 죽기로 결심하고 신 등이 의병을 모아 남원을 거쳐 장수까지 올라와 주둔하며 무주의 적을 영동으로 쫓아 보냈습니다만 거리가 너무 멀어 완전 섬멸하지 못한 것은 신 등의 죄라 만 번 죽어 마땅합니다.

사방이 다 왜적의 발아래 짓밟혔으되 오직 호남만이 유일하게 남은 것은 하늘이 도와 우리 조정이 회복할 기틀을 마련해 주신 거라 생각합니다. 이제 마땅히 어가를 따라갈 일이로되 경상우감사 김성일의 지원 요청도 있고 해서 부득이 동으로 향합니다만 마음만은 서쪽의 왕실에 있사옵니다.(하략)〉

임계영의 상소문은 종사관 정사제가 가지고 의주 행궁으로 떠났다. 정사제는 천신만고 끝에 길을 떠난 지 20일이 되어 진으로 돌아왔다.

이후 전라좌의병군은 함양에서 거창으로 이동하여 정인홍 의병장과 협력하여 성주성을 공격하려고 했다. 조선관군도 성주성을 치는데 군사를 보냈다. 도체찰사 정철이 김성일의 요청을 받고 운봉현감 남간과 구례현감 이춘원에게 장병 5천 명을 성주성으로 보내라고 명했던 것이다.

8월 19일, 합천 해인사에서 현감과 의병장들이 작전회의를 했다. 회의 참가자는 의병장 임계영, 정인홍, 김면과 현감 남간과 이춘원이었다. 작전회의 결론은 21일까지 성주성을 포위하여 공격하자는 것이었다.

한편, 성주성에는 왜장 가쓰라(桂元綱)가 왜군 1만 명으로 수성하고 있었다. 개령현에는 총대장 모리 데루모도(毛利輝元)가 진을 치고 있었는데, 가쓰라는 그의 부장이었다. 가쓰라는 조선관군과 의병군이 성주성을 포위하고 있으니 지원군을 보내달라고 급히 총대장 모리 데루모도에게 전령을 보냈다. 그러자 총대장은 요시미(吉見元賴) 부장과 왜군을 가파른 험로를 통해서 신시(오후 4시)까지 보냈다. 요시미의 왜군은 조선관군과 의병군을 배후에서 공격했다. 성주성만 포위했지 아직까지도 일사불란하게 공격작전을 세우지 못하고 있던 조선군은 크게 당황했다. 결국 조선군은 후일을 기약하며 후퇴했다.

그러나 왜군도 방심했다. 조선군이 후퇴하자 요시미의 지원군도 22일 개령으로 철수해버렸다. 이후 정인홍과 김면의 의병군은 9월 10일 다시 성주성을 공격했지만 실패했다. 이때 임계영은 전투에 참가하지 않았다. 전라좌의병군을 재정비할 필요성을 느꼈기 때문이었다. 의병들은 고향을 떠난 지 2년이 넘어가자 향수병에 시달리기도 했던 것이다.

김시민은 선조25년 9월 중순에 진주목사로 부임해 왔다. 왜군의 공격을 방어하기 위해 김시민은 수성전 준비에 돌입했다. 그러나 왜군은 벌써 10월 6일부터 진주성을 슬슬 공격하기 시작했다. 이른바 1차 진주성전투였다. 임계영과 최경회의 의병군 2천 명은 김시민과 연락하면서 진주성 외곽 산자락에서 진을 옮겨가며 왜군 후방을 괴롭혔다. 곽재우 의병군도 마찬가지였다. 왜군이 진주성을 쉽게 공격하지 못하게 하는 전술이었다. 그래도 왜군은 10일 오전 9시에 총공격을 했다. 2시간 동안 일진일퇴를 거듭했다. 그러나 왜군은 많은 살상자만 내고 퇴각했다. 조선군보다 6배나 많은 전력을 가지고 싸웠지만 진주목사 김시민, 고성현령 조응도 등의 분투에 퇴각하지 않을 수 없었던 것이다.

이때 김시민은 이마에 왜적의 유탄을 맞고 쓰러졌다. 며칠 뒤에는 숨을 거두고 말았는데, 그의 나이는 고작 39세였다. 조선군은 왜군에게 두려움의 대상이 된 김시민의 죽음을 숨겼다. 왜왕 도요토미 히데요시가 반드시 김시민에게 복수하겠다고 흥분할 정도였다.

1차 진주성전투에 승리한 조선군은 사기가 올랐다. 임계영과 정인홍은 성주성을 다시 치자고 약속했다. 임계영은 장윤 부장에게 지시했다.

"성주성으로 이동허게. 최경회, 김면, 정인홍 의병군이 12월 7일까지 오기로 했응께."

이동 중이었다. 양민 한 명이 임계영에게 달려와 첩보를 주었다.

"적들이 시방 개령으로 가고 있십니데이."

"으디로 가믄 적을 모다 사살헐 수 있겄는가?"

"성주와 개령 사이에 부상현이라는 고개가 있십니더. 거기가 제일 좋을 낍니더."

12월 1일의 일이었다. 임계영은 장윤에게 매복작전을 지시했다. 장윤은 즉시 전투부 의병군을 이끌고 부상현으로 달려가 잠복했다. 과연 왜군 20여 명이 일렬횡대 대오로 부상현 고개를 향해 올라오고 있었다. 장윤은 의병군들을 은폐시키고는 숨을 죽였다. 왜군이 고갯마루에 다 올라왔을 때에야 장윤이 소리를 질렀다.

"활을 쏴부러라!"

전라좌의병군의 활공격에 왜군들은 속수무책으로 당했다. 20여 명이 순식간에 활을 맞고 피를 흘리며 쓰러졌다. 아군은 한 명도 피해를 보지 않은 완벽한 작전성공이었다. 전라좌의병군의 매복작전 성공은 성주성을 에워싼 조선군의 사기를 한껏 올렸다. 성주성 함락의 신호탄이나 다름없는 작전이었던 것이다.

조선군은 1, 2차의 작전실패를 되풀이하지 않기 위해 서두르지 않았다. 성주성을 포위한 채 탐망군을 내보내 배후경계를 철저히 했다. 군사로 치면 왜군은 적수가 되지 못했다. 성 안의 왜군은 6백여 명이었고, 조선의병군은 5천여 명이었다. 10일에 의병장 작전회의를 했다. 임계영이 말했다.

"1차전 때는 우리덜이 배후경계를 소홀히 해부러서 실패했다는 것을 인정해야 허요."

"맞소. 적의 지원군이 왔던 산길 등에 이번에는 우리 군사를 매복시킵니다."

"누가 나서겠소?"

대답이 없자 임계영이 말했다.

"나의 부장 장윤이 매복 기습작전에 귀재요. 장윤을 내보내겠소"

"고맙소"

의병장들은 성주성 총공격 날짜를 12월 14일로 잡았다. 일주일 후에 총공격을 하기로 결정한 것은 심리전과 지연전을 동시에 구사하겠다는 것이었다. 성 안의 왜적들이 극도로 불안해질 때까지 기다리는 작전이었다. 뿐만 아니라 왜적들은 일주일이 지나면 군량미 부족 때문에 더 버티기가 어려울 것이라고 보았던 것이다. 작전회의를 마치고 나온 임계영은 장윤 부장을 불렀다.

"부장이 또 매복작전을 나가야 허겄네. 이번에는 부상현이 아니고 험한 산길인디 지름길이 있다고 허네. 지난번 1차전 때 개령에서 지원군이 넘어왔던 길이라고 헌디 의병덜을 줄 텐께 빨리 가서 매복허게."

"의병 3백 명만 주실랍니까?"

"필요하다믄 5백 명도 주겄네."

"매복은 많은 수가 필요읎지라우."

"알았네. 은제 떠날 것인가?"

"탐망군을 몬자 보내 왜적이 나타나는 날짜에 맞출께라우."

장윤은 삭풍이 부는 한겨울이었으므로 미리 추운 숲속에 매복시키는 것보다 탐망군의 첩보를 받고 난 뒤 작전을 개시해야겠다고 판단했다. 마침내 장윤은 임계영의 허락을 빌어 12월 13일 매복작전에 들어갔다. 과연 왜군은 13일 밤에 험준한 산길로 올라오고 있었다.

장윤은 예전 매복작전과 같이 왜군이 화살의 사거리 안에 다 들어

왔을 때 공격을 개시하려고 생각했다. 장윤의 생각대로 매복 기습작전이 성공했다. 왜적 200여 명을 죽이고, 뒤따라온 양민 포로 4백여 명을 구했다. 왜군이 양민 포로들을 데리고 온 데는 이유가 있었다. 조선군의 화살받이나 왜군의 군수물자를 나르기 위해서였다. 결과적으로 장윤은 왜적 2백여 명을 사살하고, 양민 4백여 명을 구했다. 왜군의 지원군 2백여 명을 사살했으므로 의병군들은 성주성을 마음 놓고 공격했다. 장윤은 군마를 타고 성 안을 휘저었다. 왜군 부장들이 장윤의 긴 칼에 넘어지고 쓰러졌다. 왜군 2백여 명이 성문 안팎에서 비명을 지르며 죽어갔다. 왜군 일부는 성문을 열고 선산 방면으로 도주했다. 왜군을 추격하다가 임계영의 별장 소상진과 남응길이 조총을 맞고 전사했다.

치열한 공방은 잠시 멈추었다. 조총으로 무장한 왜군의 저항이 강했고, 날씨가 너무 추웠기 때문이었다. 그러나 왜군은 예봉이 꺾이었으므로 독 안에 든 쥐나 다름없었다. 의병군들은 지구전에 돌입했다. 싸우지 않고 시간을 끄는 지구전은 적중했다. 왜군은 선조26년 정월 대보름 밤중에 성문을 열고 퇴각했다. 전공을 크게 세운 장윤은 사천현감에 임명되었다.

이 무렵 조정에서는 도성을 수복하고자 각도의 관군과 의병을 모집하고 있었다. 도체찰사 정철은 최경회와 임계영을 추천했다. 따라서 전라좌우의병군은 도성으로 올라갈 수도 있었다. 이에 경상도 양민들이 정철에게 진정서를 보냈다.

〈임 장군의 의병군은 수개월 동안 성주와 개령 사이에 주둔하면서 싸우지 않는 날이 없을 정도로 적을 평정하니 영남 6, 7개 읍은 모두 공의 공로로 인해 평안을 되찾았습니다. 이제 임 장군이 이곳을 떠나면 다시 적이 들어와 짓밟을 것입니다. 굽어 살피시어 임 장군이 더 머물러 있게 하여 잔적을 소탕케 하소서.〉

경상우감사 김성일도 장계를 올려 전라좌우병군의 상경을 막았다. 왜군의 잔적은 아직까지도 선산 지방에 무리를 이루고 있었다. 임계영은 3월 18일 선산에 탐망군을 보내 정찰을 했다. 왜군 1천여 명은 개령과 성주에서 물러나 때를 기다리고 있었다. 임계영은 장윤에게 3월 26일 이른 아침에 왜군을 치라고 지시했다. 그러나 왜군의 저항도 만만찮았다. 의병군이 오전 한나절을 공격했지만 약간의 전과를 올리는 데 그쳤다. 임계영은 이보전진을 위해 일보후퇴하자고 장윤을 설득했다. 성주성전투와 마찬가지로 지구전을 펴자고 했다. 왜군의 보급로를 차단하면서 공격기회를 엿보는 작전이었다. 드디어 안개가 짙고 가랑비를 내리는 날 임계영은 전라좌의병군을 선산의 왜군 진지 가까이 접근시켰다. 그런 뒤 꽹과리와 북을 쳐 진지 안에 든 왜군을 교란시켰다. 일종의 심리전이었다. 임계영이 공격을 명했다. 그러자 장윤이 군마를 타고 의병들을 지휘했다. 불과 한나절 만에 왜적 4백여 명을 사살했다. 결국 왜군은 4월 15일 더 버티지 못하고 상주와 함창 방면으로 도주했다. 5월 24일에야 한숨을 돌린 임계영은 도체찰사 정철에게 보고서를 올렸다.

〈작년 11월 3일 이전의 전공에 대해서는 조정에서 은전(恩典)이 내렸으나 그 뒤의 공로는 아직도 이렇다 할 시상이 없으니 다시 한 번 살

펴봐 주시기 바랍니다. 특히 최억남은 장윤과 함께 많은 전공을 세웠으니 각별히 유념해 주시기 바랍니다.〉

6월 5일 임계영은 전라좌의병군을 이끌고 함안으로 갔다. 그곳에서 김천일, 최경회, 황진 등을 만났다. 그들은 진주성으로 가기 위해 전열을 정비하고 있었다. 왜군도 지난해 1차 진주성전투에서 패배한 뒤 도요토미 히데요시의 명을 받아 진주성으로 속속 집결하고 있었다. 히데요시의 명은 김시민의 목을 가져오고, 호남을 정벌하라는 것이었다. 임계영은 전라좌의병군의 지침대로 지휘부와 전투부로 나누었다. 자신은 성 밖의 지휘부에 남아 군사와 군량미를 조달하고, 장윤 부장은 의병 3백여 명을 거느리고 진주성으로 들어갔다. 전라도 의병장과 장수들이 진주성으로 들어가는 목적은 진주성이 조선 땅 서쪽으로 가는 관문 가운데 하나였으므로 호남을 지키기 위해서였다. 그러나 조선 관군과 의병, 진주양민 6만 명은 10만 왜군과 분투하다가 중과부적으로 6월 29일 성을 내주고 말았다는 비보가 임계영에게 전해졌다. 임계영은 통곡했다.

"나의 오른팔 같았던 장윤 부장이 순절해부렀구나! 김천일, 최경회 의병장이시여, 어쩌께 남강에 몸을 던져부렀습니까? 비통허고 또 비통허구나!"

임계영은 왜군이 진주성을 버리고 부산과 울산 등지로 퇴각했다는 급보를 받고는 그해 12월 진을 하동으로 옮겼다. 비탄에 빠져 있을 수만은 없었다. 그러한 까닭에 심기일전해서 모래와 강바람을 이용해 왜적을 격퇴한 작전이 섬진강전투였던 것이다.

임계영은 붓을 벼루에 놓으면서 새삼 자신이 늙은이가 되었다고 생각했다. 몸도 예전과 달리 미질을 자주 앓았다. 순창군수가 마지막 벼슬살이라는 예감도 들었다. 나이는 어느새 70세가 되어 있었다. 임계영은 문득 형제처럼 지냈던 박광전이 떠올랐다. 고향으로 돌아가게 되면 박광전을 만나 뜨거운 보성차를 한 잔 마시며 예전과 같이 차담을 나누고 싶었다.

충절은 꺾이지 않는다

아침저녁으로 부는 바람에는 서늘한 기운이 배어 있었다. 그러나 한낮은 삼복의 불볕더위가 땅바닥을 달구었다. 임계영은 임지에서 조카 임제를 앞세우고 겨우 보성으로 돌아왔다. 노환이 깊어진 몸이었으므로 말을 타고 보성까지 천리만리를 온 것 같았다. 귀산촌에 도착한 임계영은 가족 친지들의 인사를 받을 겨를도 없이 바로 쓰러져 누웠다. 가족들이 부산하게 움직였다. 소동 아닌 소동이었다. 조카 임제가 보성읍성으로 달려가 의원을 불러오고, 노비들이 약재를 구해와 탕을 만들었다. 이틀이 지나서야 겨우 기운을 조금 회복했다. 보성향교에서 임제를 만난 박근효가 먼저 문병을 한 뒤 아버지 박광전에게 말했다.

"삼도공 대장님께서 위중허시그만이라우."

"나보다 더 허드냐?"

"경상도에서 싸울 때 아조아조 심들었지라우. 지가 옆에서 봐서 알지라우."

박근효는 전라좌의병군에서 참모관을 지냈으므로 아직도 임계영을 '대장님'이라고 호칭했다. 그러나 전라좌의병군이 해체된 것은 3년 전 봄의 일이었다.

"큰일 나부렀다. 은봉 말에 의하믄 왜적이 시방 하동까지 와서 진을 치고 있다고 허드라. 필시 남원으로 가서 전주로 갈라고 헐 것이다. 일부는 보성으로 올 것이고."

"아부지, 왜적 일부가 구례에서 길을 서쪽으로 틀믄 순천, 낙안, 보성, 화순이겄그만요."

"그러제. 보성도 미구에 왜적의 불이 번질 것이 뻔허다."

"그라믄 으쩔게라우?"

"죽창이라도 들고 싸와야제 으디로 숨겄냐?"

"아부지 연세가 고령이신께 그라시지라우. 싸울라믄 젊은 지들이 의병을 모집해 싸와야허겄지라우."

"니 뜻은 장허다만 이번에는 나도 나서야 헐 것 같다. 지난번에는 내 몸이 시원찮아서 삼도공이 맡지 않았느냐? 이번에야말로 나라에 은혜를 갚을 때라는 생각이 든다."

"엄니는 으쩌시고라우? 거동도 못허시는디."

"늙어서 찾아온 병마를 누군들 피허겄느냐. 나도 마찬가지다. 싸우다가 죽을지, 늙었다고 하늘이 부를지 모른다."

박광전과 부인 남평 문씨의 건강은 서로 고만고만했다. 두 달 전부터는 남평 문씨가 박광전보다 기력이 더 떨어져 방 밖을 나서지 못했다. 나다니지 못한 채 방 안에 앉아서 노비들에게 이런저런 일을 시켰다. 물론 집안일은 집사 울돌이가 도맡아서 했고, 차남 박근제가 챙겼나.

"아부지, 쪼깜 더 지켜보다가 엄니를 안전헌 데다 모시는 것이 으쩔께라우? 왜적덜이 구례까지 왔다고 헌께 맴이 급해지는그만요."

"니는 으디가 안전허다고 생각해서 그러냐?"

"여그서 볼 때 그래도 모후산이 젤로 안전허지라우."

사실, 박근효는 엊그제 모후산으로 가서 빈 집을 하나 봐두었던 것이다. 유마사 건너편 산등성이에 있는 집이었다. 원래는 유마사 고승이 수행하던 암자였지만 왜란이 발발하자 그가 서산대사 휘하 승장으로 가버린 이후 비워진 떳집이었다.

"그래, 니 말도 일리가 있다. 피신도 못허고 왜놈덜에게 수모를 당헐 수는 읎제."

박근효가 두손을 앞으로 차수하며 말했다.

"근제헌테 여그 집을 맽기고 지가 엄니를 잘 모실라요. 노비 두 명만 있으믄 옆에 유마사가 있은께 끄니 걱정도 면헐 수 있을 거그만요."

"니 엄니가 읎으믄 나도 여그를 떠날란다. 우계정으로 가서 앞으로 일을 도모헐란다."

"아부지, 삼도공 대장님께 문병을 댕겨오셔야지라우."

"집안 정리헐라믄 메칠이 걸릴 것인께 그때 가볼란다. 병이 을매나 중헌지는 모르겄다만 아마도 삼도공이나 나나 왜적덜 표적일 것이다. 긍께 여그 있으믄 앉아서 죽는 것이여. 으디로 가서 왜적과 싸울 것을 도모해야 써."

"삼도공 대장님께서 경상도 상주전투에서 큰 공을 세왔은께 그라겄지라우. 아부지도 마찬가지고라우."

"으쨌든 니는 니 엄니와 함께 하루 빨리 모후산으로 가그라. 왜적이 낼이라도 이짝으로 들이닥칠지 모른께 말이여."

"예, 아부지."

박광전이 조양 집에 남아서 정리할 일이란 차남 박근제에게 이런저런 일을 맡기고, 창고에 든 곡식을 대숲에 판 동굴로 옮기는 일이었다. 동굴은 울돌이와 노비 한두 명만 데리고 팠기 때문에 마을 사람들은 아무도 몰랐다. 동굴에는 방도 두 개나 있어 왜적이 쳐들어 와 위급할 때는 임시로 노비들과 함께 피신할 수 있었다. 무엇보다도 왜군에게 식량을 빼앗기지 않아야 했다.

다음 날.

박근효는 어머니 남평 문씨를 말에 태우고 모후산으로 떠날 채비를 했다. 박광전이 부인에게 말했다.

"나도 곧 갈 것인께 몬자 가 있으시요. 근효가 옆에 있을 것인께 불안허게 생각허지 말고."

"뭔 난리인지 모르겠소, 집을 놔두고 떠나다니 말이요."

"사변은 곧 끝날 것이요. 사필귀정이란 말이 있데끼 왜적이 물러나고 곧 평안해 질 날이올 것이요."

박근제도 한마디 했다.

"엄니, 여그 걱정은 허지 마씨요. 지가 있은께. 지도 곧 뵈러 갈게라우."

남평 문씨가 집을 둘러보면서 눈물을 흘렸다. 박광전이 박근효에게 눈짓을 보내자 사내종이 말고삐를 잡아당겼다. 그러자 집사 울돌이가 통곡을 했다.

"미님!"

말을 뒤따라가는 여종도 눈물을 훔쳤다. 뜨겁기만 하던 하늘 한쪽에 갑자기 먹구름이 끼었다. 소나기가 한 줄금 내릴 기세였다. 왜군이 정유년 8월에 조선을 재침하자, 전라도 어느 고을이나 의병 지도자급 선비들의 가족은 뿔뿔이 흩어져야 했다. 왜군들의 표적이 돼 있기 때문이었다. 박광전이나 임계영, 문위세도 마찬가지였다. 박광전은 가족을 급히 산개했다. 부인 남평 문씨는 장남 박근효와 함께 모후산으로 보냈고, 조양 집은 차남 박근제와 노비들이 지키고, 자신은 천봉산 우계정으로 들어갈 생각이었던 것이다. 박근효가 떠난 뒤부터는 차남 박근제가 아침 문안 인사를 했다. 박근제가 말했다.

"아부지, 기침허신게라우?"

"진작 일어났다. 들어와 보그라."

박근제는 사랑방으로 들어가 무릎을 꿇고 앉았다. 그런 뒤 집안일을 보고하듯 말했다.

"창고 곡석 중에 쌀은 의병덜 모의곡으로 다 나가불고 지난봄에 추수헌 보리쌀허고 하지 때 캔 감자만 남았는디 고것덜도 모다 대숲 동굴에 옮겨부렀그만요."

"굶는 백성덜이 많을 턴디 걱정이다. 혹시나 마실사람 중에 굶는 사람이 있으믄 우리덜이 끼니 때 덜 묵드라도 나눠주어라."

"엄니가 늘 그래 왔어라우. 지도 울돌이에게 말했어라우."

"잘 했다."

"우계정에는 은제 갈라요?"

"집안일을 니가 잘 보고 있은께 곧 갈라고 헌다. 낼쯤 삼도공 문병허고 와서 갈날을 정할란다."

"삼도공 어르신께서도 피신허셔야겠지라우?"

"물론이제. 왜적덜이 복수헐라고 안달이 났을 것이다."

"소문을 듣기로는 움직이지 못헐 만큼 병이 중허시다고 허는디 으쩔게라우?"

"가마라도 타고 가야제. 니 엄니도 모후산으로 갔지 않느냐."

"삼도공께서는 젊은 시절에 유마사에서 공부헌 인연이 있은께 모후산으로 가실 것이라고 허는디 모르겄그만요."

"모후산은 산세가 험해 왜적덜도 함부로 접근허지 못헐 것이다."

"그라믄 아부지도 엄니가 겨시는 모후산으로 가시지라우."

"나야 천봉산 우계정을 어처께 떠나겄냐. 나를 지달리는 제자들이 있는디."

박광전은 우계정에 있는 안방준을 생각하면서 말했다. 우계정 역시 모후산 유마사처럼 깊은 산중에 있어 왜군들이 침입하기 쉬운 곳은 아니었지만 그렇다고 안심할 수 있는 곳은 아니었다. 우계정이 이미 전라도 일대에 유명해져 있기 때문이었다.

박광전이 우계정으로 가기 사흘 전이었다. 박광전은 임계영이 누워 있는 귀산촌으로 올라갔다. 임제가 전해준 대로 임계영의 모습은 피골이 상접했다. 미음으로만 겨우 연명하는 듯했다. 박광전을 보고서도 일어나지 못했다.

"삼도공, 빨리 찾아오지 못해서 미안헐 뿐이네. 안사람이 누워 있는 께 잠시도 으디를 댕길 수 읎었다네."

"형수님은 으디가 편찮으시요?"

"늙어서 그라제. 하늘이 부를 것 같이서 모후산으로 갔다네."

"잘 허셨그만요. 흉악헌 왜놈덜을 피해서 잘 가셨그만이라우."

"삼도공도 이러고만 있을랑가. 으디로 가서 몸을 보존해야 써."

"지도 형수님이 가신 모후산으로 가고는 잪은디 어처께 될지 모르 겄그만요."

차남 박근제의 말이 맞았다. 임계영이 젊은 시절에 공부했던 모후산 유마사로 피신할지 모른다고 말했던 것이다. 박광전은 임계영이 이야 기를 하는 도중에도 통증 때문에 고통스러운 표정을 짓곤 했으므로 위 로의 말을 건네고는 일어났다.

"삼도공, 반다시 몸을 보전해야 허네. 임진년 때맹키로 앞으로도 심 을 모아 왜적덜과 싸와야 허지 않겄는가. 우리덜 충절을 어느 도적이 꺾을 것인가."

"죽천 성님, 그래야지라우."

통증 때문에 이맛살을 찌푸리면서도 임계영이 결기 있게 말했다. 그 러나 박광전은 안타까움이 앞섰다. 임계영이 앉지도 못하는 것으로 보 아 머잖아 작별해야 할 것만 같았기 때문이었다. 박광전은 침통한 마 음이 들어 서둘러 임계영이 누워 있는 방을 나와버렸다.

"근제야, 가자."

"예, 아부지."

밖으로 나온 박광전은 임계영의 조카 임제에게 말했다.

"삼도공이 모후산 유마사로 가고 잪다고 허는디 은제 모실 참인 가?"

"죽천공 어르신, 지덜도 때를 보고 있그만요. 쪼깜만 기운을 내시믄 모후산으로 모실라고 헙니다요."

"참으로 잘 생각했네."

조양 집으로 돌아온 박광전은 이틀 뒤 말을 타고 우계정으로 향했다. 마을을 떠나는 동안 가면서 자신도 모르게 자꾸 뒤돌아보아졌다. 또 다시 조양 집으로 돌아오게 될지 그러지 못할지 자신이 없어서였다. 그러나 그런 미련은 보성읍성 북문을 지나치면서 사라졌다.

보성읍성부터는 안방준이 마중을 나와 함께 걸었다. 안방준은 우계정에 있다가 보성읍성 우산리 집에 들러 부모와 하직하고 나오는 길이었다. 안방준이 말했다.

"어저께 삼도공 대장님을 뵐라고 보성에 왔그만요."

"나는 그저께 문병하러 귀산촌에 갔다가 왔네."

"근디 어저께 하마터믄 뵙지 못헐 뻔했어라우."

"무신 일이 있었는가?"

"선상님께서 빨리 피신허시라고 했다금서 대장님께서 막 모후산으로 들어가실 채비를 허고 겨셨어라우."

안방준은 임계영 의병장 막하에서 연락참모로 있었기 때문인지 그도 역시 '대장님'으로 불렀다.

"잘헌 일이네. 병이 중해서 말을 타고 가기는 에러웠을 것이네."

"노비덜이 가마를 맸드그만요."

"고로코름이라도 모후산으로 가니 인자 내 맴이 놓이네. 몸을 잘 보전해서 나와 또 다시 심을 합치기로 했네."

박광전은 이틀 사이에 임계영이 기력을 조금이라도 회복했다면 그것이야말로 천우신조라고 생각했다. 불과 사흘 전만 해도 임계영은 누워서 겨우 의사소통을 했을 뿐이었던 것이다.

"선상님, 지가 볼 때 삼도공 대장님은 인자 나서시기는 심들 것 같어라우."

"알 수 읎는 일이네. 나보다 훨썩 강골인께."

"전라도 남원, 무주 경상도 상주, 개령, 하동 등을 의병군을 이끌고 댕김시로 한시도 편헐 날이 읎었지라우."

"늙은 나이에 풍찬노숙이라, 심신이 모다 상했겄네."

박광전과 안방준은 오후 늦게야 우계정에 도착했다. 제자 두세 명이 박광전에게 큰절을 했다. 사변 중이었으므로 박광전에게 공부를 제대로 배우지 못한 어린 제자들이었다. 며칠 후에는 안방준이 모후산 유마사에서 임계영을 만나고 돌아왔다. 박광전이 임계영의 안부를 물었다.

"삼도공은 으쩌든가?"

"심신은 아조 쇠약했지만 맴은 평온허신 거 같드그만요."

"유마사는 옛 집 같은께 그럴 것이네."

"시 한 수를 지었다고 지에게 베껴 가라고 하셨어라우."

박광전은 안방준이 필사한 임계영의 시를 보고는 잠시 눈을 감았다.

젊은 날에는 태평했지만
늙어 쇠약해서 난리를 만났도다.
푸른 강물에 뜬 백조야
난 너희고만 같이 돌런다.

小壯太平日
老衰戎馬時
滄江有白鳥
吾與爾相隨

늙고 병든 몸이 되어 싸움에 나서지 못하는 안타까운 심정이 드러나 있고, 푸른 강물에 백조가 노닐 듯 태평성대를 갈망하는 시였다. 박광전은 유마사로 들어간 임계영의 심정을 이심전심으로 공감했다. 천성이 병약한 약골인 데다 나이가 많아 걸핏하면 미질을 앓는 자신의 심정과 같았기 때문이었다.

박광전 의병군

여러 부류의 보성 양민들이 우계정에 머물고 있는 박광전을 찾아왔다. 원근각처에서 온 사람들은 외부 소식을 전했다. 소식을 들은 박광전은 그때마다 장탄식을 뱉어내곤 했다.

"인심이 흉흉허그만요. 왜적을 맞아들여 부역을 허는 사람이 있는가 하믄, 왜적을 끌어들여 도륙허는 사람도 있그만요. 사람의 생사가 조석에 달렸어라우."

"아, 하늘의 도는 그대로일진대 사람의 도가 무너져불고 있소!"

왜장은 부역하는 양민을 권농(勸農)이라고 불렀다. 권농들은 민패를 발급받고 세금감면의 혜택을 받았다. 조선 양민들은 권농을 순왜(順倭)라고 손가락질했다. 박광전은 제자들에게 강학을 무기한 연기한다고 고지했다. 안방준이 가지고 온 소식은 갈수록 비통하기 짝이 없었다.

"선상님, 왜적덜이 석주관을 넘어서 구례를 초토화시켜부렀다고 허그만요."

"원균 통제사가 칠천량에서 대패해부렀으니 인자 왜적덜은 거칠 것이 읎겄지."

"왜왕 히데요시가 전라도를 치라고 헌 모냥이어라우."

"전주성 땜시 그럴 거네. 전주성에는 태조 어진이 있지 않은가. 한양이 조선의 실제 도성이라믄 태조의 선조덜이 살았던 전주는 조선의 정신적인 도성이라네."

왜왕 도요토미 히데요시가 재침한 목적은 한마디로 전라도 정벌이었다. 그렇지 않고서는 대규모의 왜군을 전라도로 보낼 리가 없었다. 선조30년(1597) 8월부터 14만 왜군은 왜왕 히데요시의 명령에 따라 우군과 좌군으로 나누어 전라도로 진격을 시작했던 것이다. 7월 15일 칠천량해전에서 대승한 왜군은 전라도를 향해서 거침없이 진군했다. 우군은 총사령관 모리 히데모토, 선봉장 가토 기요마사와 구로다 나가마사, 나베시마 나오시게, 쵸소카베 모토치카가 이끄는 총 73,700명의 대군으로 서생포에서 출발해 밀양, 합천을 거쳐 황석산성으로 이동했다. 좌군은 총사령관 우키다 히데이에, 선봉장 고니시 유키나가와 시마즈 요시히로, 하치스카 이에마사로 편성하여 웅천에서 출발해 진주를 거치던 중 사천에 상륙한 도도 다카토라, 와키자카 야스하루, 가토 요시아키가 이끄는 수군과 합류해 총 56,000명의 군사로 섬진강을 따라서 하동을 거쳐 남원으로 진군 중이었다. 왜장 중에서도 좌군 선봉장 시마즈 요시히로(島津義弘)는 7천명의 왜군을 이끌며 노략질과 만행을 저질렀다. 방화, 분탕질, 살육, 특히 전공을 인정받고자 코베기를 하여 왜왕에게 보냈다.

섬진강 석주관은 비좁은 산길로 목구멍 같은 요해지였다. 왜군이 구례, 남원으로 가리면 반드시 거쳐야 하는 곳이었다. 구례현감 이원춘은 섬진강을 타고 올라오는 왜군을 맞아 석주관에 방어선을 쳤다. 의병장 왕득인도 50명의 군사를 이끌고 와 석주관 산자락에 매복했다. 그러나 왜군의 좌군에게는 중과부적이었다. 왕득인은 전사하고 이원춘은 석주관 산자락에서 구사일생으로 탈출해 남원성으로 들어갔다.

좌군 선봉장 시마즈 요시히로는 악명이 높았다. 8월 7일 남원성의 길목인 구례로 들어가 읍성을 초토화시켰다. 그런 뒤 남원성으로 올라가 자신의 군사를 남원성 북문 앞에 배치했다. 동문은 하치스카 이에마사, 남문은 우키다 히데이에, 서문은 고니시 유키나가가 맡았다.

남원성은 조명연합군이 방어하고 있었다. 명나라 장수 양원이 거느린 명군 3천여 명, 전라병사 이복남 휘하의 조선 관군과 의병이 1천여 명, 조선 양민 7천여 명이 수성을 했다. 이춘원 광양 현감, 이원춘 구례 현감, 김경로 조방장, 마응방 진안 현감, 오응정 방어사, 임현 남원 부사, 이덕회 판관, 정기원 접반사, 황대중 의병장, 신호 별장, 조경남 의병장 등이 동서남북 성문을 지켰다.

왜군이 남원성으로 가 있는 동안 왕득인의 아들 왕의성은 의병을 일으켜 섬진강으로 올라오는 왜군의 군수물자를 차단하기 위해 석주관으로 갔다. 인근의 화엄사에서 승군 153명이 합세하고 군량미 103석을 가지고 와 사기가 잠깐 올랐다. 석주관과 연곡사 일대에서 왕의성 의병군과 화엄사 승군은 매복작전을 펼쳤다. 왕의성은 산 정상의 지휘부에서 그때그때 작전을 세우며 싸웠다.

그런데 남원성의 조명연합군은 더 버티지 못하고 8월 16일 성을 내주고 말았다. 극히 일부 관군과 의병들만 살아남고 대부분 전사했다. 이때 시마즈 요시히로는 성 밖의 조선 양민들을 붙잡아 왜국으로 보냈는데, 그중에는 도공들도 있었다. 박평의(朴平意)·심당길(沈當吉)을 비롯한 80여 명의 남원 도공들을 납치하여 끌고 갔던 것이다.

왜군은 여세를 몰아 8월 18에는 전주성에 무혈 입성했다. 인산인해의 왜군을 보고 놀란 전라감사 황신과 여러 고을 수령들은 성문을 열고 도망쳤다. 황신은 부안으로, 정읍 현감과 진원 현감 등은 성 밖으로 숨어버렸다.

소식을 전해들은 박광전은 통곡을 했다. 경기전 참봉을 지낸 자신이 태조 어진을 지키지 못했다는 자괴감이 들어 통곡하지 않을 수 없었다.

'아이고, 아이고! 하늘이시여, 하늘이시여!'

그러나 기적이 일어났다. 천우신조라고 할 수밖에 없었다. 한양까지 진격하려던 왜군이 주춤했다. 9월 7일 왜군을 맞이한 명나라 군대가 직산에서 왜군을 물리쳤던 것이다. 격퇴당한 왜군은 남하했다. 9월 16일 정읍까지 내려와서 왜장들끼리 회의를 했다. 그 결과 시마즈 요시히로 등 왜장 13명은 전라도에 주둔하기로 결정했다. 왜군의 노략질과 살상 자행이 분명하므로 전라도 입장에서는 비극이었다.

보성에도 왜장 시마즈의 왜군이 들어와 노략질을 하고 보성향교를 불태웠다. 보성 출신의 의병장과 군관, 의병들의 산실이었던 향교가 방화의 표적이 됐던 것이다. 보성향교가 전소됐다는 소식에 박광전은 혼절 직전까지 갔다. 안방준 등 여러 제자들이 박광전을 위로했다.

"선상님, 향교는 지덜이 복원헐게라우. 긍께 맴을 굳게 잡숫고 심을 내시지라우."

"모다 심을 합쳐 공사님을 모시는 대성진부디 반디시 복원헤야만 허네."

"향교가 수모를 당했은께 더 좋은 길지를 찾어서 짓어불라요."

10월 초순에는 산중에 피신해 있던 생원 박사길이 우계정으로 와서 박광전에게 말했다.

"나라 일이 이 지경에 이르렀는디 신하된 지가 어찌 앉아서 죽음을 지다릴 수 있겠습니까? 마땅히 의병을 일으켜 임금님과 나라를 위해 죽는 것이 옳다고 생각헙니다."

"나는 이미 삼도공과 뜻을 같이 한 바 있제."

"그렇다믄 뭣 땜시 나서지 못허는 겁니까?"

"노환이 나를 괴롭혀서 그러제."

"지덜이 의지헐 정신적인 기둥만 돼주시믄 됩니다요."

우계정 마당에 있던 안방준 등 여러 제자들이 땅바닥에 엎드려 간청했다.

"선상님께서는 보성 어르신으로 양민덜에게 신망을 얻은 지 오래이지라우. 원컨대 의병장이 되시어 여러 양민덜 마음에 호응허실 때입니다요."

박광전이 우계정 마루로 나와 비장하게 섰다. 그의 손에는 우계정 벽에 걸렸던 활이 쥐어져 있었다. 안방준은 드디어 스승 박광전이 결심을 했다고 생각했다. 붓 대신 활을 들고 있기 때문이었다. 어느새 박사길도 우계정 마당으로 내려와 안방준 곁에 섰다. 죽창을 든 양민들은 모두 보성사람들이었다. 박광전이 말했다.

"난리는 날로 급박해져불고 내 병세는 날로 무거와지니 나는 장차 죽을 것이오. 허지만 아직 한 줄기 목숨이 붙어 있으니 심껏 싸우지 않을 수 없소. 맹세코 나는 왜적덜과 같은 하늘 아래서 살 수 없다는 것을 여러분 앞에서 천명허는 바요."

"우리덜 목심을 대장님께 맽기겄습니다!"

"향교를 불태운 왜적덜하고 어처께 같은 하늘 아래서 살겠는가! 교화가 불가능헌 왜적덜이 우리 땅에 단 한 사람도 발붙이지 못허도록 토멸에 나서야 허지 않겄는가!"

우계정은 자연스럽게 의병청으로 변했다. 의병을 지원하는 보성 양민들이 하나 둘 모여들었다. 박근제도 노비들을 데리고 왔다. 조양 집에는 집사 울돌이만 남았다. 대원사 주지스님이 모여든 양민들의 끼니를 해결해 주었다.

그런데 그때 박광전에게 날벼락이 떨어졌다. 모후산으로 피신해 있던 부인 남평 문씨가 별세한 것이었다. 박광전은 아무에게도 알리지 않고 장남 박근효를 따라서 모후산으로 갔다. 박광전은 의병들의 사기가 떨어질까 봐 애제자 안방준에게도 말하지 않았다. 박광전 의병군은 보성향교가 전소한 것을 계기로 한껏 전의가 솟구쳐 있었던 것이다. 박광전은 밤중에 모후산으로 가면서 아내 남평 문씨를 떠올렸다. 제자들이 하나같이 따르고 문족들이 좋아했던 아내였던 것이다. 박광전은 마음속으로 중얼거렸다.

'아내는 성품이 온유허고 생각이 짚어서 시부모를 효성으로 섬겼고, 종덜을 온화허게 대했으며, 친척에게는 사랑을 다허고 궁핍한 자에게는 구휼을 마다허지 않았으니, 사람덜이 모두 참말로 천생 배필이다, 라고 허지 않았던가.'

박광전은 밤길을 걸으면서 두 사식 몰래 눈물을 흘렸다. 동생이 참지 못하고 소리 내어 흐느끼자 박근효가 뒤돌아보면서 말했다.

"근제야, 자드락길인께 조심허그라."

"성, 을매나 남었는가?"

"쪼깜만 더 가믄 엄니 겨신 디가 나온다."

박근효의 말대로 캄캄한 산길을 조금 더 올라가자 띳집이 하나 나타났다. 박근효가 어머니 남평 문씨를 간병했던 띳집이었다. 노비들이 달려 나와 박광전에게 큰절을 하면서 울었다.

"나리, 나리."

"인명재천이거늘 니덜 허물이 아니니라."

박광전은 방으로 들어가 반드시 누워 있는 부인 남평 문씨의 손을 잡았다. 차갑게 식은 손이었지만 곧 따뜻한 피가 돌 것만 같았다. 호롱불 불빛에 반사된 부인의 얼굴에 희미한 미소가 어려 있었다. 편안하게 눈을 감았다는 방증이었다. 박광전이 박근효에게 말했다.

"낼이라도 거병해야 허니 나는 더 있을 수가 읎구나. 그러니 니는 여그 남어서 일을 보고 의병군에 합류허그라."

"예, 아부지."

"양지 바른 곳에 안치했다가 시절이 좋아지믄 선산에 귀장허자."

"예."

박광전은 꼭두새벽까지 부인 남평 문씨 곁에 있다가 띳집을 떠났다. 박광전과 차남 박근제가 우계정에 도착했을 때는 날빛이 훤하게 일렁였다. 우계정 부근의 산자락에는 어느새 단풍이 노랗고 붉게 물들고 있었다. 계곡물 소리도 여물어져 또렷했다. 대원사 쪽에서 간간이 함성 소리가 들려왔다. 전 판관 송홍렬이 이른 새벽부터 의병들을 훈련시키고 있었다. 안방준이 밤새 전달받은 소식이라며 박광전에게 보고했다.

"선상님, 왜적덜이 동복에 있다고 헙니다."

"왜장은 누구라고 허든가?"

"사냥헌 호랭이 가죽을 왜왕에게 보내는 시마즈 요시히로라고 헙니다."

왜장 시마즈 요시히로는 왜왕 도요토미 히데요시의 절대적인 신임을 받는 장수 가운데 한 사람이었다. 2차 진주성전투에서 공을 세웠고, 조선수군을 궤멸시킨 칠천량해전에도 참가했으며, 특히 남원성전투에서는 왜군 선봉장으로서 크게 활약한 장수였던 것이다.

"시마즈 부하덜이 우리 향교를 불질렀그만."

"그랬는지도 모르겄그만요."

"더 지체헐 수가 읎네. 당장 출병해야겄네."

박광전은 의병들이 훈련받고 있는 대원사로 올라가 즉시 명령을 내렸다.

"왜장이 있는 곳을 알았은께 여그 있을 필요가 읎다. 나는 왜장을 사로잡아 복수를 헐 것이다. 다시 한 번 임무를 부여허겄다. 선봉장에 박사길, 전략을 짜는 부장에 전 판관 송홍렬, 공문을 작성허는 종사관에 차남 박근제와 안방준, 고을 수령들과 연락을 취허는 연락참모에 박근효를 임명헌다. 의병덜은 일당백으로 싸와 나라에 공을 세우고 원수를 갚기 바란다. 알겄느냐!"

"예, 대장님!"

박광전 의병군 1백여 명은 보성강을 건너 동복으로 향했다. 그런데 지나치는 관아마다 텅 비어 아무도 없었다. 왜군이 동복까지 내려오니 수령과 아전들이 미리 관아를 비우고 도망쳐버린 것이었다. 마을은 늙은이들만 남아 있고 젊은 장정들은 한 사람도 보이지 않았다. 허리가 구부러진 늙은이와 노파들만 누런 들판으로 나와 추수를 하고 있었다. 늙은 농사꾼들이 먹으려고 했던 새참과 술을 의병들에게 가져왔다. 그러나 박광전이 엄하게 지시했다.

"농사꾼덜 음석을 받지 말라. 내 명을 어기믄 중헌 벌을 내릴 것이니라."

박광전은 빈 관아의 창고 문을 부수어 의병군의 군량미를 보충했다. 그런데 관아마다 왜장고니시 유키나가 이름으로 붙인 방문(榜文)이 눈에 거슬렸다. 박광전은 기가 막혔다. 전라도로 내려온 왜장이 왕 행세를 하고 있기 때문이었다. 방문에는 이렇게 쓰여 있었다.

〈하나, 조선 군현(郡縣)에서 지금 이후로는 사민(士民)과 백성 된 자는 각기 향읍(鄕邑)으로 돌아가 오로지 농사에 힘써라.

하나, 조선의 상관(上官)들을 곳곳에서 찾아내 잡아 죽여라. 그 처자와 따르는 무리(從類)들도 주살토록 하며, 상관의 집은 불을 질러 태워 없애라.

하나, 군현 안에서 사민과 백성이 상관들의 숨어 있는 곳을 고해바치는 경우 포상을 한다.

하나, 지금부터 죽을죄를 면한 군현의 인민들이 돌아와서 살지 않고 산곡(山谷)으로 가는 경우엔 모두 집을 불태우고 참살하라.

하나, 이 방문(榜文)을 어긴 왜졸(倭卒)을 주살할 것이며, 흉악한 짓이 발생하면 건건이 행장(行長,·고니시 유키나가)에게 서면으로 보고하라.〉

박광전은 보는 족족 방문을 떼어 버리도록 안방준에게 지시했다. 늙은 양민 하나가 박광전에게 달려와 고해바쳤다.

"대장님, 동복에 사는 김우추라는 생원을 잡아 죽여야 헙니다요."

"왜 그렇소."

"대대로 잘 묵고 잘 살드니 난리가 난께 인자 왜장에게 붙어서 아부 허고 있습니다요."

박광전은 안방준에게 확인해 보라고 지시했다. 사실이라면 의병들이 보는 앞에서 주살해야 마땅했다. 안방준이 밤중에 동복향교 교생을 만나 알아보니 양민의 고발은 거짓이 아니었다. 생원 김우추가 시마즈 요시히로에게 보낼 글을 동복향교 교생이 옆에서 보았다는데, 박광전은 한 마디만 듣고서도 분노가 치밀었다.

〈누구나 부리면 백성이요, 누구나 섬기면 임금이니 동복이 왜국의 한 호(戶)로 편입돼 성인(聖人)의 백성이 되기를 바랍니다.〉

박광전은 부장 송홍렬을 불러 생원 김우추를 당장 붙잡아 오도록 지시했다. 김우추가 나라에 은혜를 입고도 큰 죄를 저질렀으니 참수형으로 다스려야 할 것 같아서였다.

동복적벽전투

박광전 의병군은 천연의 요새 같은 옹성산으로 이동했다. 옹성산 밑으로는 해자 같은 창랑천이 흐르고 성벽처럼 적벽이 둘러쳐 있어서 왜군을 방어하기에 용이했다. 특히 고려 때 쌓은 옹성산성이 있고 작은 절 한산사에서 식수나 끼니가 해결되므로 지구전도 가능했다. 옹성산으로 들어온 첫날밤에 한산사에서 작전회의를 했다. 박광전이 먼저 말했다.

"동복에 있는 왜적을 은제 치는 것이 좋겠는가?"

"날이 더 추와지기 전에 공격해야지라우. 시방이 적기인 것 같그만요."

선봉장 박사길의 말에 부장 송홍렬이 말했다.

"탐망군을 보냈은께 곧 보고가 있을 거그만요. 보고상황을 듣고 결정해야 헐 것 같그만요."

연락참모 박근효도 자신의 의견을 말했다.

"으쨌든 우리 위치가 왜적에게 드러나기 전에 공격해야지라우. 왜적과 정면으로 맞서 싸우기보다는 허점을 파고들어야 헙니다."

왜장 시마즈 요시히로가 거느린 군사는 7천명으로 알려져 있었다.

박광전 의병군이 1백 명에서 동복으로 오는 동안 숫자가 배로 불어나 2백여 명이 됐다고는 하지만 왜군과 비교가 되지 않았다. 그러니 박광전이 펼칠 수 있는 전술은 매복작전이나 기습작전밖에 없었다. 작전회의는 부장 송홍렬 의견대로 탐망군의 보고를 받고 나서 전술을 결정하기로 했다. 박광전이 작전회의 끝에 말했다.

"시마즈가 동복에 와 있는 이유는 해남으로 갈라다가 여그 있을 것이여. 이순신 통제사가 명량에서 9월 중순쯤 왜군에게 대승을 거뒀다고 헌께 말이여. 여그 한산사 주지가 쪼깜 전에 명량 소식을 알려주더라고."

한산사 주지가 해남으로 탁발을 가서 직접 들은 전승 소식이었다. 그러니까 이순신 통제사가 명량전투에서 대승을 한 소식은 한 달 정도 늦게 박광전 의병장에게 전해진 셈이었다. 부장 송홍렬이 말했다.

"대장님, 남원에서 해남까지 가는디 중간이 동복이어라우. 긍께 시마즈가 이순신 통제사께 복수헐라고 가는 길이었그만이라우."

"근디 복수가 가능허겄어? 날이 추운 시안으로 접어들고 있는디 말이여. 이순신 통제사가 13척 전선으로 왜군 133척을 물리쳐부렀는디 우리라고 시마즈를 이기지 못헐 이유는 읎제."

박광전은 한산사 주지에게서 들은 명량해전의 대승 소식에 각오를 새롭게 다졌다. 박광전 뿐만 아니라 작전회의에 참석한 참모들이 그랬다. 그때, 정찰 나갔던 탐망군 군사가 돌아와 박광전에게 보고했다.

"마실 양반녈 얘기인니 왜적 일부가 순천 쪽으로 빠져니기고 있당마요. 근디 김우추는 으디로 갔는지 종적을 알 수가 읎습니다요."

"왜적이 철수헌다는 말인가?"

"철수라기보다는 일부만 그런 모냥입니다요."

안방준이 말했다.

"대장님, 싸우지 않고 이기는 것이 최고의 전략이지라우. 왜적이 물러가고 있당께 여그서 더 지다려 보는 것이 으쩔게라우?"

"그건 안 되지라. 왜적덜이 방심허고 있을 때 쳐야제 혼비백산헐 것이요. 공격은 낼 새복이 적기라고 생각허요."

박광전이 송홍렬의 손을 들어 주었다.

"부장 말이 맞네. 낼 새복에 왜적을 치게. 기습작전이네."

박광전은 지휘부인 한산사에 남고 2백여 명의 의병군은 동복으로 잠입해 불화살을 쏘기로 했다. 화공과 기습작전이었다. 송홍렬은 의병군을 거느리고 옹성산을 내려갔다. 창랑천 천변에서 둘로 나눈 의병군에게 임무를 부여했다.

"니덜은 선봉군 군사다. 선봉장 지시가 떨어지믄 불화살을 쏴라."

"예."

"니덜은 참퇴군 군사다. 참퇴조는 한쪽에서 꽹메기를 침서 도망치는 왜적덜을 놓치지 말고 죽여라."

선봉군은 활을 들고, 참퇴조는 죽창을 들고 부장 송홍렬을 뒤따랐다. 병법에 밝은 송홍렬은 장검을 들고 지휘했다. 의병군들은 동복관아로 발걸음소리를 죽이며 다가갔다. 동복관아 주변은 숯덩이처럼 컴컴했다. 불빛 한 점 보이지 않았다. 송홍렬이 관아 앞 느티나무까지 접근해서 정찰을 다시 한 번 한 뒤 선봉장 박사길에게 돌아왔다.

"내가 장검을 쳐들믄 공격허씨요."

"알겠소."

송홍렬은 참퇴군 조장 박훈에게도 다가가 지시했다.

"왜적을 쫓아가지는 말라. 대오가 흐트러지믄 안 된다. 앞에서 오는 왜적만 죽이그라."

"예, 부장님."

이윽고 송홍렬의 장검이 번쩍였다. 신호를 기다리고 있던 선봉장 박사길이 소리쳤다.

"불화살을 쏴부러라!"

대나무로 급조한 활이었지만 불화살 1백여 개가 일제히 동복관아와 주변으로 날아갔다. 조악한 활이었지만 불화살은 먼 거리가 아니었기 때문에 목표물에 정확히 꽂혔다. 마침 된하늬바람이 거세게 불었다. 동복관아부터 불이 붙었다. 주변 초가에도 불화살이 꽂혀 불이 활활 번지기 시작했다. 순간적으로 기습을 당한 왜군들이 혼비백산하여 이리저리 뛰었다. 활을 든 선봉군이 일단 뒤로 빠졌다. 참퇴군 조장 박훈이 도망치는 왜적 10명을 죽창으로 찔러 죽였다. 왜군 수십 명이 흙바닥에 쓰러져 나뒹굴었다. 잠을 자다가 불에 타 죽은 왜군도 셀 수 없이 많았다.

그때, 송홍렬이 왜군 부대가 공격대오로 나오기 전에 철수를 지시했다.

"나를 따르라. 왔던 길로 돌아가라."

창랑천 천변으로 돌아오자 날이 밝았다. 선봉장과 참퇴군 조장이 인원을 점고했다.

"선봉군 이상 읎소."

"참퇴군 이상 읎그만요."

"왜적덜은 시방 난리가 났을 것이다. 은제 여그로 쫓아올지 모른다. 허나 왜적덜이 옹성산으로 올라오기는 심들 것이다."

참퇴군에 속해 있던 박근효와 박근제는 강물에 피 묻은 손을 씻었다. 한산사에서는 스님들이 나서서 주먹밥을 마련해 놓고 있었다. 박광전은 왜군에게 일격을 가하고 돌아온 의병들을 칭찬했다.

"난 우리 군사덜이 자랑스럽다. 이순신 장군은 13척으로 왜선 133척을 격퇴시켰다. 우리라고 못헐 것은 읎다. 우리는 시마즈 왜군을 격퇴허고 말 것이다."

사기가 오른 의병들은 배급받은 주먹밥을 순식간에 먹어치웠다. 그리고는 드러누워 휴식을 취했다. 벌써 코를 드르렁드르렁 고는 의병도 있었다. 그러나 박광전은 긴장을 놓을 수 없었다. 참모들을 불러 작전회의를 또 했다.

"왜적덜이 반다시 올 것이네. 그러니 우리대로 방비하고 있어야 허네. 옹성산으로 들어오는 산길에 매복군을 보내게. 글고 큰 돌땡이도 가져다가 놓아불고. 여차하믄 굴려불게."

"지도 왜적덜이 오리라고 생각험니다. 옹성산 뒤로는 산세가 험해서 못 넘어오고 방금 대장님이 말씸허신 산길로 오겄지라우."

박사길 의견에 송홍렬이 말했다.

"산길이 뚫리믄 우린 전멸이지라우. 긍께 의병군 전부를 산길 양쪽에 매복해 불랍니다."

"여그 옹성산을 죽을 자리로 알고 들어왔는디 으디로 가겄는가? 의병군을 모다 매복군으로 편성해 이순신 통제사멩키로 우리도 대승을 거둬불세."

"예, 명대로 허겠습니다."

"우리 군사덜이 엥간히 휴식을 취했을 것이다. 근효는 매복군에 들어가 부장을 지원허그라."

"예, 대장님."

종사관 안방준과 박근제에게도 지시했다.

"종사관덜은 오늘 새복 전과를 서로 상의해서 상소문에 남기게. 때가 되믄 조정에 알리고 공을 세운 의병덜에게 포상해야 헌께."

"예, 상세허게 기록허겠습니다."

잠을 자던 의병들은 아침 해가 적벽 깊숙이 비출 때쯤 일어났다. 붉은 절벽이 강물에 그림자를 드리우며 아름답게 빛나고 있었다. 의병들은 송홍렬의 지시대로 옹성산 초입에 바위덩어리를 쌓았다. 조총으로 공격하는 왜군을 저지하기 위해서였다. 박근효와 박근제는 산길 양쪽으로 매복하는 의병군에 가담했다.

과연, 사시(巳時)에서 오시(午時) 사이에 왜군들이 나타났다. 산등성이에서 망을 보던 정찰조 군사가 급히 뛰어와 박광전에게 보고했다.

"대장님, 왜적덜이 개미떼멩키로 시커멓게 오고 있습니다요."

"을매나 되느냐?"

"어처께나 많은지 셀 수가 읎습니다요."

"겁내지 마라. 우리는 한 사람이 천 사람을 막을 수 있는 유리헌 곳에 있느니라."

박광전의 말에 옆에 있던 참모늘노 선의를 다졌다. 그런데 왜군들은 바로 산길로 공격해 오지 않고 심리전을 펼쳤다. 강변에 집결해서 무슨 놀이를 하듯 괴성을 지르며 정오를 보냈다. 박광전은 의병군의 사기를 떨어뜨리기 위한 위장전술이라는 것을 알고 박사길과 송홍렬에게 지시했다.

"우리도 북과 꽹메기를 쳐서 응수허게."

"왜적덜이 우리 사기를 떨어뜨려불라고 저러코름 육갑을 떠는 모냥입니다."

"내 생각도 그러네."

의병군들이 북과 꽹과리를 치면서 맞서자 그제야 왜군들이 놀이를 멈추었다. 미시(未時)가 조금 지났을 때 왜군들이 일자진(一字陣) 대오로 공격해 왔다. 가파른 산길이므로 일자진 외에는 다른 공격대오가 없었다. 의병들이 매복한 산길은 지형적으로 바다가 좁은 명량과 같은 곳이었다. 의병군 참모들이 바위 뒤에 있으므로 조총을 쏘아도 피해가 전무했다. 왜군 선봉군이 산길에 완전히 들어섰을 때 박광전이 명을 내렸다.

"돌땡이를 굴려라. 석탄을 던지그라."

의병들이 굴리는 바위에 산길에 들어선 왜군들이 비명을 질렀다. 깃발을 등에 꽂은 왜군 선봉장이 즉사했는지 왜군들이 그를 들쳐 메고 물러났다. 의병군들이 북과 꽹과리를 치면서 함성을 질렀다. 강변으로 후퇴한 왜군이 옹성산을 향해서 조총을 쏘아댔지만 의병군에게 아무런 피해를 주지 못했다. 오히려 의병군들의 조롱거리가 되었다.

"이 도적놈덜아, 니덜이 자랑허는 무기냐. 빈총이나 맞고 디져부러라!"

신시(申時)가 지나자 왜군들이 다시 공격을 해왔다. 그러나 적벽이 둘러 있는 산길은 철통같았다. 왜군들은 또 다시 의병들의 활과 석탄

공격을 받고는 맥없이 후퇴했다. 오후 내내 일진일퇴를 거듭했지만 의병군이 지키는 산길은 뚫리지 않았다. 왜군의 시신만 강변에 쌓여갔다. 송홍렬의 전령과 정찰군 조장이 말했다.

"우리도 저놈덜 귀때기를 잘라 조정에 올리믄 으쩔게라우?"

"저놈덜이 우리 양민덜 코베기를 했은께 우리도 귀때기를 잘라 소금에 절여붑시다."

그러나 박광전이 막았다.

"필시 그냥 물러갈 왜적덜이 아니다. 우리를 유인헐라고 시신을 쌓아놓고 있는지 모른다. 긍께 캄캄해질 때까지 지켜봐야 헐 것이다."

박사길이 박광전의 지략에 감탄했다.

"대장님 말씸이 옳구만요. 저놈덜이 덫을 놓은 것이겄지라우. 우리는 여그만 잘 지키믄 되지라우."

"선봉장 말이 맞네. 공을 세울라고 허는 군사가 있으믄 저지시키게."

박근효와 박근제는 의병들을 시켜 산등성이에 큰 돌들을 다시 모았다. 오후 내내 위력을 발휘했던 바위굴리기 공격이었다. 위에서 굴리면 바위덩이들은 천둥벼락 치는 소리를 내면서 왜군을 박살냈던 것이다.

과연 왜군들은 날이 어둑어둑해지자 퇴각을 서둘렀다. 그러면서 강변에 쌓아둔 시신에 불을 질렀다. 시신에 불을 지른다는 것은 전의를 상실했다는 의미였다. 박광전은 그렇게 판단했다.

"왜적덜이 자기 동료덜이었던 시신을 태운나는 사실은 우리와 싸울 맴이 읎고 으디론가 이동헐라고 그런지 모른다."

"시신을 들고 댕길 수는 읎겄지라우. 긍께 대장님 말씸이 맞겄그만요."

안방준이 박광전의 판단에 혀를 내둘렀다. 박광전은 고비 때마다 정확히 판단하여 의병군을 움직였는데, 가까이서 지켜본 안방준이었으므로 더욱 놀랄 수밖에 없었던 것이다. 송홍렬이 그날 밤에도 왜군을 공격하자고 했지만 박광전은 만류했다.

"오늘만 해도 우리는 대승헌 것이나 다름읎네. 전투도 과유불급이네. 지나치믄 우리가 당헐 수가 있네. 왜적덜은 시방 독이 올라 있거든. 왜적덜이 허점을 보일 때까지 지다리세. 나도 저 도적놈덜을 마지막 한 놈까지 다 죽이고 잖네."

"알겄습니다. 대장님."

박광전 의병군은 옹성산에서 적진에 탐망군을 보내놓고 이틀을 기다렸다. 그런데 뜻밖에도 시마즈가 거느린 왜군이 철수하고 있다는 보고를 받았다.

"대장님, 시마즈 왜군이 순천 쪽으로 이동헌다고 헙니다."

"우리에게 크게 당했기 땜시 해남으로 가지 않을 모냥이다."

"순천에는 왜장 행장(行長, 고니시 유키나가)이 있기 땜시 다른 곳으로 갈 거 같그만요."

송홍렬이 이를 부드득 갈면서 말했다.

"대장님, 왜군에게 타격을 가허고 잖습니다. 명을 내려주씨요. 추격전을 벌여 왜적을 한 명이라도 더 죽이고 와불라요."

"추격전은 위험허네. 적이 조총을 쏘믄 당헐 수가 있어. 삼도공 부하 소상진이나 남응진 별장도 추격전을 벌이다가 조총을 맞고 쓰러졌다네. 대장은 부하의 목심도 책임져야 헌께 반대허는 것이네."

송홍렬은 박광전의 만류에 추격전을 포기했다. 박광전은 전과보다도 의병군의 목숨을 더 중요하게 생각했던 의병장이었던 것이다.

별은 다시 빛난다

선조 30년(1597) 10월 하순.

깊은 가을로 접어들면서 시나브로 삭풍이 불어오기 시작했다. 옹성산 산자락에 검붉은 피딱지 같은 마른 잎들이 우수수 떨어졌다. 산길에 낙엽들이 바스락거리며 뒹굴었다. 동복에 주둔했던 왜장 시마즈 요시히로 부대는 마침내 동복에서 퇴각했다. 탐망을 나갔던 의병이 돌아와 박광전에게 보고했다.

"대장님, 왜적덜이 모다 사라지고 읎습니다요."

"알았다."

"으디로 갔다고 허드냐?"

"순천으로 갔다고 허는 사람도 있고, 경상도 사천으로 갔다고 허는 사람이 있은께 잘 모르겠습니다요."

"순천은 행장이 있은께 아마도 사천으로 철수헌 거 같다."

선봉장 박사길이 말했다.

"대장님, 인자 동복관아로 내려가야겠습니다. 일부러 관아는 불을 지르지 않았그만요."

"절에서도 양식이 떨어져 더 대지 못헌다고 허네. 동복관아 창고에 군량미가 쪼깜 있을까?"

"왜적덜이 철수헐 때 창고는 불질렀겠지라우."

"시안이 뽀짝뽀짝 오는디 의병덜을 굶길 수는 읎제잉."

안방준이 말했다.

"대장님, 시안에는 전투가 읎응께 군사덜을 잠시 귀가시키믄 으쩔 게라우?"

"아, 고로코름 허는 것도 일리가 있네."

그러나 송홍렬이 반대했다.

"집으로 간 군사는 되돌아오지 않을 거그만요. 잘못허믄 의병이 해산될 수도 있어라우."

박사길도 송홍렬의 의견에 동조했다.

"도망친 고을 수령들이 돌아오믄 의병장은 군사징발을 못헐 거그 만요."

"수령덜이 반대헐까? 고을을 지킬라고 징발했는디 자기 권한을 뺏었다고 생각헐까?"

안방준이 여러 관아 창고에서 꺼내온 군량미에 대해서도 걱정했다.

"생각이 다 다르지라우. 우리덜이 묵은 군량미도 내놔라고 헐지도 모르겄그만요."

"나라를 구하고자 목심을 걸고 나선 의병인디 그런 고약헌 수령이 있을까?"

"대장님, 대의를 생각허는 수령이라믄 노방졌을게라우? 그 자덜은 생각이 다를 것입니다요."

박광전은 결단을 내렸다. 의병군을 잠시 해산했다가 나라의 명이 있거나 고을 수령들의 요청이 생기면 그때 가서 의병들을 다시 모병하기로 했다. 군량에 대한 대책 없이 겨울을 난다는 것은 무모한 일이기 때문이었다. 박광전은 송홍렬에게 의병들을 창랑천 천변에 모이도록 지시했다.

"의병덜에게 주먹밥을 멕인 뒤 천변에 집합시키게. 일단 집으로 돌려보내야 허겄네."

"예, 대장님."

"섭섭허게 생각허지 말게. 해산이 아니네. 시안에는 전투가 읎을 것이니 잠시 보내는 것뿐이네."

박광전은 우계정에 의병청을 그대로 두기로 했다. 왜군이 겨울 동안에는 순천과 사천에 머물러 있을 것이니 봄이 되면 다시 거병해야 할지 모르기 때문이었다. 송홍렬의 지시를 받은 한산사 스님들이 탁발한 쌀과 보리쌀을 모두 꺼내어 주먹밥을 만들었다. 박광전이 주지를 불러 말했다.

"절에 끼친 피해를 임금님께 알리어 반다시 갚을 것이오."

"아이고, 대장님. 서산대사께서 왜적이 쳐들어 왔을 때 격문을 보냈어라우. 직접 싸우지는 못헐망정 승려덜도 뭣이든지 도와야지라우."

주지가 품속에서 서산대사의 격문을 꺼내 박광전에게 보여주었다. 박광전은 유려한 선필(禪筆)로 쓴 격문을 읽어 내려갔다.

〈아, 하늘의 길이 막히도다. 나라의 운명이 위태롭도다. 극악무도한 적도(賊徒)가 하늘의 이치를 거슬러 함선 수천 척으로 바다를 건너오니 그 독기가 조선 천지에 가득한지라. 삼경(三京)이 함락되고 우리 선조들이 누천년 이룬 바가 산산이 무너지도다. 저 바다의 악귀들이 우리 나라를 무참히 짓밟고 무고한 백성들을 학살하는 광란을 벌이나니 이어찌 사람이 할 짓이랴? 살기가 서린 저 악귀들은 독사 금수와 다를 바 없도다.

조선의 승병들이여!

깃발을 치켜들고 일어서시오! 그대들 어느 누가 이 땅에서 삶을 얻어 받지 아니하였소? 그대들 어느 누가 선조들의 피를 이어받지 아니하였소? 의(義)를 위해 나를 희생하는 바, 또 모든 중생을 대신하여 고통을 받는 바가 곧 보살이 할 바요 나아갈 길이라. 일찍이 원광법사께서 임전무퇴라 이르시니. 무릇 나라를 지키고 백성을 구함은 불법을 따른 우리 조상들이 대대손손 받들어 온 전통이오.

조선의 승병들이여!

우리 백성이 살아남을지 아니할지, 우리나라가 남아있을지 아니할지, 그 모두가 이 싸움에 달려 있소. 목숨을 걸고 우리나라와 백성을 지키는 일은 단군의 피가 혈관에 흐르는 한 누구나 마땅히 해야 할 바라. 이 땅의 나무와 풀마저 구하는 제세(濟世)가 바로 불법이 아니리까? 백성들이 적도의 창칼에 죽임을 당하고 그 피가 우리나라를 붉게 적시오. 나라가 사라지고 백성이 괴로워할진대 그대들이 살아남는 바가 곧 나라와 백성에 대한 배신이 아니리까?

조선의 승병들이여!

나이가 들고 쇠약한 승려는 사찰을 지키며 구국제민(救國濟民)을 기원하게 하시오! 몸이 성한 그대들은 무기를 들어 적도를 물리치고 나라를 구하시오! 모든 보살의 가피력으로 무장하시오! 적도를 쓰러뜨

릴 보검을 손아귀에 움켜쥐시오! 팔부신장의 번뜩이는 천둥번개로 후
려치며 나아가시오! 참변에 울부짖는 백성들이 분하고 원통하오. 지체
없이 일어나 불구대천의 원수를 토벌 격멸하시오!

조선의 승병들이여!

조정대신들은 당쟁 속을 헤매고 군 지휘관들은 전선에서 도주하니
이 아니 슬프오? 또한 외세를 불러들여 살아날 길을 꾀한다 하니, 우리
민족의 치욕이 아니리까? 이제 우리 승병만이 조국을 구하고 백성을
살릴 수 있소. 그대들이 밤낮없이 수행 정진하는 바가 생사를 초월하
자 함이오. 또한 그대들에겐 거둬야 할 식솔이 없으니 돌아볼 바가 무
엇이오? 모든 불보살이 그대들의 나아갈 길을 보살피고 거들지니, 분
연히 일어서시오! 용맹의연하게 전장으로 나아가 적도를 궤멸하시오!
적도의 창검 포화가 두려울 바 무엇이오? 전투가 없이는 승리도 없소.
죽음이 없이는 삶이 없소.

조선팔도의 승병들이여 일어서시오! 순안의 법흥사로 집결하시오!
나 휴정은 거기서 그대들을 기다릴 터이오. 우리 일치단결하여 결전의
싸움터로 용약 진군할 것이로다!〉

"나라에 요로크롬 훌륭한 대사가 겨셨다니 놀랍고 고맙소. 허지만
나는 한산사 스님덜에게 더 감사해야 헐 것 같소. 한산사가 있어서 우
리 군사덜이 배고프지 않았소."

"빈도는 늙고 병들어서 싸움에 나서지 못한 것이 늘 한스러왔지
라우."

점심을 고사리와 두릅장아찌 반찬에 주먹밥으로 배불리 먹은 의병

340

들이 창랑천 천변으로 내려갔다. 의병군을 잠시 해산한다는 소문이 벌써 돌았는지 고개를 갸웃거리는 의병들도 있었다.

이윽고 박광전과 참모들이 사열한 의병군 앞에 섰다. 박광전은 울컥한 마음에 잠시 침묵한 뒤 입을 열었다.

"왜적을 무찌른 용감헌 의병덜이여! 회자정리(會者定離), 모이면 반다시 헤어지는 것이 인간사(人間事)가 아닌가. 허나 우리덜은 영원히 헤어지는 것이 아닌께 섭섭해 헐 필요는 읎을 것이다. 엄동설한을 보내고 나서 다시 모여 왜적과 싸울 것인즉 그리 알라. 여러분덜이 세운 공은 반다시 기록해 상소문에 올려 포상허고 후세에 길이 전헐 것인께 그리 알라. 우리가 거병헌 우계정에 의병청을 그대로 둘 작정이니 각자 집으로 돌아가더라도 소식을 주기 바란다."

"예, 대장님, 영념허겄습니다요!"

"그동안 여그 나와 함께 있는 참모덜도 밤낮으로 고상 많았으니 내 반다시 그대덜의 은혜를 잊지 않을 것이니라."

의병들이 하나 둘 창랑천 천변을 떠났다. 용맹스러웠던 조장 박훈도 머뭇거리다가 등을 돌렸다. 마지막에는 박광전과 우계정으로 함께 갈 참모들만 남았다. 박근효가 어디서 늙은 말을 한 필 빌려 왔다. 박광전은 말에 올라탔다. 송홍렬과 박사길은 우계정으로 가는 도중에 일행과 헤어졌다. 박사길은 헤어지면서 덤덤했지만 성격이 불같은 송홍렬은 눈물을 흘렸다.

박광전 일행은 해질 무렵에야 우계정에 도착했다. 우계정을 지키던 어린 제자가 박광전에게 큰절을 했다. 그런 뒤 비통한 소식을 전해주었다.

"어저께 유마사에서 사람이 댕겨갔그만요. 삼도공 어르신께서 어저께 돌아가셨다고 허드그만요."

어제라면 10월 27일이었다. 박광전은 한 손으로 이마를 짚었다. 침통한 마음에 자신도 모르게 탄식이 터져 나왔다.

"삼도공, 나와 함께 심을 합쳐 싸우자는 맹세를 어저께 잊어불고 가시는가! 삼도공보다 내가 몬자 눈을 감는 것이 순리가 아닌가!"

두 살 위로 십대 후반 때부터 평생을 형제처럼 지냈던 박광전은 눈가에 이슬이 맺혔다. 박광전이 박근효에게 말했다.

"낼 조문을 가자. 글고 근제는 조양 집으로 몬자 가보그라."

안방준도 임계영 의병장 막하에서 연락참모를 지냈으므로 조문을 가려고 했다. 발인 날짜가 잡혀 있을 것이니 빨리 조문해야 했다. 전쟁 중이므로 고향 선산으로 가지 못하고 모후산 산자락에 임시로 가매장할 터였다. 박광전이 중얼거렸다.

'삼도공의 전공을 나라가 어처께 잊겠는가. 세월이 아무리 흘러도 별은 다시 빛나는 벱이여.'

박광전의 확신대로 임계영은 고종 4년(1867)에 병조판서로 증직되었던바 의인의 충절은 결코 잊히지 않는 법이었다.

그런데 다음 날.

박광전은 모후산으로 조문을 가지 못했다. 대원사로 올라가 아침공양을 하고 우계정으로 내려왔을 때였다. 전주감영에서 도사와 군관이 우계정으로 찾아왔다. 도사가 말했다.

"감사가 부르셨소."

"무신 일이오?"

"조사 받을 것이 있다고 하오."

박근효가 큰 소리로 물었다.

"아부지는 동복에서 왜적을 물리치고 어저께 돌아오신 의병장이
시오."

"고을 수령들이 연명으로 고발했소."

"고발이라고라우?"

박근효는 기가 차서 말문이 막혀버렸다. 안방준은 스승을 시기한 무
리들이 드디어 일을 저질렀다고 생각했다. 안방준이 말했다.

"선상님, 감사께 말씸을 잘 드리믄 오해가 풀릴 것인께 너무 심려 마
시지라우."

"근효야, 내 걱정 말고 어서 조문이나 댕겨오그라. 아무리 일이 급박
해도 사람의 도리는 다해야 허니라. 은봉도 핑 댕겨오고."

"맘 같어서는 선상님을 모시고 전주에 가고 잖습니다만 조문허고
오겠습니다."

"감사에게 어처께 모함했는지 모르겄으나 우리덜이 헌 일은 하늘이
알고 땅이 안다. 사람이 어처께 하늘과 땅의 도(道)를 뒤집겄느냐."

박광전은 전주감영에서 온 도사와 군관을 따라 올라갔다. 박근효는
아버지가 떠난 뒤 모후산 유마사로 향했다.

전라감사는 황신이었다. 일전에 부안으로 피신했다가 왜군이 남해
안 쪽으로 후퇴하자 전주감영으로 돌아온 관찰사였다. 황신은 박광전

이 광해군 사부를 지냈음을 알고 조사를 하되 형식적으로 했다.

"공이 동복 인근 관아의 창고에 든 군량에 손을 댔소?"

"창고 바닥에 쪼깜 남은 곡석을 가져간 것은 사실이지라. 허나 의병덜이 묵은 것이니 사익을 취한 것은 아니요."

"수령들이 고발한 것은 허락을 받지 않았다는 것이오."

"다들 도망가불고 읎는디 어처께 허락을 받겄소?"

황신은 자신도 피신했던 적이 있었으므로 더 묻지 못했다. 다른 문제를 들고 나와 조사했다.

"장정을 징발헐 때는 도원수나 의병군 창의사, 각도 감사의 지시를 받아야 하오. 그런데 공은 고을 수령의 허락조차 받지 않고 징발했소. 근거가 무엇이오?"

"왜적이 눈앞에 있는디 으디다가 지시나 허락을 받는다는 말이요? 사후보고를 헐라고 했소. 내 종사관이 상소문을 작성해 둔 것이 있소."

"상소문이라고 했소?"

"그래야만 공을 세운 의병덜이 포상을 받고 길이 후세에 이름을 남길 것이지라."

황신은 조사를 중지했다. 더 조사를 진행했다가는 자신의 허물이 드러날 것이기 때문이었다. 옆에서는 감사의 종사관이 조사 내용을 하나도 빠트리지 않고 문서에 기록을 하고 있었다.

"객사에 머물게 하겠소. 공이 경기전 참봉을 지낸 이력을 보았소."

"대감의 배려는 고맙소만 시방 심정은 참담하여 객사에 머물 수가 읎소."

박광전은 조사를 받는 동안 가슴을 송곳으로 찔러대는 듯한 기분이 들어 한시라도 빨리 전주감영을 벗어나고 싶었던 것이다. 오직 서산대사의 격문 중에 한 구절이 머릿속을 맴돌 뿐이었다.

'조정대신들은 당쟁 속을 헤매고 군 지휘관들은 전선에서 도주하니 이 아니 슬프오?'

박광전은 하염없이 눈물을 흘리며 터벅터벅 걸었다. 갑자기 세상이 어두워져 버린 듯했다. 정읍을 지나자 산간에 진눈깨비가 흩날렸다. 눈앞을 분간할 수 없을 만큼 횡횡했다. 그래도 박광전은 산중마을로 들어가 피하지 않았다. 온몸으로 진눈깨비를 맞으며 산길을 걸었다. 참담하기만 한 자신을 흩날리는 진눈깨비에게 맡겨버렸다.

장성재를 넘어서는 쿨럭쿨럭 기침이 터져 나왔다. 몸에 살얼음이 얼어 고뿔에 걸린 듯 기침이 멈추지 않았다. 박광전은 조상의 묘가 있는 진원에 와서야 걸음을 멈추었다. 그런 뒤 친족이 사는 집을 찾아갔다. 친족이 깜짝 놀랐다. 박광전의 모습이 허깨비 같았다. 어깨는 축 쳐져 있었고 풀린 동공으로 그를 쳐다보았던 것이다. 친족이 방에 군불을 지펴 박광전의 몸을 녹였다. 그러나 박광전은 그 순간부터 누운 채 일어나지 못했다. 며칠 뒤에는 눈을 스르르 감아버렸다. 72세, 11월 18일의 일이었다. 친족이 상주를 대신해서 '아이고, 아이고!' 곡을 했다.

임란이 종식된 후였다. 선조 32년(1599) 10월 26일에야 보성 사곡 벌안으로 귀장(歸葬)이 이루어졌다. 난리 중이어서 예법에 따라 장사를 치를 수 없었기 때문이었다. 광해군이 지관을 보내 묘지를 잡고, 시강원으로 하여금 전라감사에게 유시를 내려 부의(賻儀)를 표하도록 했던 것이다.

광해군 2년(1610)에는 통정대부 승정원 좌승지 겸 경연 참찬관으로 증직했다. 숙종 33년(1707)에는 용산서원(龍山書院)이란 편액을 내리고 관리를 보내 제사지냈다.

보성강의 노래

초판 1쇄 인쇄 2022년 12월 1일
초판 1쇄 발행 2022년 12월 7일

지은이   정찬주
펴낸이   정태욱
펴낸곳   여백출판사

총괄기획   김태윤
편집   김미선
디자인   남상원, 안승철
인쇄   성광인쇄
제본   대흥제본

등록   2019년 11월 25일 (제2019-000265호)
주소   서울시 성동구 한림말길 53, 4층 [04735]
전화   02-798-2368
팩스   02-6442-2296
이메일   ybbook1812@naver.com

ISBN 979 11 90946 24 7 03810

ⓒ 정찬주, 2022